自由是我们选择的航程
要穿越凶煞的礁岩、狂野的漩涡。诗人先知
召唤川流瀑布带来的彩虹，
描绘着我们所掌舵的信仰。

Freedom's our chosen course
Through killing rocks, wild eddies. Poet seer
Summon a rainbow from the cataract's wrath,
Image the faith by which we steer.

桂冠诗人诗选

尼古拉斯·布莱克 **桂冠推理全集**

Malice in Wonderland

奇境幻影

尼古拉斯·布莱克——著
王元媛——译

上海文艺出版社
上海故事会文化传媒有限公司

尼古拉斯·布莱克桂冠推理全集（全16册）
编委会

总策划：夏一鸣
主　编：黄禄善
副主编：陶云韫

编辑成员

（按姓氏笔画为序排列）

丁娴瑶　王　琦　田　芳　吕　佳　朱　虹　孟文玉
赵媛佳　夏一鸣　陶云韫　黄禄善　曹晴雯　彭元凯

名家导读

提起英国黄金时代侦探小说的代表性作家，很多人马上就会想到阿加莎·克里斯蒂（Agatha Christie, 1890-1976）。确实，这位昔时光顾伦敦侦探俱乐部的"常客"，自出道以来，累计创作悬疑探案小说81部，总销售量近20亿册，是地地道道的"侦探小说女王"。不过，在当时的英国，还有一位男性侦探小说家，其创作才能一点也不亚于阿加莎·克里斯蒂，只不过他的身份比较显赫，甚至有点令人生畏。尼古拉斯·布莱克（Nicholas Blake, 1904-1972），这个生于爱尔兰、长于伦敦、后来活跃在诗坛的"怪才"，不但拥有牛津大学和哈佛大学教授、英国桂冠诗人、大不列颠功勋骑士、战时宣传口掌门、左翼社会活动家等多种显赫身份，还在出版大量彪炳史册的诗歌集、论文集、译著的同时，客串侦探小说创作，成就十分突出。说来让人难以置信，他创作侦探小说的原因竟然是囊中羞涩，无法支付居住已久的房屋的维修费。在给自己的诗友、同为桂冠诗人的斯蒂芬·斯潘德（Stephen Spender, 1909-

1995)的信中,他坦言,因为担心失业,一直想写些可以盈利的书。于是,一套以"奈杰尔·斯特雷奇威"(Nigel Strangeways)为业余侦探主角的悬疑探案小说诞生了。

该套小说共计16部,始于1935年的《罪证疑云》(*A Question of Proof*),终于1966年的《死后黎明》(*The Morning after Death*),陆续问世后,均引起轰动,一版再版,畅销不衰,并被译成多种文字,风靡欧美多地。直至今天,这套作品依然作为西方犯罪小说的经典被顶礼膜拜。《纽约时报》《泰晤士报文学增刊》《每日电讯》等数十家报刊连篇累牍地发表评论,称赞这套小说是西方侦探小说的"杰作","值得倾力推荐"。知名小说家伊丽莎白·鲍恩(Elizabeth Bowen)说,尼古拉斯·布莱克"拥有构筑谜案小说的非凡能力","在英国侦探小说史上独树一帜"。当代著名评论家尼尔·奈伦(Neil Nyren)也说,尼古拉斯·布莱克不愧为"神秘小说大师","在西方侦探小说从通俗到主流的文学转型中起着重要作用"。[1]

人们之所以热捧尼古拉斯·布莱克,首先在于这套悬疑探案小说构筑了16个扑朔迷离的故事情节。尼古拉斯·布莱克熟谙黄金时代侦探小说的各种创作模式,在他的笔下,既有引导读者亦步亦趋的"谜踪",又有适时向读者交代的"公平游戏原则";既有转移读者注意力的"红鲱鱼",又有展示不可能犯罪的"封闭场所谋杀"。而且,一切结合得十分自然,不留任何痕迹。譬如,该系列的第二部小说《死亡之壳》(*Thou*

---

[1] Neil Nyren. "Nicholas Blake: A Crime Reader's Guide to the Classics", https://crimereads.com, January 18, 2019.

Shell of Death），功勋飞行员费格斯不断收到匿名威胁信，断言他将在节日当天毙命。以防万一，费格斯请来了破案高手奈杰尔·斯特雷奇威。然而，劫数难逃，在节日家宴后，费格斯还是神秘死亡。凶手究竟是谁？为何要选择节日当天谋杀他？谋杀动机又是什么？种种线索指向参加节日家宴的、有可能从谋杀中获益的一些嘉宾，其中包括富有传奇色彩的女探险家乔治娅·卡文迪什，她与费格斯来往甚密。与此同时，奈杰尔·斯特雷奇威也开始调查死者费格斯鲜为人知的过去。又如该系列的第四部小说《禽兽该死》(The Beast Must Die)，故事以侦探小说家弗兰克的日记开头，讲述他6岁的儿子突遇车祸，肇事司机逃逸，由此他悲愤交加，展开了追查禽兽的历程。故事最后，复仇者锁定嫌疑人，并潜入嫌疑人家中，准备实施谋杀。然而，当东窗事发，弗兰克却坚称自己无罪。事情真相究竟如何？弗兰克是有罪，还是无罪？奈杰尔·斯特雷奇威依据严密的推理，做出了出乎众人意料的判断。再如该系列的第14部小说《夺命蠕虫》(The Worm of Death)，开篇即以死者之口预告了自身的死亡，设置了"自杀还是谋杀"的悬念。死者名为皮尔斯·劳登，是一个医学博士，他的尸体突然出现在泰晤士河中，全身只穿有一件粗花呢大衣，手腕处还有数道相同的刀伤。奈杰尔·斯特雷奇威奉命介入调查，似乎所有家庭成员都对死者抱有敌意，所有人都有强烈的作案动机，包括深受博士喜爱的养子格雷厄姆，次子哈罗德，还有小女儿瑞贝卡——死者曾坚决反对她与艺术家男友的婚恋。随着调查深入，家中发生的又一起死亡事件陡然加剧了紧张局势。恶意谋杀仍在继续，奈杰尔·斯特雷奇威不得不加快脚步。与此同时，他也在一艘腐烂的驳船上发现了令人毛骨悚然的事实真相。

不过，尼古拉斯·布莱克毕竟是驰骋在诗坛多年的"桂冠诗人"，他在构筑上述扑朔迷离的故事情节的同时，还有意无意地融入了许多纯文学技巧。故事行文优美，引语典故不断，清新、优雅的风韵中又不乏幽默，尤其是在刻画人物的心理和展示作品的主题方面狠下功夫。一方面，《酿造厄运》(There's Trouble Brewing)通过一家酿酒厂里的奇异命案，展现了资本家的贪婪、人性的扭曲和底层劳动者的苦苦挣扎；另一方面，《深谷谜云》(The Dreadful Hollow)又通过偏僻山村一系列匪夷所思的恐怖事件，展示了一幅幅极其丑陋的贪婪、嫉恨、复仇的图画；与此同时，《雪藏祸心》(The Corpse in the Snowman)还通过侦破豪华庄园一起诡异的"闹鬼"事件，反映了二战期间英国毒品的泛滥和上流社会的骄奢淫逸、人性丑陋。最值得一提的是《游轮魅影》(The Widow's Cruise)，该书的故事场景设置在希腊半岛东部的爱琴海上，与阿加莎·克里斯蒂的《尼罗河上的惨案》有异曲同工之妙，两者均通过游轮上一起离奇古怪的命案，揭示了人性的弱点与步入歧途的道德激情。

一般认为，尼古拉斯·布莱克对英国黄金时代侦探小说的最大贡献是塑造了栩栩如生的学者型业余侦探奈杰尔·斯特雷奇威这个人物形象。在他的身上，几乎汇集了之前所有业余侦探的人物特征。他既像吉·基·切斯特顿(G. K. Chesterton, 1874-1936)笔下的"布朗神父"，善于同邪恶打交道，洞悉罪犯的犯罪心理；又像阿加莎·克里斯蒂笔下的"前比利时警官波洛"，在与人的交往中十分随和，富有人情味；还像多萝西·塞耶斯(Dorothy Sayers, 1893-1957)笔下的"彼得·温西勋爵",风度翩翩,敏感、睿智、耿直的外表下蕴藏着几丝柔情。然而,比这些更重要的是,他还像尼古拉斯·布莱克及其几个诗友,温文尔雅,具有牛津大学教育背景,是个学者,以中古时期英格兰和苏格兰诗歌为研究对象,出版有多部相关专著,断案时喜欢"引经据典"。每每,他卷入这样那样的复杂疑案调查,或受朋友之嘱、亲属之托,如《罪证疑云》《雪藏祸心》;或直接听命于警官,如《饰盒之谜》(*The Smiler with the Knife*)、《谋杀笔记》(*Minute for Murder*);或路见不平,拔刀相助,如《暗夜无声》(*The Whisper in the Gloom*)、《游轮魅影》。

如此种种不凡的作者自身形象和人生轨迹,还屡见于小说的场景设置和其他人物塑造。譬如《亡者归来》(*Head of a Traveler*)和《诡异篇章》(*End of Chapter*),两部小说均设置了文学领域的疑案场景,而且案情也以"诗歌"为重头戏。前者描述奈杰尔·斯特雷奇威敬仰的大诗人罗伯特·西顿的美丽庄园发生的无头尸案,其人物原型正是尼古拉斯·布莱克昔时崇拜的偶像威·休·奥登(W. H. Auden, 1907-1973);而后者聚焦某出版公司编辑的一部书稿,许多细节描写来自尼古拉斯·布莱克二战期间担任国家宣传口负责人的经历。又如《罪证疑云》和《死后黎明》,两部小说也都以尼古拉斯·布莱克熟悉的校园生活为场景,案情分别涉及英国的一所预备学校和一所以哈佛大学为原型的卡伯特大学,其中,前者的嫌疑人迈克尔·埃文斯的不幸遭遇,与尼古拉斯·布莱克早年在中学从教的经历不无相似。他被指控谋杀了校长的侄子,还与校长的年轻妻子有染。正是这些原汁原味、源于生活又高于生活的描写，使它们被誉为"校园谜案小说的经典"。

自 20 世纪 30 年代起，尼古拉斯·布莱克的这套悬疑探案小说被陆续改编成电影、电视和广播剧，有的还被改编多次，如《禽兽该死》，其中包括 1952 年阿根廷版同名电影和 1969 年法国版同名电影，后者由克劳德·夏布洛尔（Claude Chabrol, 1930-2010）任导演。出演奈杰尔·斯特雷奇威一角的则分别有格林·休斯顿（Glyn Houston, 1925-2019）、伯纳德·霍斯法（Bernard Horsfall, 1930-2013）和菲利普·弗兰克（Philip Franks, 1956- ）。2018 年，迪士尼公司宣布将依据《暗夜无声》改编的电影《知道太多的孩子》列为常年保留剧目。2004 年，BBC 公司又再次宣布将《罪证疑云》和《禽兽该死》改编成广播剧，导演为迈克尔·贝克威尔（Michael Bakewell）。甚至到了 2021 年，英国的新流媒体 BriBox 和美国的 AMC 还宣布再次将《禽兽该死》改编成电视连续剧，由知名演员比利·霍尔（Billy Howle, 1989- ）出演奈杰尔·斯特雷奇威。

在我国，由于种种原因，尼古拉斯·布莱克的这套悬疑探案小说一直未能译成中文，同广大读者见面，但学界、翻译界、出版界呼声不断。2021 年 5 月，尼古拉斯·布莱克逝世 50 周年纪念之际，上海故事会文化传媒有限公司的夏一鸣先生慧眼识珠，开始组织精干人马，翻译、出版这套小说。经过一年多的准备和努力，这套图书终于面世。尽管是名家名篇、精编精译，缺点仍在所难免，敬请广大读者不吝指正。

黄禄善

奈杰尔侦探小传

奈杰尔·斯特雷奇威，是推理大师尼古拉斯·布莱克小说中虚构的一位私人侦探。在1935年至1966年间，作为重要角色出现在16部尼古拉斯的小说中。

奈杰尔年轻俊朗，不拘小节，常以苍白凌乱的形象示人。他是智商超群的学霸，却因性格过于叛逆被牛津大学开除。他性格幽默，行动力超强，气质温文尔雅。稚气面容与老道头脑形成戏剧化的反差。奈杰尔周身散发出儒雅的学者气息，在调查过程中，他喜欢借角色之口，引经据典，让人不知不觉靠近他，信任他，将案子交到他的手中。

在系列小说中，奈杰尔的情感故事同样精彩，他的妻子乔治娅是一名探险家，不幸死于闪电战。之后，奈杰尔又邂逅了雕塑家克莱尔。在奈杰尔生命中出现的两位女性，都是具备智慧、勇气、思想的"独立女性"，在古典推理小说中难得一见。

在侦探小说的王国中，奈杰尔这样的侦探形象，可谓独一无二。

人物关系

保罗·佩里：	民意调查员，毕业于剑桥大学彼得学院
詹姆斯·西斯尔斯韦特：	裁缝，制衣店老板，奇境度假营游客
萨莉·西斯尔斯韦特：	詹姆斯·西斯尔斯韦特的女儿，奇境度假营游客
爱德华·怀斯：	奇境度假营游戏组织员
莫蒂默·怀斯：	奇境度假营经理
埃斯梅拉达·琼斯：	奇境度假营经理秘书
菲利普·格里布尔：	隐士，人称老以实玛利，奇境度假营的反对者
艾伯特·莫雷：	小个子男人，奇境度假营游客
嘉丁纳：	女教师，心理学家，奇境度假营游客
霍福德：	奇境度假营医生
菲利斯·阿诺德：	奇境度假营游客

奈杰尔·斯特雷奇威： 私人侦探

安斯利： 《艾普斯托克公报》编辑

利森： 《艾普斯托克公报》资深记者

约翰·斯特雷奇威： 伦敦警察厅助理警监，奈杰尔·斯特雷奇威的叔叔

塔比·莱曼： 比尔湾等其他度假营的经营者，奇境的竞争对手

阿尔斯诺克： 奇境度假营总经理

目录

第一部 佩里先生初探端倪

第一章……………………………………… 3
第二章……………………………………… 12
第三章……………………………………… 27
第四章……………………………………… 40
第五章……………………………………… 53
第六章……………………………………… 68
第七章……………………………………… 79
第八章……………………………………… 99

第二部 西斯尔斯韦特先生勘破迷局

第九章……………………………………… 117

第十章……………………………………… 130

第十一章…………………………………… 142

第十二章…………………………………… 159

第十三章…………………………………… 177

第十四章…………………………………… 194

第十五章…………………………………… 213

第十六章…………………………………… 233

第三部 斯特雷奇威先生揭秘案中案

第十七章…………………………………… 255

第十八章…………………………………… 273

第一部

佩里先生初探端倪

第一章

年轻的佩里先生即将奔赴营地。不是领地营,也不是童子军营,更不是集中营。不,那是一种布局完全不同的营地;若是有人来自蛮荒之地,见到这样的营地一定会大为惊奇,揉着眼睛溜之大吉。佩里希望这营地能够提供丰富的素材,他放在行李架上的箱子里可是装满了厚重的记录本。

年轻的佩里先生注视着那些在火车后面一闪而过的工厂,流露赞许之意。在他眼中,那些工厂无异于机器的圣殿,理当容许,甚至是值得鼓励的。他从未做过一线工人,无须在工作台或传送带旁辛勤劳作,所以对于机器他是完全赞成的。当然,这样的工厂有很多。人们不能接受的是那些旧式工厂,摇摇欲坠,破败不堪,每一个接缝处都喷着缕缕白烟,如同一条条老迈的怪龙。丛生的野草、生锈的锅炉、废弃的设备,这般荒凉的景象在佩里幼时生活的乡间随处可见。那些哥特式的自由放任主义和个人主义的贪婪已经达到了目的。正如佩里对自己所说，历史已经与它们擦肩而过。在它们的衰败中可能会有浪漫的一面；著名诗人奥登就曾偏爱生锈的金属和喷发的蒸汽，但凡天才总会有些怪癖吧。尽管对早期的奥登充满了敬意，人们还是坚信这样的浪漫主义行不通。

对于佩里先生而言，他支持新古典主义。他喜欢一切都看上去繁荣、有序。比如那边的工厂，白色的厂房矗立于绿色的田野中，整洁干净，运转正常，就像中国军队的炮艇——对此他心中充满暖意，因为这俨然已成为文明的最后一个前哨。现在火车驶入了纯粹的乡村。对佩里先生来说，乡村几乎是不存在的，不会引发他的悲悯之情。人们住在乡村，无疑是出于各种奇特的原因；但他们不是佩里所理解的那类人：他们不是一个群体；佩里先生只有在群体中才能真正感觉轻松自在——而且他的工作就是服务大众。

佩里的目光不会停留在奶牛、谷仓和果园这类无趣的乡村景致上。他转而研究起人类，索性就从同行的乘客开始。车厢里除了他之外还有三个人，看样子是一家人。一位上了年纪的女士，平静地欣赏着窗外的风景；一位年轻的金发女郎，应该是这家人的女儿，正津津有味地看电影杂志；还有一位男士，显然是一家之主。对于佩里来说，这位先生无疑是最值得研究的对象。他简直胖得出奇，那壮硕的腹部高高隆起，整版的《泰晤士报》只能勉强遮盖一半肚子。他的脸上布满皱纹，身上的衣服却奇迹般地没有一丝褶痕。他穿着下摆裁成圆角的黑色外套、雅致的条纹裤，系着老式领带。他脸庞宽大，神情严肃，活像得了甲状腺肥大症的猎犬。这副尊容像极了布尔什维克报纸上的讽刺漫画中的资本家。

这人与佩里先生目光相遇，特意把手边那份《泰晤士报》放了下来，不动声色地指着佩里手提箱上的绿色标签说："先生，我看您也是去奇境度假营的吧。"

就在这时，火车似乎得到了暗示，像爱丽丝漫游奇境似的钻进了隧道。卡嗒卡嗒的轰响妨碍了谈话，佩里索性探究起这位重量级人物对他讲话时的语气。他是那么严肃郑重，颇有些自命不凡，简直就像教长在和全体教士讨论给东塔楼灌浆的要务。同时，那语气中似乎还深藏着什么——不能说是卑屈奴性，而是高级仆从的那种圆滑、职业化的恭敬。也许他是某人的管家，佩里先生心想。但是，一个管家居然会去奇境度假营，还穿着斯罗格莫顿街定制的服装，这着实令人惊讶。不知为何，人们不会把管家与美丽的金发女儿联系在一起，当然并没有自然法则反对管家繁衍后代。

火车驶出了隧道，又冲进耀眼的阳光里。

"您要和我们一起在奇境住一段时间吧，先生？"那人问道。

"很可能两个星期吧。看情况——"佩里顿了一下，不想说停留多久取决于他的工作。要知道人们去奇境通常不是为了工作。

"那么，请恕我冒昧……"

那人说着递给他一张名片，佩里瞥了一眼，名片上的信息有些模糊不清。"詹姆斯·西斯尔斯韦特先生，牛津，圣彼特洛克街二十九号。"

"这位是西斯尔斯韦特太太，"那人接着说，听起来像教堂司事指着十二世纪彩色玻璃窗上的人物进行郑重的介绍,"这是我的女儿,萨莉。"

萨莉·西斯尔斯韦特正在看罗伯特·泰勒的照片,她抬头看了眼佩里,冷冷地点了点头,又埋头看电影杂志了。这样的反应经常会在香烟售卖亭里的金发女郎身上看到,佩里先生已经习以为常了。那神情毫不含糊地表明,你是一个大玩家,仅此而已。但是今天,萨莉一眼就把他打发了,这使他莫名地恼火。于是他答话时也带了挑衅的意味,平常他可不会这么咄咄逼人。

"本人档案:姓名,保罗·佩里。年龄,二十五岁。未婚。受过教育,圣比斯学校,剑桥大学的彼得学院。"

萨莉又抬头看了他一眼,有点迷惑不解。而她父亲似乎并没有因为保罗的唐突无礼而感到不安。他和善地点点头。

"一位大学毕业生,的确如此。这印记是不会错的,即使在剑桥。那您的职业呢,先生?哦,不,"他举起一只胖手,有些气喘地说,"不要告诉我。让我想一想。"他严肃地打量着保罗,目光中透着好奇与机敏。

"西斯尔斯韦特先生看人的眼光一向很准,"他妻子说话时很放松,"您可别介意。"

"灰色法兰绒裤子,上乘的衣料,不过恐怕没有熨烫好。带领子的衬衫,运动夹克,非定制的。"那胖子喃喃说道,仿佛在自言自语。保罗·佩里的脸涨得通红,看到萨莉的眼里压抑着的笑意,他的脸红得更厉害了,还露出一丝愠怒。"您这一身通常是教师的工作服。"西斯尔斯韦特先生接着说,"不过我注意到那夹克已经穿了很久了,但肘部并没有磨损得太厉害。我们可以推断，您没有经常坐在书桌前，所以不是教师。也许是记者吧。胸前口袋里装着几支铅笔。右边口袋有凸出部分，可能是记者用的笔记本。我——"

"爸爸，你让这位绅士很尴尬。是吗，我的宝贝？"女孩萨莉叫道。

"一点也不。"保罗生硬地说，"碰巧，我是个科学家。科学家的一种，就是这样。"

"哪一种科学家？是切割豚鼠的那种吗，我的宝贝？"

"萨莉，这是在列车车厢里，你不该用'宝贝'一词去称呼陌生的绅士。"西斯尔斯韦特太太不以为然地抗议道，"呃，这位先生，请原谅，她太冲动了。"

"没关系。"佩里说，"其实我是实地研究人员。"

萨莉睁大了眼睛，她的眼睛非常漂亮。"实地研究人员。"她说，"哦，我猜是研究人工肥料吧。好吧，人各有所好。"

"萨莉，说够了吧。"西斯尔斯韦特先生说，"科学家造福于全人类。我的几位很有身份的朋友也选择了这一行。人工肥料对农学家的作用是不可估量的，而现在土地是——"

"可是我跟人工肥料一点关系也没有。"保罗有些抓狂地叫道，"你怎么会以为……"他的声音越来越小，因为他发现西斯尔斯韦特先生直盯着他的脖子看，眼中露出几分挑剔的神色。

"怎么了？"他问道，"难道今天早上我没洗脖子吗？"

西斯尔斯韦特先生惊愕地举起一只手。"请别介意，先生。不，我是在看这个翻领。有点太宽了，您说呢，先生？稍稍有些出格吧？

恕我冒昧，这件衣服是在什么地方买的？"

"在剑桥。怎么了？"

"啊，我想是的。哦，年轻的时候或许可以放纵一下，尝试一些浮夸的服装，请允许我这么说吧。先生，这件衣服也不能说不适合您。不过，我总是告诉我的绅士朋友们，一位绅士如果想脱颖而出，就应该穿正装。"

"您和那所大学有联系？"保罗问道，他现在已经认定对方的研究对象是大学里的雇员。

"我们的确享有这种荣幸，先生。在过去的一百五十年里，我们一直有这种荣幸。"

"真的吗？一百五十年？我猜您很快就会考虑退休了？"保罗有些困惑地问。对方用的"我们"一词显然过于郑重了。

"我指的是我的公司。"西斯尔斯韦特先生不失尊严地答道。

萨莉抬起头来，乐得笑出了声。"别逗了，爸爸。佩里先生迫切地想知道你是做哪一行的。我爸开了一家店。"她大声说道。

萨莉的说法像极了减数分裂，让她父亲惊骇不已，硕大的脸庞都有些扭曲了。"一家店？我亲爱的！拜托！是一门产业。"

"我知道了。"保罗说，"您是一位裁缝。"

"一位裁剪大师。"西斯尔斯韦特先生纠正道，随即恢复了镇静，"您很敏锐，先生。很明显您的确是个科学家，观察力和分析能力都很强。我本人也是一个科学的涉猎者，以业余的方式浅尝辄止，具体来说是犯罪学。"正说着话，他忽然从背后取出一本封面很抢眼的书，书名是《摇篮里的尸体》》。"一个非常小的问题。这是我的一位故友——休·威洛比勋爵本尊——向我推荐的。"

"天哪,你在读那类东西?为什么?"

西斯尔斯韦特先生目光炯炯地盯着保罗,如大文豪约翰逊一般强势。"先生,我读这些书,因为能从中得到乐趣,知识带来的乐趣,先生。"

"我想佩里先生是个有教养的人吧。"萨莉竭力唱反调,"他把所有的时间都用来阅读与磷酸盐相关的读物了。"

"我的好姑娘,"保罗反驳道,"有教养的人不过是要提高对生活的意识。当一个婴儿第一次用手指抓住一个橘子并送进嘴里时,他就是一个有教养的人。那个——"

"教授,我们是在门口付钱呢,还是您叫人送一盘子来?"

保罗瞥了她一眼,不过这也无济于事,这个年轻女子真让人难以忍受:冒失无礼,受过点教育,智商不高。客观地看,作为一类研究对象,她相当有趣,但作为单独的个体根本就无足轻重。佩里把她归入脑中的记录表里,想着把这记录远远推开,眼不见为净。佩里没有意识到,其实萨莉和她父亲一样,不是某种类型的人,而是一个真正独特的人。事实上,佩里并不喜欢那些独特的人,他们常常会颠覆统计数据,搅乱人们的平静。

"这是你第一次去奇境度假营吗?"西斯尔斯韦特先生询问道。

"是的。"

"希望它能达到你的预期。去年,我和西斯尔斯韦特太太在那儿度过了非常愉快的两个星期。我本人,"他故作腼腆地补充道,"还赢得了拼甲虫游戏的大奖,真是心满意足啊。"

"真的吗?你让我大吃一惊。"

"奇境能满足你对娱乐活动的各种偏好。先生,或许你是板球爱好者?"

"不,不,我不是。"

"没关系,"萨莉阴阳怪气地插嘴说,"很可能会有一场膝盖碰撞大赛。"

保罗故意转头看起他的杂志《新政治家》。过了一会儿,火车开始在一座座绿色的小山丘上蜿蜒爬行,穿过了葱郁的牧场和凌乱的树篱。到了换乘处,他们下了车,登上了另一辆较小的火车。小火车喷着白烟兴奋地向奇境度假营驶去。保罗开始考虑他面临的任务。如果能顺利完成,上司可能会为他在机构中确保一个永久的位置。可这任务几乎是没有酬劳的,姨妈留给他的遗产也维持不了多久。他在脑子里反复琢磨他的工作任务,当然这要视当地的情况而定,不过先梳理下任务纲要倒也无妨……

火车在峡谷旁的一个小站突然停了下来。他们都下了车。西斯尔斯韦特先生抓住保罗的胳膊,把他拉到一边,有些不好意思地低声说:"先生,如果您愿意帮我的话,等我们到了奇境,别提我的职业。这么说吧,我是隐瞒身份去度假的。当然,在奇境我们没有阶级差别;不过,如果跟我们一起去度假的客人不知道我的——该怎么说呢——更为幸运的社会地位,这能避免所有可能出现的尴尬。让我们作为平等的度假者进入这个真正的民主之地吧。"

这个与众不同的人庄重地鞠了一躬，伸手帮保罗掸去衣领上的一小片绒毛，然后步履蹒跚地走向车站。那里有一辆车身标着"奇境"字样的亮绿色巴士在等着他们。一名身着亮绿制服的服务员正在往车顶堆放行李。保罗逗留在车外，研究了一会儿其他的度假者，然后才上车，正好坐上了最后一个座位。这时，萨莉沿着过道走来，在他身边停了下来。

"高峰期啊。"她说。

保罗相当勉强地表示，可以把自己的座位让给她。

"无论怎样我都不会打扰你。"她说着调皮地噘起嘴巴，"我要坐你腿上，我的宝贝。"

"那我宁可站着。"年轻的佩里先生冷冷地反驳道。

"哦，好吧，随便你好了。不过我敢打赌，不会每天都有漂亮姑娘要坐到你腿上。"

保罗往前移了几步，透过巴士前部的玻璃隔板，看着车外的景致。巴士沿着狭窄的小路疾驰而去，经过了山腰下避风的农场，爬上一个陡峭的斜坡，来到了一个小山顶。此时，展现在眼前的是浩瀚大海与悬崖峭壁的壮美景观。绵延不断的悬崖从远处蜿蜒而来，在夕阳的映照下泛着金光；近岸的海面呈现出葡萄般诱人的蓝紫色。年轻的佩里先生目不转睛地凝望着，眼中透着满意和兴奋，但吸引他视线的并不是海面或悬崖，而是那巨大的白色横幅"奇境欢迎你"，像是为巴士搭建了一个拱门。而奇境度假营就在不远处，依傍悬崖展现山海之间的奇观。

第二章

　　奇境度假营的中心是一幢巨大的白色平顶建筑，现代主义的设计风格。建筑的四壁像是玻璃材质，每扇窗户都非常开阔，为它生硬的轮廓平添了高雅而又缥缈的感觉，仿佛它随时会展开硕大的白色翅膀，飘向蔚蓝的夏日。这幢建筑朝向大海的那一面呈半圆形，从东、西、南各方向都能极目远眺，欣赏壮阔的景致。就在这一侧，一个大露台悬在顶层，呈曲线型，像是邮轮的舰桥；其实奇境的常客的确称之为"上校之桥"。

　　年轻的佩里先生目不转睛地望着这座大厦，感觉非常满意，因为它不仅线条简洁清爽，还具有象征意义。它代表着有组织的娱乐活动，当然重点强调的是"有组织的"；保罗·佩里认为任何有效组织的活动都是可行的。在这个庞大的娱乐工厂里（他仔细研读过奇境度假营发行的小册子，对此已然知晓），有巨大的餐厅，胃口大开的游客们可以尽情地享用美味佳肴。所有的美食都是由伦敦的大厨在干净、卫生的厨房里烹制而成，由欢快的女服务生伴着弦乐队的演奏，摆放到一尘不染的餐桌布上；还有一个舞厅，弹性上佳的枫木地板会极力鼓动你尽情舞蹈；更不用说酒吧、装有空气过滤器和彩色喷泉的室内游泳馆、音乐厅、健身房和数不胜数的娱乐室了。

奇境的小册子给人的总体印象是，如果你在奇境都没法玩得开心，那你就没有指望了。奇境显然决心让你肆意玩乐，哪怕你因娱乐过度而付出生命的代价。巴士在主楼外停稳时，一些服务生迎了过来，脸上都挂着友好而又刻意的微笑。男服务生都穿着绿色套头衫，上面印有白色的字母"W"，裤子是白色法兰绒的。女服务生穿着绿色运动衫，搭配白色短裙。过了一会儿，这批新来的游客每人都别上了一个带编号的绿色小圆片，然后三三两两地被领到各自的小木屋。这些小木屋就是游客们度假时的就寝处。

西斯尔斯韦特一家显然要成为保罗的近邻了。保罗拖着沉重的脚步跟在他们身后，他听见萨莉一反常态地压低了声音跟她母亲说话。

"你刚刚在那边看见瑞普·凡·温克尔了吗？"

"瑞普·凡——？没看见啊，亲爱的。"

"在路边的灌木丛里，就在巴士要转进庭院的时候，他冲我挥着拳头。亲爱的，他看起来真的很可怕，只有脑袋露在灌木丛上面。他留着长长的灰胡子，一开始我还以为是灌木丛的一部分呢。"

"亲爱的，你需要来一杯热饮。怎么了？你在发抖呢。没有着凉吧？"

"可是，妈妈，我真的看见他了。我们经过时，他好像正直视着我的眼睛，还对我挥舞着拳头。"

"我们必须把这件事告诉你父亲。"西斯尔斯韦特太太说，"他会确保以后不再发生这种事的。我想那人不过是个流浪汉吧。"

保罗·佩里饶有兴致地看着这排小木屋。木屋都被刷成了绿色，与四周葱郁的树丛相映成趣。对于那对母女的谈话，他只是漫不经心地听了几句。不过，要不了多久，这件事就会被再次提及，而且是以一种令人不快的方式。

此刻，他心中充满了一种奇特的感觉，既有几分困惑，又有一些怯懦。每当他进入一个陌生的群体，而他自己也不为他们所知的时候，这种怪异的感觉就会向他袭来，只有心志最坚强时才能逃脱。保罗心想，这感觉就像是第一天进入私立寄宿学校。这种印象被身着运动装的专业男女主持人和成群结队的年轻人所强化。他们到处闲逛，欢笑不断，清楚地知晓内情——这个地方可以容纳五百名游客；在过去一两年英国兴起的所有度假营中，奇境是面积最大、最具奇思妙想、也是最雄心勃勃的一个。

保罗进了他的小木屋，关上门，打开行李，倍感消沉凄凉，就像一个新入学的小男生，开学第一天在储物柜里整理他那为数不多的物品。木屋里有豪华的沉睡者床垫，能把疲惫的狂欢者送入睡神怀抱，有饮用水（冷热皆有）、电灯、挂衣柜和百分百防潮的墙壁——奇境的宣传册上对这一切满是溢美之词——所有的这些都没能赶走佩里的忧郁。奇境的确很奢华，只要大众能享受到，他也并无异议，但这奢华还是会让他惴惴不安。毕竟他是一个福音派牧师的儿子，在一个贫困艰苦的北方小镇长大。

"佩里先生在吗？哦，安顿好了吗？"

敲响木屋门的是个年轻男子，高大魁梧，皮肤晒成了漂亮的古铜色，仿佛是《时尚先生》里的广告模特。

"我是游戏组织员。"他补充道，"我姓怀斯。我同父异母的哥哥是奇境度假营的经理。"

"爱德华·怀斯吗？英式橄榄球队员？"

"是的。我过去经常玩一玩。"这个帅气的年轻人说，他故作谦虚的样子让保罗感觉很不舒服。

"那么，你比我早一届上了剑桥。你哥哥是经理？你们肯定是一个快乐的大家庭。"

"我们的目标是在波光粼粼的海边丛林里，为你们营造一个家外之家。看看我们的小册子吧。"

"你们这地方可真不错。"

"肯定不会枯燥无味。嗯，我想你会去服务台打卡，晚上八点。嗨，"怀斯先生忽然注意到保罗堆在衣柜上的笔记本，"你是一个作家吗？噢，真不错啊。我还从没见过活生生的作家呢。来这里找地方特色？"

"差不多吧。"保罗说谎了。那运动员的声音中明显流露出敬意，使他颇有些感动。可惜这喜悦转瞬即逝，只见爱德华·怀斯已走到门口，兴奋地喊起来："嗨，嗨，嗨！这不是我们的萨莉吗？又回到我们这儿享受快乐了，萨莉？"

"你好吗，泰迪？"

"好极了，亲爱的，好极了。哎呀，你现在可是有杰出人士相伴了。我们这帮人中有一位知名作家。他姓佩里。你得当心点，亲爱的。"

"佩里？"保罗能听到萨莉的声音，"就是和我们一起坐火车来的那个人。可他说他是个科学家。"

"啊，在跟你开玩笑吧。真是个神秘人物。"

"嗯，我也不清楚。不管怎么说，他是个有教养的人——"

"声音放轻些，萨莉。那位先生就在旁边。"

"哎，泰迪，说到神秘人物，你有没有见过一个老家伙留着奇长无比的胡子，就在树林那边？"

"长胡子？哦，一定是以实玛利那个老家伙。有点像个隐士，没有恶意，但他很讨厌我们。我记得你上次来的时候，他不在这里。他——"

后面的谈话再有趣，保罗也听不到了，因为那两人已走远了。保罗陷入了沉思，觉得那姑娘的声音非常好听，深沉、清澈、质朴、略带口音，可惜她脑子里却空空如也。他将爱德华·怀斯视为精力充沛的普通人，就像剑桥的黑莓一样平庸无奇。毫无疑问，怀斯是潜在的敌手——但只需一点交际手腕，就可以让诸如此类的人乖乖听话。他想知道怀斯在冬季度假营关闭后会做些什么，于是就草草写了一条备忘录，记在标有 Q（"疑问"一词的首字母）的笔记本上。

过了一会儿，保罗摘下领带，把衬衫领子翻出外套（他对自己说这是"保护色"），在晚饭前出去透透气。这时，一个庞大的身影向他走来。那人穿着华丽的白色斜纹套装，戴着一顶巴拿马帽，系着一条貌似名牌的领带。

"空气真是清新啊，先生，"西斯尔斯韦特先生大声说，"已经让脸颊更红润了。先生，我能荣幸地邀请你坐我们这桌吗？我敢说，你肯定会和我们意气相投的。对一位作家来说，还能发现有趣的素材。啊，是的，"他调皮地伸出手指止住了保罗的抗议，继续说道，"我女儿告诉我的。别害怕，先生。像我一样，你也喜欢隐姓埋名。这很自然，没什么不合适的。我们中有个年轻人要做笔记呢。"

保罗并非特别渴望与西斯尔斯韦特先生共进晚餐，也不想和他成为奇境度假时的同餐之友。但是一想到要和一群完全陌生的人同桌用餐，他立刻就被吓到了。而这种畏惧他实在说不出口，因为出于工作需要难免会有聚餐，他在工作上毕竟还是个新手。于是，保罗·佩里接受了西斯尔斯韦特先生的提议，两人悠闲地踱着步，一道走向那幢白色大厦，从那边正传来一阵低沉的锣声。

"'喧嚷声中美食到！'"西斯尔斯韦特文绉绉地用了一句引文，"先生，你会发现这桌饭菜貌似普通，但味道很好。他们还有一个相当不错的酒窖。我想我们可以开瓶好酒，开启我们的——呃——快乐之旅……"

"一周居然只收三英镑十便士，我真无法想象他们是怎样做到的。"二十分钟后，保罗对左手边的邻座感叹道。那男人身材矮胖、笑容满面，戴着一副金边夹鼻眼镜。他们已经享用了两道菜，接下去还有法式焦糖布丁、奶酪和咖啡。

"这样很棒，不是吗？"小个子男人回答说，"当然，的确是组织得很好。请留意下，他们为星期六的晚餐准备了特别好的食物，因为新来的游客一般都是周六到的。只要三英镑十便士，一切都包括在内——正如你想说的，包括了所有的乐趣——这样很不错。"他飞快地眨了几下眼睛，然后带着一种可笑的自命不凡的神气，撇着嘴角对保罗喃喃低语，"如果他们没有因此赔钱，也没什么奇怪的。我听说他们要全力打败比尔湾——那是另一家度假营，就在沿着海岸往下的地方。可以肯定的是，竞争相当激烈。如果我们能看到资产负债表，就会发现奇境的经营者竭尽全力把利润降到了最低。"

"哦，那他们也要当心了，是不是？他们为我们这些囊中羞涩的度假者降低了奢华享受的成本，所以我们不会抱怨。"

"什么？是的，噢，是的，我明白你的意思了。"小个子男人附和着。保罗注意到，这位邻座听人讲话时表现得非常急切——脑袋微微侧向一边，眼睛透过夹鼻眼镜凝视着对方——仿佛谈话中可能会包含什么线索，关系到他的生死存亡。

"请注意，"小个子压低了声音继续说道，"这里的廉价关税——嗯，这意味着你会遇到形形色色的人。在博格诺，现在——"

"先生，"无意中听到这一说法的西斯尔斯韦特先生打断了他，"你是说文明的便利设施不应该对所有人都一视同仁，不论是身居高层还是地位卑下？"

"哦，真的没有，我当然没有。我——"

"你会赞同我的，作为一名——"说到这里，西斯尔斯韦特先生冲着保罗·佩里笨拙地眨了眨眼睛，"作为一名科学家，佩里先生，科学应该让所有人都平等地受益。"

"如果能这样就好了。"

"的确是这样。莫雷先生，你的观点至少可以说是偏执的。"

"好了，爸爸，你不能欺负艾伯特。"萨莉说，"艾伯特，我的宝贝，别听他的。他正在为担任市议员准备演讲呢。"

艾伯特·莫雷几乎像只小哈巴狗似的，朝萨莉投去感激的一瞥。她对他报以亲切的微笑。保罗第一次注意到萨莉的睫毛和眉毛是深色的；他承认金发碧眼的人通常显得十分传统、乏味，而深色的眉睫能平添几分活力。萨莉注意到他的目光，便语气冷淡地对他说："作为一名科学家，佩里先生，你一定认为我们这些人很浅薄，很无趣。你这样的人物会来这里度假，可真有意思。"

"科学家总是在寻找样本。"保罗回答，饶有兴趣地回敬她高傲的目光。如果她执意要无理取闹对他开战，她就应该受到回击。

"抬杠大王。"萨莉说着转过身去。

保罗环视着四周的餐桌，看着莫雷先生所说的"形形色色的人"，大部分都是年轻人。他猜想大概是从一百五十磅到三百镑的收入群体，这可以通过选取一些代表来验证。不过，也有相当多的老年男女，无疑是带着孩子来的；孩子们在六点已享用了一顿特别的晚餐。许多女孩都穿着晚礼服，准备参加舞会。男士们大多身着法兰绒西装，整洁、华丽、裁剪得体；他们的面容也和西装一样引人注目。毫无疑问，游客们都很开心，比海边寄宿公寓里的房客要活泼得多。保罗忽然想起了儿时在斯卡伯勒或是斯卡格内斯的廉价旅店度过的艰苦假期，不禁打了个寒战。

这家餐厅的两边几乎都是大飘窗,从天花板到地板;其他的墙面看起来像未经染色的橡木,但很可能是冒牌的北美脂松。椅子是仿西班牙风格的,配着厚厚的衬垫。桌子上装饰着鲜花和灯盏,每桌可坐两到十二人。保罗注意到,有些游客似乎被周围非比寻常的奢华征服了;这些人无疑是初来乍到,以前从未来过这样的度假营。不过,总的来说,他们显然很喜欢西斯尔斯韦特所说的"文明的便利设施",就像鸭子喜欢戏水一样。他想问问别人,这种一年一次对"便利"的短暂体验会不会让人们对自己单调乏味的家庭生活感到不满;但他又担心这个问题会给他招来沉重的打击,西斯尔斯韦特可能对他进行约翰逊式的强力反驳。在美酒和节日气氛的影响下,这位大块头先生似乎每时每刻都在变得更加民主。

的确,身在奇境的西斯尔斯韦特较之于佩里几个小时前遇到的旅伴,简直像换了一个人。毫无疑问,那个旅伴也与牛津的裁缝截然不同。保罗·佩里心想,这就是环境决定人的性格。像许多同龄人一样,他有一个弱点,就是喜欢对人们做出科学性的概括。

晚餐结束后,西斯尔斯韦特先生提议到"上校之桥"呼吸新鲜空气,等时间到了再去音乐厅参加欢迎仪式。莫雷跟着他们小跑上楼。正是他向保罗指点着露台上可以看到的景色,映入眼帘的是浩瀚的大海和东西海岸的壮丽景致。此时的莫雷先生带着一种特有的、略显不安的骄傲,就像一个父亲把他的孩子们介绍给一个反复无常、情绪不稳的富亲戚一样。他提醒保罗看了日落、过往的货船、古老的藏匿走私者的峡谷，以及那片隐藏着艾普斯托克军港的悬崖——离他们最近的城镇。

"我还是个小孩子的时候，就想去当兵，加入海军，可是我的视力——"莫雷先生抬头望着保罗说，"我还记得我爸爸带我乘蒸汽船，航行在泰晤士河上。那是一九一三年的八月公共假日，还是一九一二年？我现在记不清了。我们经过了莱姆豪斯街的仓库，他告诉我——我爸爸是做沿海贸易的，你懂的——过去可以闻到河对面仓库里的香料味，香料是他们从东方带来的。我那时以为我也能闻到香料的味道。当然，在那之前很久我就想当一名水手了，但不知怎的我终于想通了。后来我去了一家海运事务所。你明白我的意思吧，这是退而求其次的最好出路了。"

莫雷先生突然有点脸红地停下了。哦，见鬼，保罗想，难道要让这个讨厌鬼一直纠缠着我吗？莫雷向他倾诉梦想生活，让他倍觉尴尬，同时也为自己的尴尬感到羞愧。

"那边是什么？"保罗指着用玻璃隔开的一段露台问道。

"那是怀斯上校在'上校之桥'上的私人空间。莫蒂默·怀斯，奇境度假营的经理。你很快就会在音乐厅见到他，他来接待新到的客人。他是一位谈吐文雅的绅士，一位优秀的组织者。"

保罗心想，他是度假营经理，如果他不忙的话，我可以从他那里得到许多想要的信息。我应该一开始就信任他吗？最好等等看他是什么样的人。

"到时间了，该下去了。"西斯尔斯韦特先生说，他一直站在桥上离他们稍远一点的位置,费力地大口喘着气,挥舞着手臂,摆着各种奇怪的姿势,就像一个疯狂的信号员。"先生,这里的清新空气是无与伦比的,"他解释说,"正如拉丁文诗人所说,'健全的精神寓于健全的身体'。"

音乐厅已经几乎坐满了人。尽管这表面上是为了欢迎新来者,但所有的游客都到场了——就像爱德华·怀斯说的——过来打卡。奇境的度假者们显然都是合群的人。这让保罗很高兴,他原则上是赞成群体行动的,并且可以引用某些现代作家的诗文来谴责脱离众人者、惯于独处者、野鸟观察者,以及追求浪漫孤独者的隐秘恶习。

"这个大厅可以容纳五百人。"艾伯特·莫雷羞怯而又骄傲地低声说,"你要等到好戏开始啊。那位年轻的怀斯先生——他真是个活宝。"

保罗开始感到有点担心。"等到好戏开始",这听起来就像野蛮部落的入会仪式,并不是因为不喜欢马林诺夫斯基之类的。

身穿绿白相间制服的营地工作人员在掌声中鱼贯而入,在排成新月形的椅子上就座。准备颁奖的工作人员在相互交谈,故意不去注意大厅里的客人。现在到了重要人物出场的时刻了。掌声越发热烈了。怀斯上校带着一叠文件来到舞台前。他比他同父异母的弟弟年长许多,身量却小一些,两人头型都是方的。这位组织者看起来很专业,稍稍有点焦虑,但应该非常能干,关于他没有什么流言蜚语。

"我不会耽误大家太久的。"他说,"欢迎来到奇境,我们希望在座的各位都能度过美好时光。我和我的助手们来到这里,就是为了确保大家能玩得尽兴。你们可以在门厅的布告栏上找到本周活动的时间表。我相信每位都能在那里找到自己喜欢的活动。但是，如果你不想参加这些竞赛、游戏，也不用勉强自己。在奇境我们没有必修课。"（掌声稀稀落落地响起。保罗想，提及公学的'必修课'有点超出了他们的理解范围。）

"我们试图把规则减到最少。我们要依靠大家的配合，你们从未让我们失望过。首要规则就是，凌晨1点以后营地不允许有噪音。女士们需要睡美容觉。"（下面传来笑声和抗议。）"当然，也不允许吵闹。我们有众多专业的安保人员——"（怀斯上校指了指身后的工作人员。下面传来笑声和欢呼声。保罗认为怀斯是一个很好的心理学家，知道如何逗大家开心，也不会显得虚情假意。）"如果你们有任何不满，对改善度假营有任何建议，可以来找我或我们的员工。我们随时待命。别忘了早点预定明年的假期；今年夏天我们不得不拒绝了两百多份申请。好了，现在我把你们交给游戏组织员。泰迪，过来吧。大家再会！"

爱德华·怀斯登上了舞台。女游客们立刻兴奋起来。

"嗨，年轻的朋友们，你们好！"他喊道。

"你好，泰迪。"众人回应道。

"在开始合唱之前，让我们来练习下原先的口号。奇——境——嗨——依——依——先轻声练，轻轻地，练起来吧。"

口号重复了二十次，每个音节都重读了，开始是轻声慢语，后来越来越响，越来越快，最后简直就像纳粹大会上的胜利叫嚣一样歇斯底里。

佩里对此既着迷又震惊。他一向极其注重细节，对这样的口号环节感觉非常尴尬。爱德华·怀斯正常的音调已变成了矫揉造作的美式口音,听上去就像一个舞蹈乐队的领队,他指挥众人呐喊时的手势是那么圆滑而自信——这些都让保罗非常反感。但是,作为一个冷静的旁观者,他又不由得生出兴趣;原则上他是赞成大规模生产的,因此他也勉强赞同这种奇怪的、像机器一般大规模地制造声音。而且不仅仅是大规模的声音,大众的情绪也被煽动起来,奇境的游客们已融合成了一个奇境社区——一个巨大的欢乐群体,高呼着同一个口号。西斯尔斯韦特先生在他身旁跟着节奏高声呼喊着,似乎并不显得荒唐可笑。保罗自己也很快就加入了,尽力表现到最好。当口号在最后一声雷鸣般的呐喊中结束时,大家互相看着,乐不可支地大笑着——或者,用保罗的话来说,他们的拘谨和压抑全都消失了。

事实上,保罗已经达到了忘我的境地。后来泰迪·怀斯鼓动游客自愿报名,成为运动委员会的成员,以协助奇境的工作人员,保罗居然是第一批报名参加的。对此,保罗自己也大为惊讶,而萨莉怀疑的目光更是坚定了他的决心。

在半个小时的全场大合唱之后,大多数客人都去了舞厅。乐队一开始演奏,保罗就径直走到萨莉和她母亲面前,邀请西斯尔斯韦特太太跳第一支舞。这位年长的女士笑逐颜开地推辞着,当然她最后被说服了。保罗一面揽着她母亲走进舞池,一面冷冷地瞥了一眼萨莉。他知道自己舞跳得很好,一心想在女孩面前显摆。

舞会大约进行了一个小时,聚光灯骤然亮起。大家都默认只有最优秀的舞者才会留下来。保罗大胆地请了一位工作人员做他的搭档——一位身材苗条的黑发女郎,后来才知道她是琼斯小姐,奇境经理的秘书。舞池里还有不到十来对情侣,慢慢地跳起狐步舞,轮流出现在聚光灯下。他们全情投入,舞步平滑,犹如在海底洞穴里游来游去的鱼儿。保罗希望萨莉一直都在看着他跳舞,当聚光灯落在他和舞伴身上时,他把琼斯小姐搂得更紧了。光之剑仿佛已将旁观者和其他舞者隔离,舞池里似乎只有他俩。保罗意识到跳舞的人越来越少了。不一会儿,他觉察到有人拍了他的肩膀。

"我们该停下了。"琼斯小姐说,"我的舞伴,跳得不错。"

"可是——我们为什么要停下呢?"

琼斯小姐解释道,他们经过舞台时,乐队领队一直在淘汰一对又一对的舞伴,直到留下最好的一对。保罗几乎听不进她的解释。他注视着最后留下的那一对——萨莉被爱德华·怀斯揽在怀里,舞步犹如丝绸般顺滑,舞姿仿佛流水般灵动,聚光灯不时变幻着色彩倾洒在他俩身上。去她的吧,去他们的吧!保罗诧异地发现,自己心中涌起一股莫名的恶意。

过了几秒钟,扩音器里突然传来一个声音——一个紧张、尖利、如金属碰撞般刺耳的声音,与乐队平稳的节奏格格不入。

"小心疯帽子,孩子们。"

萨莉觉察到泰迪·怀斯的脚步稍稍停顿了一下,他搭在她手腕上的手指猛然收紧了。

"这是怎么了?"舞曲只剩最后几个小节了,她问道,"一种新的竞赛,还是别的什么?"

"呃,是的。哦,没错。"泰迪回答,"就是一种疯狂的竞赛。"

"啊,快把一切都告诉我吧。"

但随着最后一声铿锵钹响,音乐结束了。灯光亮了起来,围观者开始为泰迪和萨莉鼓掌。两人站在耀眼的灯光下眨着眼睛,彼此的笑容里都带着迷茫,仿佛刚刚从沉睡中醒来。

第三章

第二天是星期天。早饭后,保罗和一大群奇境的游客一起,浩浩荡荡地去海里游泳。他们顺着悬崖边的小路大约走了一百码,然后沿着多年前发生过一次大滑坡的悬崖盘旋而下。这里形成了一个灌木、林木交错丛生的大斜坡,在斜坡上可以俯瞰大海。游泳者排成纵队沿着这条小径缓步前行,披着色泽鲜艳的浴袍,保罗觉得很像一支朝圣的队伍,正朝着某个海上神龛走去。他给奇境度假营打了满分,因为经营者没有给小路铺设混凝土台阶,也没有在荒野上搭建阶梯看台。这条原生态的小路激起了众人的欢笑、活力、无伤大雅的推搡嬉闹和野外冒险的感觉,这完全证明保持原有的自然状态着实是明智之举。

"当心,萨莉。"他突然对那姑娘喊道,她正在他前面的小路上费力地前行。

"怎么了?"

"你没看见他吗？就在那灌木丛后面？瑞普·凡·温克尔，原来是他。"

"啊！"萨莉缩了回来，紧紧抓着他的外套，"在哪儿？我怎么什么也看不见。"

"没事了。我在跟你开玩笑呢。"

"哼，你真可恶！这不是开玩笑，相信我。如果你见过他。嗨，等一下，谁告诉你瑞普·凡·温克尔的事的？"

"昨天晚上我听你和你母亲谈到过。然后你又告诉了我们的竞技独裁者。"

"什么独裁者？哦，你是说泰迪。我敢说你是在嫉妒。天啊，人类的通病！"

他们又继续往前走了，保罗不得不对着姑娘的后背说话，不知为何两人之间越发疏远了。

"你除了裤子难道就没想过别的吗？"他冷冷地问。

"从来没有。我只是一个愚蠢、轻浮的女孩，恐怕根本就入不了你的眼。真是遗憾啊！你那副娘娘腔的框架眼镜摘掉了，看上去倒还没那么差。"

"谢谢你的褒奖。如果你不再妄想登上《电影周刊》的话，你也不算是魅力全无。"

"你有偷听别人谈话的习惯吗？"

"究竟在说什么？"

"你很清楚我在说什么。我和泰迪谈论瑞普·凡·温克尔时，你在偷听。"

"如果你不想让别人听到你和情郎的秘密谈话,你说话就不应该那么尖声。"

"他不是——我——真的,你真是太气人了!你就是个庸俗的窥探者,保罗·佩里先生。我想佩里应该拼成P-r-y(注:Pry的中文意思是"窥探")。是的,以后我就叫你保罗·窥探者。"

"你最好别叫。你那个情郎到底跟你说了瑞普·凡·温克尔的什么事?"

"跟你没关系。你太幼稚了。如果你再称他为'我的情郎',我就让他打破你鼻子。"

"没错,我知道你就喜欢这样。那真是一幅迷人的画面啊,让两个雄壮的男人为了争夺你而大打出手。"

"雄壮的男人?别为你自己说好话了,保罗·窥探者。我确定,我自己就能把你打晕。我可是学过拳击的。"

"怪不得你胳膊上的肌肉这么发达,粗得像抱枕似的。"

"走开。我讨厌你!"

保罗从这种针锋相对的斗嘴中获得了某种乐趣。这让他有一种度假的感觉,可以不负责任地随意交谈,这种谈话在其他场合会被斥责为庸俗、乏味、有失水准。还有一点也令他欣慰,他发现自己可以顶住这种奚落和嘲弄。保罗的工作肯定会让他接触到许多这样说话的人;从理论上讲,他知道各种暗语黑话、正话反说等,但这是他第一次付诸于实践。

至少，当他走过悬崖小径的最后五十码时，他是这样说服自己的。他要是知道萨莉此时的想法，一定会大吃一惊。她在想，这年轻人真是太奇怪了，说话的方式那么滑稽，那么傲慢。这大概就是聪明人说话的方式吧，真的很吸引人。不，不是的，他是个可恶的家伙——他说我胳膊太粗——我讨厌他。如果有人告诉保罗他喜欢和萨莉争执不休的真正原因，保罗一定大为震惊。其中原委并不复杂难懂，不过是他被她的外表吸引了。保罗可以运用科学的道理，不厌其详地谈论性吸引与性对抗，但真正身陷其中时，他根本就无法辨别。

奇境浴场其实是一个海湾，坐落于两个小海岬之间。在石灰岩悬崖下面，海滩平坦多沙；再往远处它就陡然倾斜着汇入大海，所以游泳的人很快就发现自己已到了深水处。一些木筏停泊在离海岸约五十码远的地方，许多游客从木筏上跳入水中，或者在色彩亮丽的浮板上划桨。平坦的海滩上早已开始了一场游戏。围成一圈的年轻男女正来回抛掷一个沙滩球，圈中间的一个男人试图拦截。保罗走近一看，那男人是艾伯特·莫雷。他摘掉了夹鼻眼镜，满面笑容，竭力试着去接球，样子笨拙又滑稽，活像一只热锅上的青蛙，不停地上蹿下跳。

保罗不太确定为何会出现这样的情况。不过他觉得最先是爱德华·怀斯故意把球扔出去，球击中了矮小的莫雷先生，又弹回了圈子。不管怎样，这种行为颇具传染性。众人不再把球抛过莫雷的身侧或头顶，而是不约而同地都冲着莫雷扔球，尖叫着，哄笑着。扔球的力度越来越大，后来那个小个子男人不再去试着接球，只是想躲开，结果还是失败了。不过，他仍然面带微笑，对周围的一切还是抱有善意，但脸上的表情已有些迷茫,似乎不太确定大家是否在故意捉弄他。

保罗意识到萨莉站在了他身边。她大口喘着气,眼里冒着火。

"他们在故意戏弄他,这不公平。"她说,"去阻止他们,保罗。快去。"

一种反常的冲动向他袭来,他仿佛要故意作对似的脱口而出:"我为什么要去?我又不是警察。"当然片刻后他就觉得后悔不迭。

"噢,你真是了不起啊,去死吧你。"姑娘叫了起来,然后朝着那玩游戏的圈子匆匆奔过去。

但是,身着泳衣四处溜达的莫蒂默·怀斯抢先到了。

"嘿,嘿!"他和气地叫着冲进了圈子,"莫雷先生,该换一个人来站中间啦。"他一把接过球,把同父异母的弟弟推到中间,然后利落地把球一抛,掠过他弟弟的左手。

保罗看见那一圈人立刻就被制服了,莫雷揉着眼睛从圈子里冒出来。在那可怕的一瞬间,他以为小个子男人哭了。莫雷说:"我眼里进沙子了,是那个球上的。"

萨莉伸手扶住莫雷先生的肩膀,另一只手拿出一块手帕,小心翼翼地帮他把眼里的沙子擦掉。看着她,保罗感到一阵真正的羞辱之痛。她穿着白色的游泳衣,身形窈窕,对待莫雷是那么温柔。保罗觉得自己落单了,越发有些气愤。他自顾自地走进海里游起来。

十分钟后,下海游泳的萨莉突然举起双手,大张着嘴,沉到海面下了。离她不远的地方有一群玩闹着泼溅水花的游泳者,他们还以为她只是在闹着玩。可是过了好长时间,她才露出水面。只见她脸色苍白,好像呛水了,拼命想呼叫。她又一次沉下去了,这时保罗离她不远。爱德华·怀斯也看到了，他划水划得飞快，比保罗更早游到了女孩下沉的地方。爱德华潜入水中，很快就仰面浮出海面，双手托住萨莉的肩膀，拖着她游向岸边。不一会儿，怀斯上校出现了，游到爱德华身边帮忙。保罗注意到，在他们身后隔了一段距离，莫雷也跟过来了，他不顾一切地游着蛙泳，像是一个笨拙的自行车手调到了很低的档位，那副惊慌失措的样子有点滑稽。

保罗上岸时，萨莉正坐在兄弟俩中间，嘴里吐着海水说："抱歉，刚刚我不知所措。有个蠢货把我拽到水下闷得太久了。我再上来的时候，有点浮不起来了。我现在没事了，真的。"

一小群人聚集到他们周围。怀斯上校示意他们离开："没事了，没人受伤。"

但是，当人群散去后，他神情严肃地转向萨莉："我想你大概没注意到是谁干的吧？我们真不希望在这里发生这样的事情。"

"没有，没注意到。有人抓住我的两个脚踝，把我拉到了水下控制住。"

"你没和他打斗吗？那人是男是女？"

"我不知道。我觉得是男人吧，那双手感觉很大。我够不到他。不知怎的，他一直都在我下面。"

"好吧，如果你确定你没事的话——"怀斯上校说着走开了，示意他弟弟也跟上，保罗无意中听见他说，"这可能只是一个愚蠢的恶作剧。但还是要多加注意，好吗，泰迪？"接下来的谈话保罗就听不到了。

"如果我抓住了这个笨蛋,我会给他一些颜色看看。"泰迪怒气冲冲地说。

"哦,不,不。只要不是太过分,客人永远是对的。老弟,暴力的手段还是你自己留着吧。如果我们抓住那家伙,一定要警告他一下。"

然而,他们非但没有抓住那人,事态反而愈发严重。尽管泰迪·怀斯一直保持着警惕,接下来的一小时里又发生了两起拉人入水事件。其中一名受害者是莫雷,另一名受害者正是奇境经理本人。他们俩谁也没有像萨莉的情况那么严重,但至少莫蒂默·怀斯非常生气。保罗注意到,莫蒂默不仅很愤怒,还很焦虑。他看见莫蒂默把弟弟泰迪拉到一边;过了一会儿,泰迪从上衣口袋里掏出纸笔,显然在记录离开海滩的每个人的名字。

海滩上肯定有将近一百名游泳者,其中很多人还未意识到发生了什么非同寻常的事情——除了萨莉遭遇的事。不过,他们不会一直蒙在鼓里的。

保罗和西斯尔斯韦特先生一起返回小木屋。后者没有显现出长时间浸水的迹象,尽管他仰面朝天地在水中飘浮了将近一个小时,腹部高高隆起,就像一艘满载重物的货船。

"记住我的话,佩里先生。"两人到达悬崖顶端时,西斯尔斯韦特说,"有些阴谋正在酝酿之中。"

"你是说拉人入水的事吗?不过是有人在恶作剧罢了。他的动作会越发频繁,然后就被抓个正着,被勒令离开营地。仅此而已。"

西斯尔斯韦特先生意味深长地看了他一眼,重重地叹了口气说:

"真希望我也能这样想,先生。不过,我对气氛特别敏感。我认为奇境的气氛不对劲。你也可以说是氛围。"

"你是一到这里就注意到了吗?"

"不是,先生。确切地说,我是在昨晚十点零六分时注意到的。"

"十点零六分?为什么,怎么——?"

"如果你回想一下昨天晚上发生的事,先生,你就会想到舞会是十点钟开启聚光灯的。就在舞会即将结束时,扩音器响起,播出了一个通知。十点零六分,所有的灯都亮了。"

"怎么了?"

"你有没有注意到工作人员脸上的表情——乐队队长、男女主持,比如年轻的爱德华·怀斯先生?"

"没有,我没有特别关注到。我一直在和琼斯小姐跳舞。我记得她看起来很正常。"

"我注意到了他们的表情,先生。"西斯尔斯韦特先生异常郑重地继续说道,"那是一种怀疑——我几乎觉得是一种迷惑的表情。"他那硕大的脸庞都快凑到保罗的脸上了。"我们可以从中得出什么推论呢?"

"我得想想那个通知说了什么。哦,想起来了,是关于疯帽子的事。"

"疯帽子原是儿童读物中的一个虚构人物,那书名是《爱丽丝漫游奇境》(Alice in Wonderland),是已故基督堂学院的道奇森先生(Mr. Dodgson)的作品。我的公司曾经有幸为他定制过一打衬衫。"

"是的,这些我都明白。可我看不出——"

"先生，问题是员工们都被这个通知吓了一跳。游客们以为它指的是即将进行的某种竞赛，而工作人员显然不知道有这样的竞赛。因此，我们可以推断，某个未经授权的人在黑暗的掩护下使用了麦克风，为了达到自己的目的广播了这一通知。"

"可是——"

"你要特别注意'奇境'一词的意义。"西斯尔斯韦特先生喘了口气继续说道，他的声音透着异乎寻常的庄严。保罗感觉周身的血液都被注入了莫名的寒意。"此外，'疯'这个字也非常耐人寻味。这件事远远没有结束。"

他的说法的确是对的。他们经过那幢白色建筑的门厅时，看见相当多的人聚集在布告栏周围，群情激愤。他们两人挤上前去，看见一张纸被钉在了布告栏上，纸上用大写字母写着：

你们觉得沉入海里怎么样？
当心我的下一个乐子。

疯帽子

保罗听见众人议论纷纷。

"这个疯帽子是谁？"

"今天早上有些人沉进了海里，浮不上来。有一位女士差点淹死……"

"管理层应该做点什么……"

"他们说，今天早上有一个游客被淹死了，是蓄意的。"

"谁干的？"

"疯帽子……"

"一边去！不过就是一种竞赛，跟寻宝大赛差不多。一个神秘的节目，就像……"

"小心，格蒂！疯帽子来了！就在你身后！"

"啊，你吓了我一大跳！哦，原来是西斯尔斯韦特先生呀。"

"乐意为您效劳，女士……"

"不知道他下一步会做什么……"

"应该有人采取措施。这太过分了……"

"我们应该告诉怀斯上校。"

"有人说怀斯上校住院了。他今早差点淹死……另外三个人死了……"

"嗯，在这里度假还是很不错的，我不认为……"

午餐后召开了一个特别会议。怀斯上校走上台时，音乐厅里已挤满了人。他看上去非常严肃，但仍然表现出了极高的效率。

"女士们，先生们，"他说，"非常抱歉，在这样一个美丽的下午，我不得不让大家在室内逗留一会儿。很不幸，我们这里似乎有一个品性相当恶劣的人。今天早上，就在海边浴场，我和两名游客被拖进了海里，还被控制住了。如果这样的事只发生一次，我们可能会认为这只是某人临时起意玩闹一次。但今天上午贴在布告栏上的那份署名为'疯帽子'的通知，让我不得不相信，有某个不怀好意的恶作剧者要展开一系列的行动。首先，我恳请这位先生——也可能是位女士——意识到自己造成了多少不便，然后停止不当的行为。我们奇境提供了非常丰富的娱乐活动，想必足以满足所有人的需求，肮脏卑鄙的游戏我们不需要。"

"听哪！听听！"西斯尔斯韦特先生低沉的声音响起。

"我可以向你们保证，如果他决定继续进行愚蠢的恶作剧，我和我的员工们，加上大家的配合，会很快摆脱这个公害。现在我只有几个要求：首先，昨天晚上参加舞会的人们听到了扩音器里的通知，大意是说你们要当心疯帽子。当时周围一片漆黑，除了聚光灯在亮着。任何人都可以从大厅登上舞台，也可以从舞台两端的两扇侧门进入大厅，走到麦克风跟前讲话。那时，麦克风就放在舞台的最右边。我已经问过乐队，他们没有发现任何异常。和诸位一样，他们也以为是管理层突然宣布了这一消息，并没有去特别关注。你们当中如果有人注意到任何可疑的事情，或者在灯亮之后任何人有什么可疑的行为，麻烦到我的办公室来告诉我。

"第二，关于今天上午钉在布告栏的那条通知。中午十二点，我的秘书贴出了几张我发布的通告，当时那通知还没出现在布告板上。如果有人看见非工作人员在中午十二点至下午一点之间张贴告示，能麻烦你们告诉我吗？

"第三，等这里结束后，我希望运动委员会的成员能尽快去我的办公室。最后，我拜托大家保密。坦白地说，这样的事情，如果允许泄露出去的话——你们都知道谣言是如何兴起的——这将对奇境大为不利。就我个人而言,我相信搞恶作剧的那个人——或者是那些人——能停下来以保持体面,因为他们会意识到公众舆论是反对他们的。当然,我也有工作要做,我必须阻止这些愚蠢的把戏再次上演——即便要承担小题大做的风险。好了,就说这些了。非常感谢大家。"

几分钟后,保罗·佩里和运动委员会的其他成员——五女四男都坐在奇境经理的办公室里了。怀斯上校的秘书琼斯小姐和泰迪·怀斯也到场了。通往露台的玻璃门全都敞开着,阳光洒满了整个办公室,照亮了铬色的桌子、文件柜,还有悬挂在内置式电热器上方的军服照。怀斯上校那淡淡的、看似幽默的微笑也平添了一道光晕。保罗心想,没错,他看起来就像个校长,为了维持纪律而公开谴责某个毫无恶意的恶作剧者,私底下态度却很宽松;男孩毕竟是男孩嘛,免不了会调皮捣蛋。

怀斯上校没有再提刚才发生的事,只是说他们不可能采取任何行动,除非有更多的事实依据。毫无疑问,很快游客们就会接二连三地来到他的办公室,自愿提供各种信息,包括他们所看到的,或自以为看到的,或是听说别人看到的——当然筛选这些信息是他本人的任务,他不会用这种事去打扰运动委员会。

轻柔的海风透过敞开的窗户徐徐吹拂着,撩动了怀斯上校的碎发,琼斯小姐顺滑的发型却并未凌乱。她拿着铅笔和笔记本坐在他身边,端庄娴静,既是一位完美的秘书,也不乏迷人的魅力。

"好了,"怀斯上校说,"我们来把明天的安排再过一遍。上午——"

他话没说完就停下了。外面的楼梯上传来脚步声。门开了,一个穿着网球鞋、白色短裙、短衫的漂亮女孩冲了进来。她身后还跟着几个人。

"哦,怀斯上校,很抱歉打扰了——但我们在看台发现了这些东西。"她气喘吁吁地说,"看啊。"

她把一盒网球放在了桌子上,打开盖子。运动委员会的成员都站了起来,从怀斯上校的肩膀上方探身望过去。盒子里装着半打网球,每个球都涂了一层厚厚的糖浆。

第四章

大家都盯着盒子里的东西，目瞪口呆。聚在门口的其他几个姑娘也默不作声地走了过来，依次把手中的盒子放在经理的桌上，仿佛是一列虔诚的信徒把礼物呈上了祭坛。

"我想这些应该都是网球吧。"其中一个委员终于打破了沉默，"不是炸弹。"

"我觉得您多虑了，格林尼奇太太。即使是爱尔兰共和军也不会想到给炸弹涂上糖浆。"怀斯上校说。

"我的盒子里有一张纸。"最先进来的女孩说，"看，在这儿。"

怀斯上校小心翼翼地拿起那张沾满糖浆的纸，念道："'给埃尔西、莱西和蒂莉的礼物。疯帽子。'唉，真见鬼了！什么埃尔西、莱西和——"

"我也是这么对朋友说的。"女孩说，"这没有道理呀。我的名字是德洛丽丝。我们中没有一个人叫——"

琼斯小姐冷静干练的声音插了进来："埃尔西、莱西和蒂莉是那三个住在糖浆井底的小女孩的名字,怀斯上校。"

"琼斯小姐,你到底在说些什么呀?"他烦躁地嚷起来,"什么糖浆井?"

"就是《爱丽丝漫游奇境》中睡鼠故事的那部分。疯帽子的茶话会,你还记得吧。"琼斯小姐平静地回答。接下来是短暂的沉默。

"我明白了。"怀斯上校说,"你们从哪儿弄来这些网球的?"

"这些球就放在看台上呢,是准备今天下午打网球用的。"第一个女孩回答。

"佩吉小姐,很抱歉给你们带来这么多不便。泰迪,你陪女士们去商店,给她们重新买几盒网球,然后再回来。对了,问问主厨是不是少了一罐糖浆。"

"哦,怀斯先生,"当他们结伴离开时,保罗听到那个女孩对泰迪说,"你能和我们一起去,我真是太高兴了。一个嗜杀成性的疯子逍遥法外,我觉得太不安全了。"

怀斯上校扬起眉毛,耸了耸肩。"这就是我所担心的,"他说,"我们一不小心,那个讨厌的恶作剧者就会被夸张地传成了开膛手杰克。"

"我们能帮上什么忙吗?"运动委员会中一个下巴突出的年轻人问道。他看上去精力极其旺盛,似乎注定要加入许多俱乐部或委员会,充当秘书、勤杂工之类的角色。

怀斯上校伸出手指来回摩擦着下巴。此刻,他似乎显得特别优柔寡断,几乎有些困惑不安。

"伊斯顿先生,你人真好。"他终于还是回绝了,"我想真的不能再麻烦在座的任何一位女士、先生了。让你们帮忙调查太不公平了。大家是来度假的,而确保假期不受干扰是管理人员的职责。"

"不过,这真的不会影响度假——就我个人而言,的确是这样——而且我相信我也代表了委员会其他成员的意见。"年轻人坚持己见,对这项工作愈发热情,"我的意思是,这对我们大家来说都是一件很新奇的事,找到疯帽子可以成为一种新的竞赛。明白我的意思吗?你可以为获胜者设立大奖——你知道,如果有人提供了有效情报,最后能把疯帽子抓住,他就可以赢得某种奖励。每个人都会感兴趣的。这个办法行得通,你懂的。你肯定会有收获的,怀斯上校。"

经理若有所思地打量着他,然后又转头看了看其他人。运动委员会的全体成员立刻开始商谈起来,当然或多或少有些切题。委员会通常都是这样的谈论模式。

"这个主意挺好。"

"我要说的是,我们没有得到这个营地成员的授权来采取这样的行动。我们仅仅是一个运动委员会。"

"好吧,抓捕这家伙也算是一项运动吧。也许你会说是一种血腥的运动。"

"我不赞成血腥的运动。那个联盟——"

"我老板每周打猎两次。他是个善良友好的绅士,你会说他连只苍蝇都不会去伤害。他是个出版商。有一天他对我说——"

"我的弗洛说她被疯帽子吓得浑身发抖。其实,她还学过柔术呢。我想她会给那个坏家伙一些颜色看看。她能像折火柴一样拧断人的胳膊。"

"我们家比利用学校的魔术套装换了一盒恶作剧的玩意，都是些愚蠢的把戏。我狠狠揍了他一顿。我说的是——"

嘉丁纳小姐插进来问道："你们中有谁研究过恶作剧者的心理吗？"她是个教师，四肢强壮，眼神颇有威慑力。

"我不赞同那些心理学家的观点。他们整天探究人的内在，又找出什么结果了？"

"我想是各种管子吧。"

"这个恶作剧者的动机，"嘉丁纳小姐坚持阐述着，口气就像一个机械化旅在肃清混乱无章的敌手，"一般是自卑感。由于无法在社区中获得平等的地位，他的力比多或权力冲动驱使他采取权宜之计，将社区拉低到他自己的水平。感觉自己受到了嘲弄，所有他就要嘲弄整个社区。"

"你的意思是他要以牙还牙？"

"这对精神病的理解过于简单化了。"嘉丁纳严肃地说，"精神错乱者经常会有强烈而压抑的表现欲。索德曼曾举过这样的一个例子，有一个消防志愿队的成员，犯下几次纵火的罪行，竟然只是为了可以在公共场合穿上制服。阿德勒表示——"

"那么，疯帽子会穿什么制服呢？高顶毛皮帽？"

"应该是高顶礼帽，傻瓜。"

这时经理巧妙地插了进来："我想这场有趣的讨论要告一段落了，我们得做些要紧的事。我可以向大家保证，你们的建议都将被考虑在内,如果有需要,我会再去找你们。说不准,那个恶作剧者可能决定收手了。那么……"

委员会开始讨论星期一活动的细节,主要的安排就是下午的寻宝活动。寻宝的路线和线索已经由管理人员准备好了。委员会成员的任务是协助工作人员分发线索,协调场地,或是做出其他安排。所有的线索提示都装在密封的信封里,今天晚餐时会分发出去,这样热切的寻宝者们就有机会了,能从容不迫地研究一番。

会议结束后,保罗·佩里信步向网球馆走去。正在进行的并不是正式的比赛,因为每周一轮的网球赛要到星期二才开始。保罗看到了一个庞大的身影,那是西斯尔斯韦特先生,他坐在球场旁边的折叠椅上,萨莉和莫雷先生正在球场上和另一对选手进行混双赛。保罗坐在草地上看比赛,就挨着西斯尔斯韦特的椅子。

"先生,你也擅长网球吧?"他的同伴问。

"还过得去吧。不过,现在我也没太多的时间打网球。"

"啊,你们这些以笔谋生的绅士们,肯定是批判享乐,艰苦度日。这的确是一项艰难的使命,但很少有人能得到回报。"

"你女儿打得很好。她似乎能带动她的搭档。"

"这是我们家遗传的,先生。我本人年轻时球技也还不错。"

艾伯特·莫雷拼命地跳起来,去拦截一记边线扣球,但没接住球,反而倒在了地上。他的对手大笑起来,就连萨莉也忍不住笑了。莫雷先生站了起来,脸上还是洋溢着最为亲切的笑容,又恢复了他在网前的姿势。

"莫雷先生真是一个好运动员。"西斯尔斯韦特先生说,"他总能拿自己开玩笑。这是我们的民族特性中最突出的一面,你不这么认为吗,先生?除了我们英国人,让我看看还有谁会自嘲自乐,还有谁是天生的绅士。"

保罗没有试图质疑这个观点,而是很快转移了话题:"在这里人们对那个恶作剧者有什么反应?有些紧张不安吗?"

"普遍的态度是要冷静地解决。英国人不会被轻易吓倒。一切照常,或者我该怎么说呢?——照常快乐,是奇境现在的口号。"

"真不知道他下一步要干什么。在网球上涂糖浆和拖人溺水相比,只能算是反高潮。"

"先生,他可能是以退为进吧。人们对这种猜测并非没有兴趣。"西斯尔斯韦特先生转向保罗,他的躺椅嘎吱作响,似乎有塌掉的危险。"你用了'恶作剧者'这个词,先生。你考虑过有什么隐含意义吗?"

"你是什么意思呢?"

"什么隐含意义,爸爸?"萨莉打完了游戏,和艾伯特·莫雷一起走过来,坐在他们旁边。

"我在说那个自称疯帽子的人。在我看来,恶作剧的本质就在于,作恶者不仅要亲眼目睹受害者的狼狈、挫败,还想要自己因足智多谋而得到应有的称赞。一个恶作剧如果只能自己知道,不能跟人分享,那就没法让人百分百满意。在目前的情况下,我们能从中得出什么结论呢?"

"你的意思是,"保罗沉默了一会儿说,"这个家伙可能有一个——

或者几个同伙——和他一起分享这个恶作剧。"

"的确存在这种可能性,先生。"西斯尔斯韦特说。

"我想这家伙一定有点怪异。"莫雷先生提出了一个观点。

"这也是一个合理的假设,一个疯子,"西斯尔斯韦特先生用平静的语气继续说,"是唯一不用和别人分享恶作剧的人。"

"噢,爸爸,别说了。这些让人不舒服。"

保罗说:"我想这也许是一个人格分裂的案例。一个人有时像个玩杂耍的小丑,有时又衣冠得体——嗯,像你这样端庄体面。"

"你是说我爸是疯帽子吗?你说话要小心,保罗·窥探者先生。"

"仙人掌小姐,我只是在作一个科学的概括。"

"对于这些奇怪的事情,还可以有第三种解释。"她父亲又开始了阐释,说着把指尖叠放在一起,戏剧性地停顿了一下,"那就是,疯帽子既不是一个恶作剧者,也不是一个疯子。他也许和你我一样清醒、理智。"

"可是,爸爸,这是不可能的。他要么——"

"在分析任何一种犯罪行为,也就是反社会行为时,我们不仅应该弄明白谁会从中受益,还应该搞清楚谁会因此受损。"

"哦,受损的当然是你呀。如果那个可恶的人把我在水里再闷久一点,你美丽的女儿早就变成一具可怜、冰冷的尸体了。"

父亲侧过身来,笑着轻抚她的头。保罗觉得这笑容憨憨的,然而让他显得更为真实,真是不可思议。西斯尔斯韦特先生一贯是那么气宇轩昂,你很难想象他也会有私人生活、人性弱点以及人际关系。

"不，"他字斟句酌、小心翼翼地继续说道，仿佛面前是要量身定制的客户，"如果这种暴行持续下去，遭受损失的与其说是客人，还不如说是奇境有限公司本身。"

"你言下之意是，恶作剧者是某个对奇境公司怀恨在心的人？"保罗问。

西斯尔斯韦特先生点点头，郑重其事地表示赞同。如果有大学生在他的温和指导下选中了一块布料，在华丽与平凡之间达到了完美的平衡，他也会流露出赞许之意。

萨莉说："不过，用这种方式来报复一家公司不是很奇怪吗？只是让公司的客人感觉不快？"

"这或许是他能力范围内的唯一办法，你不觉得吗？"矮小的莫雷先生出乎意料地插言道。

"正是这样，莫雷先生。这就给了我们指向恶棍的指针，不是吗？"

"你是什么意思呢？"

"那人既没有地位，也没有影响力。不管他的敌人是整个公司，还是公司的某个官员——比如怀斯上校，一旦这些恶行造成了大量的游客流失，怀斯就会失去职位——那恶棍仅凭自己无法攻击敌人，除非采用这些狡诈、不体面的诡计。"

西斯尔斯韦特先生深吸了一口气，抚摩着他那完美法兰绒裤上的折痕。

"也许是一个仆人，已经被炒鱿鱼了？"保罗提议道，"不过没人能想到仆人会对刘易斯·卡罗尔的作品如此熟悉。"

"我认为仆人也能识文断字。"萨莉说,"另外,你即便没读过《爱丽丝漫游奇境》,也会听说过疯帽子。还有话剧表演呢。"

"但我认为埃尔西、莱西和蒂莉不会出现在表演剧里。"西斯尔斯韦特说。

保罗·佩里一时僵住了,凝神注视着他。

"时间因素,"西斯尔斯韦特继续说,"也值得我们关注。绝大多数到访奇境的游客只停留一个星期。如果恶行持续到第二周,那么除了工作人员和少数继续逗留的游客之外,所有人的嫌疑都将消除。"

"这件事你已经仔细研究过了,我明白了。"保罗说道。

"我确实关注到了,先生。作为一个犯罪学的业余爱好者,我——"

"你指甲缝里是什么东西?"保罗突然指着西斯尔斯韦特先生的中指问道,后者正用中指来回摩挲着裤腿上的折痕。

"我认为是糖浆。"西斯尔斯韦特先生镇定自若地回答,"那位年轻女子捡到网球时,我碰巧就在附近。我用指甲刮了其中一个球,想确定球上涂了什么东西。"

"哦,我明白了。"保罗感到很沮丧,"你就是这样知道埃尔西、莱西、蒂莉的事的?"

"就是这样。"西斯尔斯韦特先生那带有猎犬特性的脸上露出悲哀、责备的神色,"先生,你不会怀疑我参与了那些事吧?"

"没有。不,当然不是。我只是——"

"哦,不,你就是在怀疑,保罗·窥探者。别想抵赖。你看起来就很心虚,脸都红了。"萨莉气坏了,她灰色眼睛里闪现寒冬般冷冽的眼神,怒火随时会喷薄而出,"你到处窥探——是的,我亲眼看见过——在你以为没人注意的时候,在一个小笔记本里记下好多东西。你居然敢指责我爸——凭什么?你才是那种人,尽会耍些卑鄙的把戏,而且你的指甲也不怎么干净。"

"说到糖浆,"机智的西斯尔斯韦特先生继续侃侃而谈,"我想起了我在牛津当学徒时发生的一件趣事。事件的中心人物正是已故国王爱德华七世陛下。这位泰迪国王是伟大的绅士,也是时尚的领导者,在位期间一直意气风发。是的,的确如此。有一次,国王和汉密尔顿公爵之间打赌,造成了以下后果。公爵走进一家杂货店,要了一磅糖浆。店员问他高贵的顾客是否带了罐子来盛糖浆,公爵回答说,'装在我的帽子里。'店员照做了。于是公爵把帽子猛地戴在店员头上,扔了一枚金镑在柜台上,转身就走了。啊,是的,已故国王精力充沛,趣闻很多。"

"一个真正的皇家玩笑。"保罗酸溜溜地说。

"我不明白他们为什么不把糖浆放在铁罐里——我的意思是说,装在罐子里——准备好。我想说,那是在商店里。"艾伯特·莫雷说。

"你怀疑这事的真实性吗,先生?"

"哦,不。不,我只是好奇而已。"

保罗想,如果让我们这几位去出演《爱丽丝漫游奇境》,艾伯特一定是演睡鼠。西斯尔斯韦特先生每次都会是威廉神父。我自己呢?嗯,我倒想要柴郡猫这个角色。萨莉比较直率幼稚,正适合演爱丽丝。保罗好奇地注视着自己的手,萨莉刚才拉起了这只手来证明他的指甲也不干净。他思前想后，心中忽然涌起了一种意想不到的、强烈的感觉。他不由自主地站起身，一言不发地离开了网球场边的同伴……

在那间可俯瞰海景的经理办公室里，怀斯上校正在和他弟弟谈论恶作剧事件。

"嗯，情况就是这样，泰迪。我来回顾一下我们目前所发现的。琼斯小姐，请把谈话内容都记下来。万一我们把这件事移交给警察，备好记录会很有用的。"

琼斯小姐非常惊讶，对于报警也不赞同，但只是微微噘了下嘴。泰迪可没这么客气。

"哦，听我说，老兄，不能报警，那真的会——报警真的会让我们两周后就关门大吉。"

"我亲爱的泰迪，如果这个恶作剧者不停手的话，他可以让我们一周后就倒闭。当然我是不会主动报警的，除非客人们逼着我去；可是如果我们不赶快把疯帽子揪出来，他们会报警的。好吧，先讲昨晚扩音器里的通知，还没有人提供信息。那家伙可能是从大厅里冒出来的，也可能是从大厅外舞台旁边的一个侧门进来的，也可能是乐队中的一员——事实上，他可能是任何一个很受大家欢迎的人，在座的你、我或者琼斯小姐。"

"不是我，老兄。我那时候正和萨莉在聚光灯下跳舞。"

"没错，你当然是在跳舞。接下来是拖人入水事件。那家伙很可能是男性，当然很强壮，手也很大。当时海滩上共有九十五人，如果我们让他们每个人都说明出事时身边有谁，我们就能排除其中好些人，但还是会留下不少嫌疑人。你已经记下了所有离开海滩游客的名牌号码，没戴名牌的客人名字，以及他们离开的顺序。当然，这样的信息核对还是会有疏漏，恶作剧者可能临时偷了别人的名牌，那么情况就更复杂了。第三，公告板上的通知。肯定是那家伙自己钉上去的，除非他有同伙。可是，琼斯小姐发誓说，中午12点时通知还没出现。所以那个恶作剧者肯定是在海滩沐浴之后才把通知钉上去的。几乎可以确定，他一定是第一批离开海滩的；他越晚离开海滩赶去钉通知，门厅附近出现的人就会越多。这样就能把范围缩小到你名单上较早离开的那批人了。我们等下可以再梳理一遍。最后，看看糖浆事件。你去找主厨时，他仔细查看了一番，糖浆一罐都不少。那家伙的糖浆一定是自带的，这就意味着他来奇境之前就已经准备了行动计划，看来我们还会听到他更多的消息。我们倒是可以搜查客人们住的木屋，但那样会不得人心，而且不管怎样，如果那家伙还有头脑的话，他早就把糖浆罐给处理掉了。网球被涂上糖浆应该是在12点45分到2点15分之间，12点45分打网球的人把球收拾好放在了看台上，到了2点15分球又被拿出来。这么长的一段时间都需要我们去调查。不过，运气好的话，可能会注意到有人午餐迟到或者提前离开。该死，整件事都这么模糊不清。"

怀斯上校恼怒地拍了拍头顶日渐稀疏的头发。

"我们需要一支秘密警察小分队，或者诸如此类的援军。"

"要么我想办法去弄一套指纹印显示器？"琼斯小姐问道，手里的铅笔立在了笔记本上。

"指纹印？哦，我明白了。是的，那个麦克风上可能会给我们留下一些线索。嗯，也许——"

"可是随便什么人都会在作案时戴上手套，不是吗？"泰迪说。

"该死！真是太棘手了。我们又不能把客人当作犯人来对待。我——"

突然敲门声响起。保罗·佩里进来了。"对不起，"他说，"我还以为就上校独自一人呢。"

"独自一人？是来认罪的吗？"怀斯上校这下玩笑开大了。

"不是。但我觉得对你而言，我可能会有些用处，关于疯帽子的事。你看——好吧，我最好还是坦诚相告，我来到奇境是为了什么……"

第五章

保罗·佩里讲话时换成了职业化的口吻。他在工作上还是个新手,一谈到工作就会不由自主地生出自豪之情和扮演角色的感觉,如同一个年轻的军官第一次穿上了引以为傲的军装。此时,保罗的声音清晰干练——就是那种能干的、不知名的行政人员的声音,如齿轮一般平稳运转着的调子——与他平常的声调大不相同,平常他时而羞怯,时而咄咄逼人,不管怎样听上去都有些缺乏自信。

"通常,"保罗侃侃而谈,"我们以非正式的方式进行调查。在酒吧,在街上,或诸如此类的地方,获取一些小道消息;有时是一系列事先准备好的问题,但在谈话过程中很自然地提出。即便人们认为自己受到了攻击,往往也会收敛怒气。不过现在普通民众对'大众评审'这一机构已经非常熟悉了,如果有人直截了当地问我,我会毫不掩饰地承认自己是一个民意调查员。'大众评审'派我来这里,对一个典型的度假营地做调查。我原本打算表现得像个普通游客,但近期发生的这些事让我想到，我可以在完成调查的同时，稍稍做些侦探工作。"

"我明白了。你建议怎样进行？"

"嗯，你可以宣布我来这里是代表'大众评审'做民意调查的，这样可以给我一个官方的身份，大家也会更有兴趣。我可以按照我计划好的方案来做，但任何有助于查明恶作剧者身份的问题都能添加进来。我不需要用正式的侦探，因为游客们会认为我问的所有问题都与民意调查有关。"

"对的，这办法也许还不错。你觉得呢，泰迪？"

"听起来还可以。当然，我想这取决于佩里。我的意思是，如果他能把这么多的游客都搞定，那就没问题。不过，可不能让他把大家都得罪了。"

"你有什么看法吗，琼斯小姐？"看到保罗对泰迪的评论相当不满，怀斯上校马上发问，转移了保罗的注意力。

秘书歪着她那圆滑的脑袋，就像画眉鸟在打量着一条虫子。"我认为难点在于如何将有关恶作剧的问题纳入'大众评审'的调查问卷。我怀疑它们怎么能融合在一起。"

"好吧，埃斯梅拉达，我把这个问题留给你和佩里先生。"

保罗心里想，她的名字是埃斯梅拉达。全名埃斯梅拉达·琼斯。天啊！为什么问了她的意见，然后又置之不理呢？

"你们两位去商量下，看看能不能做出点什么来。"

"怀斯上校非常担心事态的发展。"两人下楼时，琼斯小姐一本正经地说。

"护士总是附和医生的说法。"

她敏锐地瞥了他一眼,然后轻声笑起来:"是啊,我想听起来确实像那样。"

保罗想,和这样的一个女孩交谈真是太好了,她能立即领会你的暗示,而且与异性相处时并不总是咄咄逼人。他更加仔细地打量着她。此时的她精明睿智,而出现在昨晚舞会上的她,看上去就像《时尚》里的人物。真的很难将这两个人联系起来,究竟哪一个才是真正的埃斯梅拉达?显而易见,佩里对女性的热忱与他对女性的无知不相上下。

此刻,他们已走出大楼,沐浴着阳光向游泳池走去。未到下午茶时间,泳池还泡着一群喧闹的游泳者。琼斯小姐似乎还在往前面带路。

"我们不是应该讨论调查问卷吗?"保罗问道。

"浴场是个很好的公共场所。"她说,"谈论秘密总是应该在人群之中。这是最安全的方法。"

"琼斯小姐,你似乎学过一些诡秘之术。"

"埃斯梅拉达会去学。我不该给自己选这个名字的,琼斯小姐直接把我放在了光鲜柜台后面。"

"我猜你把琼斯小姐留作了秘书,而把埃斯梅拉达留作——"

"留作什么?"

"呃,"保罗突然觉得自己太幼稚了,一时有些词穷,"留作你私人的自我。我是说,你并非一直都是个秘书。"

"可我现在是个秘书,我的伙伴。我们坐这儿吧。"她指了指浴场上方露台草坪上的一张乡村风格的座椅。

"你的雇主为什么这么担心？"他问道，"毕竟，一个恶作剧者除了四下引发不安之外，也做不了别的，又不是说有个杀人狂在附近游荡。"

琼斯小姐摘下框架眼镜，放进眼镜盒里，再装进她那样式简洁的波点真丝裙的侧兜里。

"事情没那么简单，保罗。这里只是三个奇境度假营中最大的一个，都由同一家公司运营。正如你所看到的，已经投入了大量的资金。如果其中一个营地被乌云笼罩，整个企业可能都会乌云压顶。你不知道对于这样的大型项目来说，负面宣传——哪怕只有一点点——有多危险。而且我认为我们的一些竞争对手也会加以利用。"

"大企业的确满是铜臭味，不是吗？"

"不要自命清高了，保罗。"她严厉地说，"如果有足够的勇气和天赋，百分之九十的人会以同样的方式获取财富。"

"我看不出这样的方式有什么好。"

"好了，我们不是来参加企业道德研讨会的。我们——"

"我说，埃斯梅拉达，"保罗兴奋地打断了她的话，"你觉得这会不会是某个竞争对手在幕后策划的？比如说，他们可以雇一两个煽动者，假扮成普通游客，故意在奇境制造麻烦。然后——"

琼斯小姐笑了——笑声沙哑又顽皮，笑得保罗脸都红了——他不知道自己是高兴还是尴尬。

"你这是在幻想。不，我不认为大企业会用这么恶劣的方式。"

"在美国，他们派密探潜入工会。"

"我们必须开始谈正事了。"琼斯小姐向保罗靠近了一些。保罗看见萨莉从跳板上朝他们瞥了几眼,心中暗自欢喜。正如怀斯上校说的,能聚在一起商谈真是太好了,尤其是和时尚靓丽的黑发女郎埃斯梅拉达在一起。保罗漫不经心地向萨莉挥了挥手,又转向他的同伴。

"你知道吗?"他一边抱怨着,一边伸手指着下面浴场,那里水花四溅,人声喧闹,客人们游泳、闲逛或是晒日光浴,似乎将疯帽子及其恶作剧完全抛诸脑后,"我还是认为这不是一个集中精力的好地方。"

"训练有素的头脑,"琼斯小姐严肃地答道,"可以在任何地方集中注意力。好了,先告诉我你制订了怎样的问卷……"

到下午茶的时候,一个初步的计划已经拟定,如果怀斯上校赞同,他会在晚餐时宣布保罗的官方身份,然后保罗第二天早上就可以开始调查了。保罗请求辞去自己在运动委员会的职位,因为民意调查会占据大量的时间和精力。琼斯小姐同意了,并请他提名接替人。保罗推荐了西斯尔斯韦特先生。

"你最好问问他是否愿意。"

"我现在就去。我想尽快把这个计划写下来。"

"那我把茶点送到你的小木屋,好吗?"

"非常感谢。"

保罗找到了西斯尔斯韦特先生,他们一家三口都坐在木屋的小阳台上。毫无疑问,他们在等待着预告美食的喧闹锣声。保罗问他是否愿意接替他在运动委员会中的位置。西斯尔斯韦特先生满怀喜悦而又郑重其事地答应了,仿佛接受了一个荣耀的爵士头衔。

"基于地方政府的一条原则,"老先生又开始了演讲,"这个委员会虽然是一个微小的机构,但同样至关重要,我认为它是以民主制度为基础的整套体系中一个不可或缺的组成部分。"

没有人试图对这一观点提出质疑。过了一会儿,萨莉问保罗:"他们把你开除了,是吗?"

"不是。"

"你好像和那个女孩很亲密。"

"什么女孩?"

"那个做秘书的。"

"哦,她啊,是的。她很有智慧,而且非常漂亮,你不觉得吗?"

"原来你喜欢那种类型的。"

"我的确喜欢。"

"啊呀,我确定你爱上她了。"萨莉神气活现地大声嚷道,"保罗·窥探者爱上了一个姑娘!奇迹永远不会停止!"

"好了,萨莉,别再取笑人家了。请别介意,普莱先生('普莱'和'窥探'的英语读音相同)。"西斯尔斯韦特太太语气轻松地劝阻道。

"佩里才是我的姓氏。"

西斯尔斯韦特先生转而就妇女解放问题作了简短的演说。

他声称,在伟大的进步进程中,现代女性与男性并驾齐驱,而其女性气质也丝毫不逊于祖母一辈。他认为这种解放与民主发展是一致的。他说,萨莉本人也在学习秘书课程。他明白作家的秘书是一个非常热门的职位,所以暗示佩里先生考虑让他女儿担任秘书一职。

"哦,保罗不想要秘书。他想要戴着框架眼镜、品味高雅的后宫团。"萨莉无礼地大声说道。她父亲的抗议被宣告美食的锣声打断了,只剩下保罗一个人起草他的调查问卷。

半小时后,他停了下来,把写好的问卷校阅一遍。

(i) 你为什么选择来奇境度假? (a) 从广告上看到。(b) 从朋友那里听说过。(c) 其他原因。

(ii) 你为什么更喜欢度假营而不是度假胜地的普通住宿? (a) 设施便利、合群。(b) 奢华、廉价。(c) 满足虚荣心。(d) 新奇。(e) 其他原因。

(iii) (a) 这个地方的奢华可能会让你对平日的家庭和工作环境感到不满吗? (b) 它是否会引起那些常年支付得起精美食物、娱乐等奢侈品的人的嫉妒? (c) 或者你能接受这种收入上的差异吗?

(iv) 你认为这个度假营的主要吸引力是什么? (a) 自然环境。(b) 奢华。(c) 有其他人陪伴。(d) 娱乐和休闲活动。

(v) (a) 你喜欢奇境为你组织的娱乐活动吗? (b) 平时你更愿意做观众还是做游戏的参与者? (c) 身在奇境时,你是否曾想过独处?

(vi) 你对疯帽子有什么看法? 他是 (a) 一个恶作剧者吗? (b) 疯了吗? (c) 不止一人? (d) 管理层的噱头? (e) 一个对奇境公司心怀不满的人? (f) 任何其他观点。

(vii) 疯帽子的出现 (a) 让事情变得更刺激吗? (b) 使你倾向于离开奇境,再也不回来? (c) 让你无动于衷?

(viii) 你认为管理层是否应该 (a) 邀请游客合作找出疯帽子？ (b) 叫来警察？ (c) 自行处理这件事？

(ix) 请写下您的姓名、年龄、性别、职业、地址、收入、逗留时间。

读完之后，保罗吃了碟子里的两块糖，划掉了问题 (ii) 中的"合群"，代之以"和大家聚在一起"，不情愿地删去了"满足虚荣心"，替换为"多样性的娱乐"，然后把"收入"一词从问题 (ix) 中删除。

他和琼斯小姐已达成一致，如果不直接提及疯帽子，就不可能提出任何有关疯帽子的问题。他俩还决定，保罗负责的这部分应该采用问卷的形式，而非一系列的访谈；这样他可以得到大量的资料，为进一步的调查提供更广泛的基础，同时也可以使管理部门知晓游客们对疯帽子的反应，对此有一个总体连贯的了解。他俩的想法是，如果问卷调查在怀斯上校那里通过了，琼斯小姐就复印五百份，今晚用餐时分发出去。

保罗拿着笔记本，踱出了小木屋，向经理办公室走去。他设计了一系列问题，拟定了调查问卷，又设法使自己的调查合法化，对此他颇有些自得。当然琼斯小姐也功不可没，正是在她的协助下，才能巧妙地把疯帽子事件公之于众，并用客观的统计数字消除了那些怪诞行为的影响，从而守住了客人们的信任和愉快的心情。可见怀斯上校并非奇境员工中唯一的心理学家。

怀斯上校快速浏览了一下问卷，那眼神仿佛能同时把三栏数字加出总数。他的铅笔几乎立刻就落在了问题 (vi) 上。

"这是谁的主意——暗示疯帽子可能是管理层的一个噱头？我们肯定不想把这样的想法灌输给他们吧？"

"是我建议的。"琼斯小姐干脆地说，"我听到一两位客人提出了这一观点。要证明它的荒谬之处，最好的办法就是把它用白纸黑字写下来。"

"嗯。好吧，这一条就保留吧。我认为我们应该增加一个问题，问他们是否看到或听到过任何可能会与恶作剧相关的可疑事物。人们或许更愿意把这种事情写下来，而不是亲自来找我谈。"

"这点我也想到了。可如果客人们觉得奇境让他们相互监视，那岂不是要命了？"

"胡说八道，琼斯小姐，根本没有什么监视。不管怎样，午餐那会我宣布通知时，就已经要求提供这样的信息了，把这一条加进去。"

保罗心想，这人真是奇怪，前一分钟还在拖延，后一刻又坚持己见。从根本上说，他肯定是个软弱的人。此时，那个软弱的人转向了保罗。

"你负责的部分很有意思。问卷调查的结果可能会为我提供有用的信息。回收问卷时能让我看看吗？"

"嗯，我不知道——"

"可以让这项调查以公司的名义进行。你在奇境逗留期间，享用的饮料全都免费。"怀斯上校的建议极不寻常。

"真是的！做这项调查不需要给好处——"保罗开口道，随即发现埃斯梅拉达·琼斯恶作剧似的瞥了自己一眼，她那坚定有力的红唇似乎要吐露"自命清高"一词。保罗突然顿了一下。"要不这样吧，"

他接着说,"我们可以交换信息。如果你愿意跟我分享,我也会告诉你,我那部分的答案。"

现在轮到怀斯上校心存疑虑了,他用铅笔轻轻敲着整齐洁白的牙齿。"我觉得这样不会有什么害处,"他终于同意了,"只要你能严格保密。你觉得怎么样,琼斯小姐?"

"我没有异议。不过这有点不合常规吧,但疯帽子也不按规矩出牌。"

"我想我们可以确定你不是疯帽子本尊吧?"怀斯上校问,他冲着保罗友好地咧嘴一笑。

"我只向你保证。"保罗回答说。他显然已透过经理愉快的目光,看到了那深藏眼底的精明。

"那好吧。"怀斯上校又看了看问卷,"我们分发调查问卷之前,还有什么需要补充的吗?"

"我有个建议。"琼斯小姐说,"如果佩里先生同意,在第二部分我们能再加一个问题吗?大致意思就是:如果你是疯帽子,你能想到哪一个恶作剧最能扰乱营地的生活?不管疯帽子究竟是谁,他本人很可能会填写问卷。这人显然有点爱出风头,他或许会忍不住要回答这个问题,并提供他计划实施的恶作剧的详尽信息。这样也算是一种挑战吧。如果他真的回答了,我们就能提前知道了。不管怎样,他的答案会给我们一些提示,这样我们也能有所防范。我个人以为,恶作剧者只是刚刚进入状态,后续他还会有一些大动作。"

"你对此过于悲观了,琼斯小姐。有些紧张不安吗?"

"我还有工作要做，怀斯上校。"她毫不客气地回敬道。

"好吧，把这一条加进去，作为问题 (ix)，然后把他们的名字、年龄等算作问题 (x)。天知道董事们听说这个问卷后会有什么反应——至少会说，这是非常不合常规的。现在疯帽子意识到我们已经严阵以待了，希望他会被吓跑。"

怀斯上校拍了一下袖口，做了个手势示意散会，不经意间露出了价格不菲的金表。"琼斯小姐，最好开始印刷了。谢谢你帮忙，佩里，今晚晚餐时我会把你隆重推出……"

几个小时后，由怀斯上校、保罗·佩里、埃斯梅拉达·琼斯牵头组成的小分队到访了两个餐厅，他们带着调查问卷和寻宝活动用的密封信封。随行的还有四位奇境的工作人员，负责分发问卷和信封。怀斯上校做了一个简短而巧妙的演讲，既不会耽搁太久让食物冷掉，又成功地吸引了用餐者的兴趣。他向众人介绍了保罗的真实身份，年轻人那严肃的职业外表下还隐藏着些许羞怯。在解释问卷的两部分内容时，怀斯上校强调说，问卷调查不带有一丝一毫的强制性，但他请大家认真填写——如果愿意参与的话——不要询问别人的答案。

他在两个餐厅的讲话明显激发了客人们的好奇心和活力。西斯尔斯韦特先生当众宣布这是一个非常民主的程序，提及疯帽子时有几个女孩还紧张地尖叫起来。随后身为教师的嘉丁纳小姐就给她同桌就餐的伙伴们开课了，详细解释了"大众评审"的工作方式。怀斯上校一贯善于表演，在演讲结束后没作逗留，而是迅速地离开了大厅，只留下了随从分发材料。餐厅里好奇的氛围有增无减。

在一小时后举行的嘉宾音乐会上，这样的气氛依然很明显。奇境的音乐会分为两种：一种是由伴舞乐队、工作人员和专门聘请的电台或歌舞剧明星共同主办的，另一种是由客人们自行举办的。今晚，在音乐厅的观众中，随处可见游客汗津津地抓着歌谱，或是悄摸摸地吹奏乐器。琼斯小姐早已向保罗透露，让游客们填满音乐会的节目单几乎不费吹灰之力，他们大多都是多才多艺。现今的文化权威普遍以为广播扼杀了音乐创新，这一说法显然与奇境游客们的才艺相矛盾。这让保罗很高兴，他认为"大众评审"的重要功能之一就是戳穿文化专家的空泛概括和一厢情愿的想法。

　　同时，保罗还感觉非常欣慰，因为他的出现让观众大为激动。填写问卷的人们纷纷抬头，互相轻触提醒着。保罗俨然已成了公众人物。他下意识地摆出一副全神贯注、一本正经的样子，谦恭地坐到了后排侧面的一个座位上。他听到旁边有人说："晚上好，佩里先生。"

　　他转过身来，发现是一个棱角分明、满脸斑点、涂了太多脂粉的姑娘。她神情复杂地凝视着他，似乎在痛苦的羞怯和坚毅的决心之间挣扎着。

　　"我这样过来跟你谈话，希望你不介意——哦，我叫阿诺德，菲利斯·阿诺德，这是我的朋友珍妮丝·米尔斯——呃，我参加了左翼读书俱乐部的讨论，我们谈到了'大众评审'，但我们似乎无法确定它究竟是好是坏——我的意思是，我认为这个想法很好，毕竟它是科学的，不是吗？但你们的一些小册子——呃，那些小册子让普通人，比如像我这样的人，看起来如此愚昧无知——我指的是大众评审员给出的答案。当然,我本人不是出身于工人阶级,但我可以肯定有很多像我这样的人在思考政治和社会学问题,而你们的民意调查员似乎从来没有接触过任何人,除了那些流氓无产阶级或资产阶级分子,那些人的头脑里根本没有什么想法,只知道要玩得高兴。"

阿诺德小姐停了下来,倒不是言尽词穷,或许是有些喘不过气。

"也许你是对的。我们都是尽量逐字逐句地还原调查中的对话。当然也并不是说人们都不觉得自己不善表达。你倒是个例外,阿诺德小姐。"

那姑娘窘得脸通红,似乎被自己鲁莽的搭讪方式惊得目瞪口呆。

"没想到在这里遇到你,"保罗换了轻松的语气继续说,"我还以为你在左翼读书俱乐部的暑期学校呢。"

"我确实去过。但说实话,那里很多东西我都无法理解。而且,"她傲气十足地补充说,"对于已经改变主意的人来说,那简直是布道,不是吗?这里有更多的机遇。"

"我觉得这是一个可爱的地方。"珍妮丝·米尔斯说。她长着一张漂亮的娃娃脸,一头精美的卷发上还系了一个蝴蝶结。

"你是说这个大厅?"

"哦,这里的一切,又大又豪华,就像电影里演的那样。我可是把这儿叫做名副其实的仙境呢。哦,这可不是那种普通的家庭舞会,我们过去还很热衷呢。这里有人侍候你,有美味佳肴,还有可以漫步的私人花园——就像置身于电影中一样。"

保罗快速开启了头脑笔记模式,这对他来说是轻车熟路。放眼望去，音乐厅的高度因其线条的粗犷而显得格外突出，墙壁上抽象的图案装饰很少，一架美式沃立舍钢琴高高耸立在舞台之上。

"你看疯帽子今晚会做什么吗，佩里先生？"珍妮丝·米尔斯问道。

"我认为他在这里没有多少发展空间。"

"我觉得他的行事方式很愚蠢。不管怎样，我不能让他毁了我的假期。"

所有人都是这么说的，保罗心想。疯帽子如果想让这些人溃不成军，就会采取更为强硬的手段。

泰迪·怀斯登上了舞台报幕。"各位，"他喊道，"请听我说。今晚我们这里有很多有才华的人，我相信这将是本季最好的客座音乐会。音乐会的第一个节目是——"他又瞥了一眼手里的节目单，"一首古老的英国民歌'苹果赠吾爱'，由我们一位顶尖的业余男低音歌手伯纳德·斯克里普斯先生演唱。斯克里普斯先生，请上台吧。"

一个身材高大的男子在掌声中登场，他那圆锥似的脑袋几乎秃顶了，唇边倒是留着一撮参差不齐的小胡子。伴奏者在钢琴前坐下来，整理了乐谱，活动了一下手指关节。斯克里普斯先生做了几次深呼吸，他的小胡子轻轻拂动，像风中的窗帘一样。然后他向钢琴师点了点头，摆出了一副开唱的架势。钢琴师开始伴奏。

"咕隆。"钢琴响了。

斯克里普斯气势十足地投入到演唱中。他的嗓音浑厚，带有极强的共鸣，一开场他就唱得很动情，他的小胡子像飓风中的芦苇一般急剧颤动着。

"我要送我的爱人一个苹果。"他的歌声好似雷声隆隆。

"咕隆,咕噜,咯咯,咕隆,咕隆。"钢琴发出了一连串的怪响。

每个人都盯着拼命敲击琴键的钢琴师。斯克里普斯先生像受惊的马一样转动着眼睛,但仍然坚持着演唱;在这种特别的伴奏下唱歌,简直如穿越沼泽一般艰难。唱完第一小节后,他果断放弃了。差点急哭了的伴奏者向他招了招手,两人一起仔细检查起钢琴的琴键。

疯帽子在这个简朴的大厅当然没有多少用武之地。除了把表演者毒死之外,他也没有别的伎俩,只能把钢琴弄坏。这次他做得相当成功,他往琴键上涂了厚厚的糖浆。

第六章

第二天早上七点五十分,萨莉·西斯尔斯韦特从梦中醒来。这场梦真是怪诞离奇,但并非完全令人不快。梦的主题是泰迪·怀斯和保罗·佩里之间的决斗。两人的决斗就像黑帮电影里的奔跑打斗,不停变换着场景,令人眼花缭乱。一会儿,决斗者在一群迷人的泳装美女的怂恿下,用沙滩球互相攻击;一会儿,他们又游到遥远的海面上,在水中胡乱舞动,而海水不仅迅速变成了糖浆色,还像糖浆一样黏稠。这场海战随之又变成了陆上的争斗。佩里戴着一顶留着标签的大礼帽,站在由无数架大钢琴组成的马其诺防线后面,对着怀斯先生用网球进行狂轰乱炸,那些飞掷而来的网球竟然都变成了雪片似的调查问卷。怀斯上校也时不时地出现在她的梦境中,在一场摔跤大赛中扮演了疲惫不堪的裁判的角色。其他人也在她的梦中飞来飞去——最引人注目的是琼斯小姐,她始终表现出背叛和偏袒的姿态,犹如荷马史诗中的战斗女神。两位决斗者显然掌握了希腊海神普罗图斯的所有神技，他们能轻而易举地变身为西斯尔斯韦特先生、大毒蛇、爱德华七世、各种家畜、萨莉就读的秘书学院的校长，甚至变成萨莉本人。

姑娘原本就不善于自省，所以她也没有问自己，为何那种强烈的满足感在醒来后还会持续，而是惬意地享受着这种感觉。她躺在沉睡者床垫上，尽力舒展着身体，这床垫可是兑现了奇境手册中所有的承诺。灿烂的阳光透过敞开的窗口倾泻而入，她掀开了铺盖，探出脚趾接受阳光的轻抚。又是晴朗的一天，还有寻宝活动呢。即便下雨，也有很多事情可做：她还没去过射击场，也没打过乒乓球，还有一场由女游客组织的歌舞表演——她也会参与其中。

要是这些愚蠢的恶作剧不再继续就好了。真是太幼稚了！会不会是营地里的某个孩子，或者一帮孩子？不，当然不是，那双手曾紧紧抓住她的脚踝，残忍地把她拖到海底去，那双手绝不会是孩子的手。而且，爸爸在昨晚的音乐会后说过，那人根本就不是个单纯的恶作剧者。泰迪·怀斯言语间也透着怀疑，他觉得很奇怪，居然没有人来提供消息——要知道这是一个五百人的营地，通常会有许多八卦闲话。然后保罗·佩里说，这是因为每个人在这里都有很多事可做，只有那些负担不起其他娱乐的人才会以八卦闲话为消遣。保罗的观点就是诸如此类的清高论调。爸爸反问，这难道不适用于疯帽子吗？在这里有那么多平常的乐趣，没有人会为了好玩而去搞恶作剧。保罗反驳道，这是一个错误的类比，他一定会挖掘出字典中才有的那个词语。然后爸爸神秘兮兮地说，不管怎样他已经有了一个想法，他会证明疯帽子的恶作剧背后隐藏着预先谋划的、残酷冷血的恶意。看着他那神秘莫名的样子,萨莉顿时感觉一股寒意涌遍全身。

好吧,不管他是谁,到目前为止他的计划落空了。如果他真想破坏人们的假期,那么拖人入水和糖浆事件都不会让他达成目的。当然,钢琴事件确实让客人们很恼火。他们满腹牢骚,抱怨管理层为什么不采取更有效的预防措施;他们觉得要抓住一个拿着一大罐糖浆到处乱走的家伙,应该是轻而易举的。但泰迪很快就让他们恢复了愉快的心情——除了斯克里普斯先生。斯克里普斯先生气急败坏,说第二天一早就离开,而且要求返还他的度假费用。可怜的斯克里普斯先生——他看上去真滑稽,在钢琴咕隆咕隆乱响的时候,还吹胡子瞪眼地卖力演唱。那样子的确让人哄笑不已——这也很难去责怪他们——可一旦出了什么差错,演唱者就会变得非常敏感。

是的,泰迪对现场的掌控很了不起。他把这次意外事件变成了一件好笑的趣事,让每个人都笑声不断——笑得恰到好处,当然不像他们嘲笑斯克里普斯先生时那样。泰迪叫了几个搬运工帮忙,从舞厅搬出了另一架钢琴。音乐会继续进行,一切顺利,片刻前的不快似乎根本就没发生过。好吧,也许这并不完全正确。有些表演者的状态已无法挽回,总是担心接下来会发生什么,也许他们的表演进行到一半时就会有变故。有个女孩尝试用单簧管演奏古典音乐;好吧,高雅音乐的确不算悦耳,但也不会听起来那么糟糕。女孩说簧片出了问题,接着就失声痛哭起来,大家都很同情她。后来,奇境的工作人员开始走来走去,窃窃私语,让人有些反感。怀斯上校过来了,询问客人们是否介意搜查他们的木屋,然后进行了投票,每个人都同意了;当然,他们不得不投赞成票,因为刚才还在抱怨管理层的工作没有做到位。但是观众很难再关注音乐表演了。大家都期待着随时会有人进来,报告说在某人的木屋里发现了一个装糖浆的空罐子。就这一点而言,谁也不能肯定空罐子不会出现在自己屋里。

不过,总的来说,这场音乐会开得还不错。泰迪处理这些事的方式真是太棒了。

泰迪是一个很好的男孩,看上去很英俊。你知道你和他的关系是怎样的。而保罗·窥探者就完全不同了,他说的话仿佛都是外语,而且似乎总想着激怒你。不过保罗的手很漂亮。如果不是总绷着脸的话,他倒不算难看。他也很有趣,在某种程度上泰迪就不那么有趣了。当然,作为这里的游戏组织员,泰迪必须要注意自己的言行举止,对待姑娘们绝不能厚此薄彼,就像舰艇上的军官一样,要对大家一视同仁。我想知道保罗是否对我感兴趣。他似乎经常和那个女秘书在一起。他需要有人来照顾他,如果那个女孩要惹事的话。她只是在诱骗他,怀斯上校才是她真正想追的,我敢赌一块钱;看看怀斯上校的拉贡达豪车,他的衣服和一切——好吧,如果我是个像埃斯梅拉达·琼斯那样的拜金女,我自己也会变成那样。但我还是没理由让她把爪子伸向保罗。保罗是如此无助,完全是个书呆子型的。书本不会教你如何对付像琼斯这样的吸血鬼。有趣的是我梦到了他们。如果保罗和泰迪真的大打出手,那可真是太滑稽了。可怜的保罗肯定会被暴打。想想看戴着大礼帽打架,他在我梦里就是那样做的!礼帽上还带着标签,就是疯帽子的那顶礼帽。当然，这些都是无稽之谈。不过是场梦罢了。振作起来，萨莉，别想了。

女孩伸长手臂去够一个信封，她昨晚随手扔到地板上了。信封里有今天下午寻宝活动的第一个线索。寻宝活动的游戏规则是，每个参赛者都会收到线索，指引他到达某个地点，在那里能找到隐藏的第二个线索，指示他去下一个目的地，以此类推。总之，在奇境的营地或邻近的乡村一共藏了六个主要线索。为了防止寻宝变成一个简单的有样学样的游戏，最初的线索将会指向多个不同的方向，这样从一开始整个团队就分散开了。在到达第一站时，允许参赛者与出现在那里的任何一位竞争对手配对组合，但在此之前不能组队；所有在第一站找到的线索都将指向同一个第二站，在那里全部寻宝者都会聚到同一条路线上。

萨莉昨晚原本打算研究一下领到的第一个线索——一年前，她和宝藏之间仅仅隔了最后一块田地，结果那地里突然冒出一头凶猛的大公牛，阻挡了她的成功之路，后来发现那是一头母牛——但她还没来得及看一眼线索，就已经睡着了。此时她俯身打开信封，取出了一张纸。她瞥了一眼线索，焦躁不安的身体顿时僵住了。

"一个隐士住在树林里，
他的胡子又白又长，
路边灌木丛旁老人的胡子里，
我被深深隐藏。"

萨莉的目光落在敞开的窗户上,窗帘在微风中微微颤动。一阵恐慌涌遍她的全身。她动作机械地穿上了睡袍,仿佛是在梦游,又像是突然感觉到寒意。她抓着后颈,强迫自己走到窗口。

外面什么都没有。当然,任何动静都没有。只有杜鹃花丛和桦树林悄然伫立在这排小木屋后面,恰恰就是奇境宣传册中赞美的"森林环境"。没什么好害怕的,看来没有人在夜里悄悄靠近她的窗户。萨莉转过身去,敲了敲隔墙的门,走进她父母的卧室。

西斯尔斯韦特先生正坐在床上,一丝不苟地填写着调查问卷,而他的妻子则在喝早茶。这一幕是那样的平凡,那样的熟悉,萨莉瞬间就破防了,啜泣着扑倒在床上。

"怎么了?"西斯尔斯韦特先生吃惊地问。萨莉把那张写有线索的纸胡乱塞到他手里。

"他昨晚一定进过我的房间。他把真的带走了,留下了这个。"

"好了,好了。到底怎么了?"西斯尔斯韦特先生大声读了那首阴郁的押韵诗,"我真不明白。你说'他把真的带走了',是怎么回事?"

"嗯,这是寻宝活动的第一条线索,你没看出来吗?我是说,本来应该是的,可是——"

"亲爱的,这有什么不对劲吗?"她妈妈插了进来,"对我来说,这听上去就像一条普通的线索。"

"这不是的。你没有弄明白吗?这意味着下一条线索就藏在那个隐士的胡子里——住在那边树林里的那个可怕的老人——就是那个向我挥拳头的人。嗯,这太荒谬了。怀斯上校,或者编出这些线索的人——

他们决不会把线索藏在隐士的胡子里,指望那隐士会闲站着,等着客人们拉扯他的胡子找线索。这简直是疯了!"

"这显然有些可疑。"西斯尔斯韦特先生附和着,他已恢复了平静。

"那么,如果这不是真正的线索,那一定是为了吓唬我而写的,而且还放到了我的房间里。谁都知道我害怕那个可怕的老隐士,而且——"

"等一下,"她父亲有些专横地举起一根胖胖的手指,"谁都知道?除了我和你母亲,你还跟谁说起过他?"

"天啊!的确是这样。其实我还为害怕他感到害臊呢。除了泰迪,我没告诉任何人。还是我告诉过谁?不,我没有。哦,是的,保罗·窥探者偷听到了。昨天上午我们去海滩的路上,他还因此取笑我呢。"

西斯尔斯韦特先生的脸上洋溢着一种无比睿智的表情。"这很能说明问题。当然,除非是怀斯先生或佩里先生把这信息又传给了其他人。佩里先生和怀斯先生,嗯,嗯,看来两人中的一个肯定是这封信背后的毒辣之笔。在这一事件中——"

"怀斯先生和佩里先生?真是无稽之谈。"西斯尔斯韦特太太说,"他们两位都是非常善良、口碑很好的绅士。接下去你会告诉我,他们两人中有一个就是疯帽子吧。我真搞不懂,你们俩为什么这么大惊小怪。"

"哦,可是妈妈,你难道不明白——"

"亲爱的,这当然是非常明显的——"萨莉和她父亲一起嚷起来。

"这茶不如我们家里的好,你说呢,詹姆斯?"西斯尔斯韦特太太不急不忙地又给自己倒了一杯茶,"我一直想说的是——你们两个真是太激动了,我都插不上话——你们在无中生有地小题大做。给我看看那首诗。对,我就是这么想的。现在的女孩子在学校里好像从来没学过什么有用的东西。你们不会做饭,不会缝纫,学的全是法语、科学和混凝纸浆之类的。想当年我还是小姑娘时——"

"妈妈,你能不能别跑题呀?"

"我还是个小女孩的时候——那已经是很久以前的事了,但我还是记得当年学到的一些东西——学校曾经教过我们植物学。我们的老师是一位布朗小姐,这个我还记得呢。她总是说,植物学是淑女的追求。我还保留着那时候收集的一些压花。我记得我还为此获过奖呢。呃,我说到哪儿了?"

"妈妈,你刚才说的是你那忙碌的少女时代。"萨莉尽力克制着怨气。

"当然。噢,这个'老人胡子'跟隐士没什么关系。隐士!哈!'老人胡子'是一种植物。有些人也叫它'旅行者的快乐'。它的花有四个厚厚的绒毛萼片,到了秋天花柱拉长,像是一撮白色的小胡子。让你们俩如此激动的那首诗其实是说,有条线索藏在了路边灌木丛中的'老人胡子'里。你们俩都需要冷静下来——这个疯帽子真是让你俩神经过敏了。"

"嗯……咳,咳,咳……好吧,确实如此。"西斯尔斯韦特先生咕哝着,避开妻子的眼睛。

"那么这的确就是真的线索?"萨莉惊叫道。她兴奋地在床上蹦

75

跳起来,又去拥抱她的母亲。"噢,我真是松了一口气。老实讲,这确实让我紧张过度了。亲爱的,你一直在班里名列前茅!"

"你踢到我肚子了。"西斯尔斯韦特抱怨道。

萨莉的脸沉了下来。"噢,可我还是得去那片树林找线索。唔!真希望老隐士不在家。我的确认为怀斯上校有些荒唐,居然选了那样的地方来藏线索。他知道隐士讨厌这个营地。如果有那么多游客去他的隐居地,在周围踩来踏去的,老家伙一定会暴跳如雷。天哪,看看都几点了!我要去上体操课了。"

五分钟后,她来到了游乐场,跑得有点气喘吁吁,脸颊红扑扑的。每天早上八点,游戏组织员或是他的助手会带领游客们进行较为舒缓的体操训练。今天是泰迪·怀斯亲自来指导。

"嗨,萨莉来了,"她走近时,他说,"外面真是阳光灿烂。"

"什么时候不灿烂?"萨莉照例回应了这个毫无新意的开场白,但没有平时那么热情活泼。泰迪不假思索的玩笑话现在看起来就是习惯性行为,就算是扬声器也能做得很好。我这是和他日渐疏远了吗?她暗自思量着。

她站到了小队的前排,这一队的队服是汗衫、短裤和凉鞋。按照泰迪的指令,简单而敷衍地做着动作,隐约听到后排年长女士们的咕哝和抗议,她们的灵活性远远不及她们的认真程度。她做了个翻转,眼睛盯着泰迪以保持节奏。她想,他的胸肌很棒,就像奥运会的游泳冠军约翰尼·韦斯·穆勒一样;还有他的手臂——真希望我也能晒成古铜色。当然,他整个夏天都在晒日光浴,一定很有趣,一直都在玩游戏，真是一种奇怪的生活——女人们从各个角度打量、渴慕着你，而你却像牧师一样，不能挑逗她们中的任何一个；不知道他一人独处的时候是怎样的？泰迪带着一种奇怪的、迟疑不决的惊喜向她走来，她也无法想象泰迪独自一人的样子了。他俩停下来喘口气。泰迪打了个哈欠，伸伸懒腰。"我又犯困了，"他说，"昨夜睡得太晚了。"

"哦，怀斯先生，我说，你是在提防疯帽子吗？"

"我才不害怕呢。把他交给你们这些女汉子对付，怎么样？不是因为他，昨晚我得打卡上班，把寻宝的线索都埋好。全是在月光下操作，不太好弄。我在一路上安排了几头公牛，萨莉，就是要让你到处奔忙。嘿，怎么恍恍惚惚的？清醒下，萨莉！你在看什么呢？"

他慢慢地转过身来，看她伸手指的是什么。"那是——她叫什么来着——那位女教师——哦，嘉丁纳小姐——她究竟抱着个什么东西？"

对萨莉来说，这一刻比她被拖下水时要糟糕得多。那事发生得太过突然，她都来不及害怕；而此时这一切来得那么缓慢，以至于她能准确地感受到恐惧在逐级加剧，直至最终达到恐怖的巅峰。这就像送葬者迈出双脚，极不情愿却又无法抗拒地向敞开的坟墓走去。然而，她后来回想此事时，依然不知为何会被吓得呆若木鸡。只有一个四肢粗壮的女人，穿着套头衫和粗花呢裙，迈着不急不缓的步伐——就在那天早晨，从枝繁叶茂的树林和弯弯曲曲排成新月状的小木屋那边，那女人怀里抱着什么东西向他们走来。

"见鬼,她到底带着什么东西？"泰迪弱弱地重复道。距离那么远，什么也看不清，只能依稀辨认出一团白色的东西，映衬在那件鲜艳的橙色套头衫上。

嘉丁纳小姐镇定自若地朝他们走来，几乎像无线控制的致命坦克一般冷酷无情。她抱着那团东西的样子，貌似娴熟，但也有点不自然，如同一个能干的老处女抱着婴儿。她走近了他们，她的夹鼻眼镜在阳光下闪着亮光。她把怀里的东西向前举起，仿佛在严肃地进献祭品。那是一条狗——一种硬毛小猎犬，身体弯成了一个可怕的镰刀形状。

"怀斯先生，"她声音似乎预示着厄运来临，"为什么不采取预防措施呢？这条狗被毒死了。"

"真的，我非常抱歉，可是——"

萨莉身后传来一声尖叫。一个女人冲上前，从嘉丁纳小姐怀里把狗夺了过去。"宾果！"她哭喊着，"这是我的小狗！你——"她心烦意乱地瞪着嘉丁纳小姐，"是你干的！你毒死了宾果！"

第七章

　　宠物角最初源于奇境公司董事的灵光一闪，成了公司策略的一部分，要比目前运行的任何一家度假营都更胜一筹。其他营地都对家养动物拒之门外，而奇境宣传册上的口号是："不要把不会说话的朋友留在家里！带它们来奇境吧，安置在我们装备精良的宠物角！也让它们来度假吧，在芬芳的草地上蹦蹦跳跳，在闪亮的海水里沐浴嬉戏，所有的一切都能让小狗开心！"

　　然而，该公司的董事却大大高估了奇境客人对宠物的爱心。这些人大多是久居城镇的年轻人，他们并没有表现出中上层阶级病态的嗜犬癖，而那些豢养宠物的人似乎都迫不及待地想在度假时摆脱照料宠物之责。因此，拥有多个小巧美观、半独立式犬舍和卫生饮水槽的宠物角——大部分犬舍都是空置的——沦为了一个伟大幻想的纪念碑。而且，那些不会说话的朋友一旦真的到访奇境，很可能会认为公司欺骗了它们。在芬芳的草地上蹦跳，在闪亮的海水里沐浴，都严格限制在清晨和傍晚。在每天剩下的时间里，它们要么被人牵着溜达，要么就待在富丽堂皇的集中营里闷闷不乐。

就在前一天，小猎犬宾果，一个充满活力的自由爱好者，被这些限制激怒了。它无处释放的激情就在遇见另一只宠物时迸发了。那可怜的受害者恰好是嘉丁纳小姐的暹罗猫。宾果本来就不愿与猫有任何来往，而那只猫不太自然的一面更令它感到厌恶。那天下午散步的时候，宾果和嘉丁纳小姐及其宠物相遇了。原先宾果是被牵着走的，而那只猫蜷缩在嘉丁纳小姐的肩上。宾果一下子挣脱了狗链，扑向嘉丁纳小姐，把猫赶了下来，咬了一嘴猫毛，然后高兴地追着猫跑，直到把猫逼上了树。就在那时，嘉丁纳小姐告诫宾果的主人，如果那位女士不能控制住自家那野蛮的畜生，她就会自己动手给它下毒。嘉丁纳小姐习惯了同二十到四十人的幼儿班级打交道，大概是不会半途而废的。不过，孩子不打不成器与狗不下毒不听话并不完全是一回事。

因此，大多数旁观者虽然对宠物被害感到震惊，对宾果的主人深表同情，但毫不怀疑她的指控纯粹是歇斯底里的发泄。保罗·佩里亲眼目睹了这一事件，并和众人一起默默地跟随这位痛失爱犬的女士前往宠物角。事后回想起来，他倾向于认为，从那一刻起疯帽子真正成名了。值得注意的是，有那么一会儿，疯帽子的名字根本没人提起，片刻后才在不安的低声细语中屡被提及。队伍渐渐靠拢了，仿佛感觉到那个神秘人物——手里还拿着一小瓶毒液——或许正在木屋旁林荫大道上的某处地方等着他们。

然而，他们遇到的并不是令人惊恐的神秘人，而是西斯尔斯韦特先生。他很快接管了诉讼程序，因为泰迪·怀斯缺席了。泰迪是被嘉丁纳小姐缠住了，无法分身。已经距离很远了，大家还能听见嘉丁纳的声音，像一把尺子在桌上敲打着，在向泰迪表明管理工作存在着严重不足。

西斯尔斯韦特先是字斟句酌地对狗主人表达了哀悼之意，随即派了一个女孩去找营地医生，然后证实了一个事实，那就是凌晨3点20分时一位睡在偏远木屋里的女士被狗叫声吵醒了。他推断那可能就是犯罪时间，于是便带着这群人在宠物角所在的树林安全地巡视了一番，那边错综复杂的灌木丛应该掩盖了动物们夜间可能制造的任何骚动。

众人到达犯罪现场时，他们发现宠物角的其他住户——三条狗和嘉丁纳小姐的猫——全都安然无恙。

"我不明白他为什么不趁动手的时候把所有的宠物都给毒死。"萨莉对保罗说，"我猜他是拿了一点有毒的肉，越过电线扔进了宾果的小狗窝。多么卑鄙下流的把戏！"

"是的，真是件怪事。现在看来他好像是一次只针对一个人。他一直在找软柿子捏。"

"什么意思？"

"嗯，就像斯克里普斯那样的。疯帽子意识到他是演唱者中脾气比较暴躁的，于是就针对他在钢琴上涂了糖浆，知道这会让他大发雷霆。"

"可是疯帽子怎么知道斯克里普斯会是第一个上场的呢？"

"我想,所有的表演者事先都被告知了节目的顺序。疯帽子很容易就能从其中一人那里发现。然后是这条狗的事。他下毒的目标可以是所有的宠物,也可以是其中之一。但他只选择了宾果,因为宾果死了会让人感觉非常难受。宾果和嘉丁纳小姐的猫打过一架——这点你当然知道。没错,那家伙已经插手了。"

萨莉打了个寒战,转过身去。她注意到,他们靠近了一堵相当破旧的石墙,那里是营地的分界线。

"哎,保罗,"她突然惊叫起来,抓住了他的袖子,"我有个主意。"

"哦?"

"假如——不,这听起来太荒唐了,不过听我说,今天下午你愿意和我一起去寻宝吗?按照规定我们应该分开出发,但如果我俩溜到一起,也没人会注意。"

"寻宝我可不太擅长。不管怎么说,午饭后我要把调查问卷看一遍。"

她猛地摇了摇他的袖子。"哦,别那么古板,我的宝贝。你知道的,看着那些令人沮丧的问卷闷闷不乐,怎么比得上跟我在一起呢?"

"你在恭维自己。问卷可没这么想。"

"有点人情味吧。答应我,你会来。求你了。"

"可这到底是怎么回事呢?"

"你得保证不告诉任何人。"

"好的。"

"嗯,我打算和你一起去找疯帽子。"

接下来是短暂的沉默。微风轻轻摇了摇头顶上的树叶，吹拂而过。

"好吧，我会去的，但我敢打赌这次肯定劳而无功，白费力气。"

这时，营地的医生来了。霍福德医生是个年轻人，初来乍到，他非常高兴能在奇境免费度假一个月，作为回报，他为营地提供医疗服务，当然需要他效力的机会很少。那群客人还漫无目的地站在宾果遇害的狗舍旁。西斯尔斯韦特先生从人群中迈步向前。

"霍福德医生吗？"他问道，俨然一副大管家的姿态，"您一定获悉新近发生的令人震怒之事了。为了抓捕那个恶棍，我们必须查明投毒的确切时间。关于这一点，我们已注意到一些迹象，期待您的意见来加以证实。请您这边走，先生。小狗就在这里，可怜的宾果，一个无辜的受害者。那个恃强凌弱的恶棍击中了它的心脏。"西斯尔斯韦特先生的眼里泪光闪现。

霍福德医生用专业的敏捷掩饰了自己的困惑，靠近小狗俯下身检查起来。过了一会儿，他说："这毒是士的宁。至于中毒的确切时间，恐怕我无法告诉你们。我毕竟不是兽医。大概三到六个小时前吧。"

"也许，先生，尸体解剖会——"

"不，不要，"宾果的主人叫道，"我可不想让我可怜的狗狗被肢解。我要给它好好安葬。"

"对，无论情况如何，解剖是没有用的，"医生机智地安慰道，"这个营地里有五百人，即便知道狗是什么时候被毒杀的，也不会让我们更容易查明是谁干的。"

一个女孩说："怀斯先生昨天夜里出去了，去藏寻宝活动的线索。"

西斯尔斯韦特有点自我膨胀了："年轻姑娘,随意的暗示既不明智,也毫无用处。别让我们再听到这样的说法。"

"好吧,好吧,"女孩愤愤不平地答道,"没必要这么凶巴巴地对待我。我只是想帮忙罢了。我的意思是,怀斯先生夜里可能看到了有人在这附近徘徊。"

"那样的话,他会把消息传达给相关人士。"

"我真不明白,这些与你又有什么关系?以势压人,炫耀自己的分量。这分量可真够重的!"女孩觉得自己占了上风,又加了一句。

接下来出现了让保罗极为尴尬的一幕,萨莉模仿起那女孩的腔调,哭诉道:"呜!呜!呜!我要回家找妈妈。"

泰迪·怀斯亲自现身了,避免了更为难堪的情形。他声称在夜间行动中没有看到可疑的人。

"我们是不是可以断定,先生,您当时不在宠物角附近?"

"哦,好了,这要泄露秘密了。如果我回答说在,你就会知道有一条线索就藏在这附近。这样不太好吧。不过我可以告诉你们,工作人员整晚都盯着客人们住的小木屋和主楼,他们会一直这样做的。所以姑娘们,你们不用担心,夜里可以安心地闭上眼睛,好好休息。不幸的是,我们从没想过那个恶作剧者会在宠物角动手,所以这里没人看管。这一点确实没做好。好了,伙计们,早餐要凉了。我们走过去吧。顺便说一句,莱特福特小姐,我哥哥说管理层会再给你一条狗。我知道,这不是一回事。老朋友什么的,真的是无法替代的。不过,我们还是会给你买一只漂亮的小家伙——你喜欢挑哪一只都行。如果你愿意的话，今天上午就带你去艾普斯托克，我们四处看看买一只合适的。"

一听到怀斯上校要慷慨赔偿的消息，莱特福特小姐便哽咽着抽泣起来，其他人则在窃窃私语中表示满意。要知道管理层通常不对带到营地的宠物的健康负责。

早餐时的话题很大程度上都被疯帽子占据了。对大多数人来说，疯帽子并没有带来多少威胁，反倒是激起了一种好奇心。他最近的一次出手，加上调查问卷的第二部分，显然激发了人们更多的兴趣。

"我想，"莫雷先生对保罗说，他说话时一边点着头，一边用纸巾擦着嘴，显得既笨拙又谦逊，"我想这件事会妨碍你自己的那些调查，佩里先生。"

"嗯，是的。恐怕这事会让民意调查难以进行。你看，我的目的是要呈现一份关于度假营的正常生活的调查，可事情似乎每分钟都在变得越来越不正常。"

"我一直在填写调查问卷，佩里先生。这对我来说非常有意思。虽然我不太明白你的意图。比如有一道问题是，你更喜欢成为游戏的旁观者还是玩家。"

"嗯，这道问题的目的是要了解游客在这里的行为是否与他们的日常生活有所不同。身在奇境的每个人几乎都喜欢一些娱乐活动。我想知道他们在这里玩游戏是否只是因为——嗯，因为他们想要让自己花的钱能够赚回来，还是因为他们一有机会就玩游戏。"

"哦，是的，我明白了。"艾伯特·莫雷说，但显然他并没有明白，"可我还是搞不清这背后是什么意图。了解这种事有什么用吗？如果这是代表一家商业公司进行的一项统计调查,情况就会有所不同,那是推销学的一部分。请注意,可以留意下,我已经学了一点——我喜欢与时俱进,你永远不知道所学的东西什么时候就用上了。比如,假设我决定加入另一家公司。我想说的是,我曾经读过一本关于'大众评审'的书。书里讲了人们在酒吧里的行为举止,他们如何点烟斗,他们想请人喝酒时会说些什么——好吧,老实说,我认输了。我觉得这也太小题大做了。"

"你不相信人类学——不相信了解人类行为的人类学?"

"我想,这些对科学家来说是可行的。"莫雷先生怀疑地说,"但你没法让公众对它感兴趣。"

"目前公众似乎很感兴趣。看看那些研究调查问卷的人。"

"你没有理解我的意思,先生。"莫雷先生看上去有些困惑,但还是坚持己见,"我想说的是,公众不希望科学来告诉他们那些已经知道的事情,比如——"

"这对公众来说就更糟了。不管怎样,他们其实并不知道。现在各种新制度、新礼仪、新行为模式如雨后春笋般涌现出来,与旧习俗的残余混合在一起。人们的生活总是在变化,就像沙洲一样,应该有人把这些都记录下来。"

莫雷先生红润的小脸上洋溢出了笑容。"啊,你现在说的这些,这才像话。这就是科学的浪漫。"

"科学并不浪漫。"

"哦,但确实是这样的,佩里先生。相信我,想想天上的星星。

我读过他们的书——琼斯和埃丁顿——我在业余时间读了不少书。所有那些星际空间都在燃烧着，在几十亿英里的高空，都是盛大宇宙之舞的一部分。然后一些年轻人说他们不相信上帝。我常常希望我能拥有一架望远镜——一架真正的天文学家的望远镜——"

"我们似乎离题太远了。"保罗冷冷地说，流露出新晋科学家对门外汉的那种轻蔑。也许他并不是真的想冷落莫雷先生，但是这个小个子男人的胡言乱语让他心烦意乱。而且，既要留只耳朵给艾伯特·莫雷听他絮叨，又要留心关注周围的人谈话，着实非常困难。保罗有一个单独的笔记本，用来收集营地里的谈话主题，已经用红色标题进行了分类——有营地生活、访客八卦、性、电影、政治、职业、运动、服装、家庭生活等。这些话题的相对频率可以计算到小数点后两位，将有助于完善度假营生活的画面。

但是疯帽子肯定会篡改这些数据，无论他是疯子、恶作剧者还是蓄意破坏者。每一桌用餐的人都对他怀有极大的兴趣。保罗注意到，每次一有工作人员走进餐厅，人们就会很快抬起头来，一阵短暂的、意料之中的沉默就会降临。"怀斯上校该如何应对疯帽子"显然已成了中心话题。这一主题的讨论充满了好奇、轻率、愤怒、悲观或疯狂的想象。显然，客人们接下来要做的事是：他们绝不会在寻宝活动中单打独斗，单个人极易受到疯帽子的攻击。

"我不在乎什么规则。我才不要一个人出发呢，莱纳德，你要么接受，要么放弃。当然，如果你不愿意跟我搭档，"珍妮丝·米尔斯小姐狡黠地说，"我觉得我可以再找一位绅士。"

"哦，我愿意。为了安静的生活，什么都可以。可假如我就是疯帽子呢？"

"得了吧，莱纳德！我还是大明星葛丽泰·嘉宝呢！"

保罗陷入了深思，心想这又是一件有趣的事。游客们终于不得不严肃认真地对待疯帽子的存在，但他们仍然无法想象疯帽子可能会是他们的熟人。当然，这是一种简单的防御机制在起作用；如果这种机制被破坏了，我们就有了引发恐慌的所有条件……

那天上午疯帽子并没再次出现。午饭后，大约一百名寻宝者聚集在体育馆外。萨莉很明智地换上蓝色的运动衫和休闲裤，和保罗一起顺利出发。她带路绕过小树林，经过宠物角，翻过残破的石墙，向山上走去。

"我们要去哪儿？"

"去隐士的树林。"她说着把自己的线索指给保罗看。

"你是不是该解释一下——"

"等一下。我要确保我俩已远离了其他人。"

保罗放纵了自己的遐想：女人多么喜欢保守小秘密，这只是行使权力的一种方式，迟早就会自己泄露秘密，这就是潘多拉情结。

山坡上满是青绿的草皮，踩在脚下很有弹性。漫山遍野都是百里香和风信，头顶的天空也呈现出雾蒙蒙的风信子般的淡蓝色。保罗陶醉在这午后的美景之中。他停下了脚步，回首凝望大海，海面如拼图一般，紧紧地契合着下面悬崖的凹痕。

"走吧，"萨莉说着拉了拉他的袖子，"我们得快点了。你要欣赏大自然可以换个时间。"

"我可不欣赏大自然。我认为她反复无常，挥霍无度，简直就是个骗子。和女人一个样。"

"但她很漂亮，你无法摆脱她。好吧，别那么害怕。我可没打算把你引入歧途，你这个一本正经的老厌恶——那个词是什么来着？"

"是厌恶女性者。你就是喜欢对人颐指气使，是不是，萨莉？"

"好吧，你不应该去渴慕自然。你应该爱慕我才对。"

"哦，是的。我觉得你很漂亮。"

"天哪！你的恭维真让人毛骨悚然！让你的声音真诚一点，我的宝贝。'我觉得你很漂亮！'"她惟妙惟肖地模仿着他那生硬、勉强的语调，"看来我得好好教育你了。"

"上天保佑我！"

"好了，你别这么讨厌了。"

萨莉噘起了嘴，看上去有些丧气。她的情绪变化太快，像蝴蝶一样忽上忽下。下一刻她把保罗拖到了一堵石墙下，仿佛在树林里发现了狙击手似的，那树林一直蔓延到远处，树梢延伸到了对面的路上。

"这里只有我们了。"她低声吟唱了一句，"'香烟已燃尽'……是的，这一定是我线索里提到的灌木丛。看那些白色的花，它们就叫做'老人胡子'。"

"好了，我们不去找第二条线索吗？它一定藏在灌木丛的某个地方。"

"不，我的宝贝，我们现在不去。让我们坐下来，舒舒服服地坐着，阿姨我来给你讲个好听的故事。"他们背靠着石墙,她满怀信任地抵着他的肩膀,"我俩抄了条近路。其他拿到这条线索的人会沿着大路走,我们让他们先过去。"

"你可真是个悬念大师。"

"你知道是谁住在树林里吗?"

"一个什么隐士?对吗?"

"对的。你知道那隐士是谁吗?"

"施洗者约翰?"

"是疯帽子。"萨莉低声说。

保罗怀疑地盯着她看了一会儿,然后他大笑起来。

"哎呀,当然啦,我真太傻了!我经常看见他,留着长长的灰胡子,在营地附近鬼鬼祟祟地走动。这人也太显眼了,根本不会认错!"

"我们这是在讽刺呢,还是在挖苦?听我说,一会儿就好。那个隐士的事情泰迪都告诉我了。奇境在这里建立营地之前,隐士独自住在悬崖附近的一个小屋里。他是个生活简单的人——有点癫狂愚笨,但没有害人之心。他在这里住了好几年了,那块地的主人让他免费使用那块地。然后——天哪,有什么动静?"

保罗转过身,把头探出墙外。"没关系,"他随即答道,"是几个参加寻宝的人。你可真是选了一个相当公开的地方来讲故事,不是吗?"

"我想待在这里,这样我们就能看到隐士是否在家。如果他在家的话,他肯定会冲这些人发火的。嗯,那块地的主人亏了钱,不得不把地卖掉。大约是三年前的事了。但没人愿意买,直到奇境的人来了,他们觉得这里是个建度假营的好地方。当然,当地议会为此吵得不可开交。"

"我敢打赌他们的确是大吵了一架,自命不凡的美景论者与取巧的投机分子。"

萨莉看了他一眼,一时有些迷惑不解。保罗突然想到,如果换了埃斯梅拉达·琼斯,肯定立刻就能领会他的意思;而萨莉在谈论颇有深度的话题时,就显得相当平庸了。

"议会中有些人说,不应该允许他们修建营地,因为这样会破坏乡村的景色——这里的海岸应该是一个美丽的地方——而且会把很多社会闲散人员带进这个地区。比如像你和我这样的人,我的宝贝。说这话的都是退休的上校和土地所有者们。还有些人说建营地不会破坏乡村美景,看看奇境呈报的那些可爱的规划,它会提供就业机会,会给店主们带来帮助,还能提高租金等。"

"毫无疑问,支持营地的是当地的建筑商和店主。"保罗说。

"好吧,不管怎么说,议会在两种意见之间摇摆不定——"

"亲爱的,这听起来像是《使徒行传》里的故事!"

"哦,先听我说。从伦敦来的一个家伙被召来作证,于是成立了一个所谓的委员会。你知道的,人们要去提供证据。隐士就是其中一人。显然,他对营地大为光火。他说,奇境营地会成为邪恶之城所多玛和蛾摩拉,会像老处女的编织蜂一样无孔不入。如果要建奇境,就只能从他身上踏过去,诸如此类的话。好吧,最后支持营地的一方赢了。奇境买下了公园,还有一大片悬崖和海滩。那可怜的老隐士被赶走了,这当然花了不少功夫才办到。但隐士是个固执的老男孩——就像你一样,我的宝贝。他又在最靠近营地的地方安顿了下来——"

"他无疑是在抗议,他需要有生存空间。"

"——就是在这片树林,他开始了一系列的妨害行动。"

"哦,他有所行动了,是吗?"保罗若有所思地问道。

"是的,的确如此。奇境首次开启夏令营时,他曾经在这边的路面上到处撒钉子,泰迪说,以至于营地的大巴车轮都被钉子扎破了。类似这样的事情,不一而足。后来他们不得不申请禁制令,或者采取其他任何能反击他的措施。这下倒是奏效了。从那以后,他一直很安静,除了时不时地从树林里蹦出来,冲着奇境的游客咬牙切齿。管理层对他的事讳莫如深——去年我在这里的时候,我甚至从来都没有听说过他的存在——因为他们已经无能为力了:原先拥有这一整片地的那个家伙,现在仍然保留了这个树林的所有权。而他说隐士住在那里是完全可以的。我刚刚说过,他一直很安静,直到这个星期。"

萨莉明显停顿了一下,然后两个寻宝人的说话声渐渐远去。现在除了马路那边的树林里断断续续传来一些细微的动静,什么也听不见了。

"可是,我亲爱的孩子,这太荒唐了!就算这个隐士比我们所知道的任何一个人都更有动机来营地制造麻烦,但别忘了拉人入水的事。如果有一个留着长长的灰白胡子的人在附近游来游去,肯定会有人注意到的。"

"这点我想过——"

"还有，营地里的每个人都必须佩戴绿色小圆片。设计这些小圆片就是为了确保未经授权的人无法闯入奇境，或是使用奇境的设施。在假期结束时游客都必须要归还的。他究竟是怎么弄到小圆片的呢？"

"哦，那很容易。那东西人们有时会弄丢。他可能在这附近捡到了一个。我敢说，这就使他产生了一整套想法，决定在营地里以疯帽子的名号进行破坏。"

"那你怎么解释他的长胡子呢？"

"那是假胡子。"

"但是——"

"听着！他可以把长胡子剪掉，把胡茬刮得干干净净，再去一家商店买一副长长的假胡子，然后又变回了那个老隐士。每次他想进入营地时，就把真胡子刮掉，全身清洗干净，再穿上体面的衣服。"

"不过，他的胡子都花白了，一定相当老了。像他这么大年纪的人，在营地里出现肯定会很显眼。"

"怎么会呢？营地里上了年纪的人可不少呢。我们一共有五百人呢，他置身其中，并不会受到特别的关注。每个人在营地里都自由自在，不受限制，而且游客们的度假时间又不够长，他们相互之间或工作人员都无法辨认清楚谁是谁。只要你戴着绿色的小圆片，那就没问题。"

"没错，这话有道理。但是你看呀，他已经很老了。一个老人是没有足够的力气把怀斯上校困在水下的。"

"但他是个强壮的老人。我告诉过你，他是个生活简单的人，吃橡子之类的东西。泰迪说他每周步行去艾普斯托克一两次,那可是在八英里外的地方,用麻袋装了吃的扛回来。"

"以橡子为食,是吗?不过,如果他经常去艾普斯托克,那他就不是一个真正的隐士。"

"——所以他一定非常健壮。"

树林里突然响起了松鸦的怪笑声,一只瓢虫顺着萨莉被蓝裤子包裹的腿奋力地往上爬。保罗注视着虫子,他的心不安地跳动着:萨莉的手片刻前碰到了他的手,他试着从脑海中抹去那奇妙的感觉,尽量避免去领悟她话语中的含义,哪怕只是把目光聚焦在瓢虫的爬行上。

"好吧,"他开口了,"这里可能会有些线索,可以向怀斯上校提出来。"

"是的。不过,如果可能的话,我们可以先去作更多的了解。"

"你的意思是怎样的?"

"我们去找那个隐士的巢穴——或者随便什么他住的地方——看看他有没有留下什么线索。"

"不,见鬼吧,我们不能那样做。万一他就待在那儿呢?"

"如果他在的话,我们就说迷路了,然后掉头就走。你不会害怕一个疯疯癫癫的老头吧?"

"不,当然不会。"保罗答得太快了。

"呃,我会害怕。我为什么要过来呢,有部分原因就是害怕。今天早上我打开装有第一条线索的信封时,我都吓呆了。你看——哦,没有时间解释了。但是,当你害怕的时候,你总应该直接走上前,去勇敢面对。有你陪我一起去，我会感觉很安全。"

"这些都没错，"保罗试图委婉地回绝，"但我对擅自闯入有恐惧症。我——"

"哦，得了吧。他又不是这片树林的所有者。不管怎么说，那些到处寻宝的人一定会把他赶走的。"

萨莉越过石墙，穿过马路，走进了树林，保罗僵直地跟在后面。在他们身后，树林一向都是幽深密闭的——即刻将他们笼罩在一片寂静之中。此时这寂静愈加深沉，却又出奇地引人注意，仿佛有一种力量潜伏在那里——目前还未发力，但随时会采取行动或发起攻击。保罗心中涌起一种奇特的感觉，这种感觉之前困扰过他，以后也许还会再次出现。树林中的每一片叶子上，每一片阳光斑驳的路面上，都藏匿着一种若隐若现的威胁。此刻的寂静是如此久远，过去和未来似乎都失去了意义。他觉得有必要挑战这寂静，他要大张旗鼓地穿过林间小径，摆脱那些一路纠结的灌木丛和弯曲缠绕的枝桠。萨莉停了下来，手搭在了他的肩上，让他拨开钩在她套衫上的一根树莓枝条。

萨莉说："你脸色好苍白，我相信你真的很紧张。"她的声音有些孩子气，但不是出于轻蔑，而是纯粹的好奇。

"我讨厌非法侵入别人的领地。"他固执地回答。

这片树林比他们想象的要大得多。林中满是杂草丛生的小径。你可以一直走下去，却找不到你想要的东西。他们步入了林中的幽暗之地，正要细细察看时，周围飘起了一股浓稠、刺鼻的草木味。阳光和阴影联手捉弄了他们，造出了十多个幻影，每一个都可能伪装成隐士的家。

"哎呀,我陷进去了!"女孩突然叫了起来。保罗赶忙过去,用胳膊夹住她,把她拖出了那块黑泥潭。

"这一片是沼泽地,你走路时应该看清脚下。"他烦躁地说,感觉到她在颤抖,她在他身上靠了一会儿。

"看,保罗!看呀!"

她指着沼泽地的另一端,那里有一个脚印——很明显不是她的。

"那是他的脚印,"她说,"我们现在离他的住处不远了。我要跳过去。"

"我可以背你过去。或许我们还能找到另一条路。"

"你愿意背我吗,保罗·窥探者?"她的问话又显出了孩子气,"那我们俩会一起沉下去,什么也不会留下,只留下两个可怜的小头顶。那不是很浪漫吗?"

"想想就令人恶心。你最好还是跳过去。"

他们俩都跳过了挡道的泥沼。

萨莉低声说:"是不是很令人兴奋?我一直想进特勤局,做一名漂亮的女特工,像玛塔·哈丽一样。看啊,这些泥泞就是他留下的。蕨类植物有被擦碰的痕迹——就是这样。"

过了一会儿,他们来到一块小小的空地上。那边有一个简陋的小棚屋,饱受风雨侵蚀,裂缝里塞满了纸,破旧的柏油毡房的屋顶上,插着一个烟囱,歪歪斜斜地伸出来,就像舞台上爱尔兰人帽子上的陶制烟斗。他们终于找到了隐士的住所,这小棚屋看起来并无邪恶之气,只是破旧不堪,很是凄凉。尽管没有证据表明隐士不在家,萨莉还是毫不犹豫地走到小屋前,透过仅有的一扇破玻璃窗朝屋里看了看。

天太黑了,他们什么也看不见。萨莉以为门锁上了,试着推了推,门立刻"吱呀"一声开了。

"看到了吧,"保罗如释重负地说,语气有些烦躁,"如果他有什么罪恶的秘密,他肯定会把那扇门一直都锁着。谢天谢地,我们可以回去了。"

"还不行。如果你不敢进来,就在门口守着。"

保罗站在门边,眼神忧虑地望着树林,时不时地看萨莉一眼,她正在四处翻找着。破布袋铺成的床、成堆的旧报纸、生锈的炊具满足了那个简约生活者的基本所需。

"这样不行,我什么也找不到。哦,这些东西好难闻!"

"这下你或许会满意了。"

"别这么扫兴!"萨莉迅速地环视了一下小屋。看起来似乎没有什么藏匿之处,除非——她把手伸进屋顶通往烟囱的洞里。她的手又抽出来了,黑乎乎的,空无一物。刚刚为了够到屋顶,她踮起了脚,而她脚边的地板上熏成了一个黑圈,有星星点点火烧过的痕迹。她瞬间意识到这一处的地板有些特别。然后她跪在了地上,在一堆灰烬中摸索着,摸索着下面的砖头,这些砖头显然被搭成了一个简易却坚固的壁炉。她把砖头移开了,把埋在砖下面的东西也一道搬了出来。

她拿着那东西走向亮处,保罗不安地盯着她。那是一个金属盒子。她打开盒子,取出一叠发黄的剪报,都是当地报纸上关于修建奇境度假营引发争议的报道。

她不耐烦地翻看着,剪报上的信息都是她已经知道的。但最后一叠似乎太厚了,她抖开剪报时,许多照片掉落下来。

"看,保罗,"她说,"看啊!"

这些都是航拍照片,其中一张清晰地呈现出阳光下的细节——建筑物、游戏场地、奇境营地的整个布局。

第八章

"不,"片刻后萨莉说,"我们必须把这些东西放回原来的样子,否则他会提高警惕的。"

现在焦急不安的人换成了她,仿佛奇境的照片把另一幅画面清晰地呈现在她眼前——一个胡子花白的人,一个满怀恶意的疯帽子,已经穿过树林向他们走来了。她把金属盒子放进洞里,小心翼翼地铺好砖头,再盖上灰烬和烧焦的树枝。

"'放回原来的样子?'"保罗问,"那些照片呢?它们排列的顺序正确吗?"

"哦,见鬼!我不知道——照片全都掉下来了——但愿他不会注意到。算了吧,保罗,我有点紧张。"

她最后看了一眼小屋。他们关上屋门,一头钻进了树林。萨莉握住了他的手,她的手被烟囱和煤烟抹黑了,即便在盛夏酷暑手也很冷。

"哦,上帝,希望我们能走出树林,不要碰到他。"

"你怎么啦，萨莉？他不会——嘘！"

树林里传来一种奇怪的、生疏的、曲不成调的嗡嗡声。他们俩僵在沼泽地的边上，一动也不敢动。如果他们离开小径进入矮树丛，逃跑时发出的声音就会出卖他们。这感觉简直像逃犯，保罗心想。这时，那个衣衫褴褛、胡子花白的身影弯着腰扛着一个沉重的麻袋向他们走来，用粗粝的嗓音哼着小调，如同生锈的发条一样嗡嗡作响。终于双方开始了对峙，只隔着一个沼泽。

"下午好。"萨莉的声音有点抖，脏手背到了身后。

"你们是什么人？从哪里来？这片树林是私人产业，你们不明白吗？"

那声音低沉却又刺耳，很勉强地挤出了几句话，仿佛是隐居已久，不习惯与人交谈了。灰白的胡子上架着一副烟色墨镜，使他看上去非常不自然，就像一个雕像，还是孩子们从蛛网密布的阁楼上捡了零碎东西拼凑的。

"我们迷路了，"萨莉说，"你能告诉我们回营地最近的路吗？"

"奇境度假营吗？"那不时停顿的怪异话语变成了乌鸦似的哇哇大叫，"你们是从奇境来的吗？滚出去！我告诉你们，滚出去！"

"我们会的，只要你让我们过去。"

萨莉动了一下，好像要跳过沼泽。这似乎更加激怒了那色厉内荏的老稻草人。他放下麻袋，开启了相当可怕的画面。他拍打着手臂，冲着他们两人跑过去，每次都在沼泽边骤然停下。萨莉再也忍受不了：那乌鸦般的叫声，那不停拍打着的黝黑的胳膊——似乎他随时都会振翅飞离地面，越过沼泽扑向他们。她猛然转身，顺着小路飞也似的往回跑，保罗紧跟在她身后。

他俩回到奇境时，寻宝活动还没有结束。回来的路上，萨莉异乎寻常地沉默了，她的沉默似乎在告诉他，他做得不够好，让她很失望。

"那么，我们能怎么办呢？"他终于开口问道，"当场逮住他？我们还没有发现任何证据。"

"你没必要拔腿就跑。"

"你也跑了。"

"那不一样。"

"我明白了。女士和儿童优先。我想我应该来断后吧？如果当时你想要一个表现抢眼的、故事书里的英雄，你应该带上你的泰迪·怀斯。"保罗冷冷地答道。

"算了吧，不说了。"

保罗去经理办公室找了埃斯梅拉达·琼斯，把这件事告诉了她后，顿时感觉轻松了许多。这个女人绝不会依照无聊的爱情小说里的模式来规范自己的生活，她是那么聪明睿智，通晓世故，绝对是他喜欢的类型。

"当然，那张营地的照片很有启发性。"保罗说话时，琼斯神情严肃、目光沉静地注视着他，无疑让他深受鼓舞，"他的长胡子可能是假的，不过现在所有的胡子看起来都像假的。不管怎么说，他在奇境营地出没时，显然不可能穿那些破衣烂衫，而我们在小屋里也没找到其他衣服。"

"保罗，或许他能轻而易举地在别的地方藏些东西。不，我认为我们应该彻底调查这件事，你别想摆脱责任——到目前为止，据我们所知，他是最具有行事动机的。"

"在说谁呀？"怀斯上校问道。他进来时胳膊下夹着一捆文件，身后跟着他弟弟。

保罗把事情简要复述了一遍，并补充道："到目前为止，那些恶作剧显然符合一个半疯半癫、心怀恶意却又相当幼稚的老人的性格，但我仍然认为——"

"如果那些恶作剧都是出自营地之外的人，这对我们来说是件好事，你觉得呢，琼斯小姐？我想知道，我们能不能往这个方向给出一些提示。这能激活我们的团队精神。"

"那么，客人们开始结账走人了吗？"保罗问。

"真正的大逃亡还没有开始，"怀斯上校含糊其辞地回答，"哦，对了，疯帽子也填了一份调查问卷。"

"什么？"保罗说。

怀斯上校递给他一张问卷。问卷的签名处用正体大写字母写着"疯帽子"，他回答问卷时显然非常轻率，简直是信笔乱填，比如：

问题（vi）：我是乔装打扮的托洛茨基。

问题（vii）：当然会让事情更刺激，你们这些笨蛋。

问题（viii）：如果你们愿意，可以召集军队、英国海军、坎特伯雷大主教和老摩尔，但这不会对你们有任何好处。

问题（iv）：绑架琼斯小姐。

"我不确定他是不是还在营地。"怀斯上校说着指向了最后一条回答，"没有什么比这些更能扰乱营地了。我们最好给你找个保镖，琼斯小姐。"

"你不会真把这当回事吧？"保罗问。

"上帝保佑，不会的。碰巧的是，一共有三个人用疯帽子的名字填写了问卷。这种玩笑是会传染的。"

泰迪·怀斯穿着白色法兰绒的衣服，光彩照人，刚才还坐在他哥哥的桌上，用镇纸、橡皮和高尔夫球玩杂耍，这时他飞快地转过身来。

"会传染的，你说得对。这就是我一直跟你说的。有个家伙搞了个恶作剧，给人们造成了很多麻烦。又有几个家伙——我想你会叫他们神经病——觉得他们必须加入竞争。就像几年前在约克郡发生的砍人事件，一个小伙子砍了一个乡下姑娘——很可能有一个很好的理由；然后别的小伙子听说了，也都去把刀磨锋利了，四处乱逛到处乱砍。"

怀斯上校用金色的铅笔轻轻叩了叩牙齿，盯着保罗问："你觉得这个说法怎么样，佩里？"

"我不确定，"保罗的语速放得很慢，"我想问题就在于消息是通过扩音器宣布的，然后公告板上又张贴了一个通知。这说明恶作剧的背后是同一个人。"

"我知道我不是很聪明，"泰迪说，"但这到底是谁呢？操纵扩音器的家伙，拖人入水和第一次糖浆事件——"

"而另一个人,碰巧手里有一罐糖浆,就决定把钢琴改装一下?"琼斯小姐不无讽刺地说。

"哦,好吧,第一个家伙给钢琴和网球涂上了糖浆,然后第二个家伙带着士的宁出场了——"

"真是太巧了,他的手提箱里正好装了一些。"

"好吧,好吧,说不过你,我退出。"泰迪·怀斯在门口停了一会儿,"我说,假设那个隐士就是疯帽子,如果他怀疑西斯尔斯韦特小姐和佩里先生要在这儿干掉他——唉,这对那个姑娘来说总归不是好事,不是吗?"

"那你最好跑过去守着她,泰迪。"他哥哥心神不宁地回应道,"告诉工作人员要特别注意未经授权进入场地的人,尤其要注意一个没有胡子、声音刺耳的老男人——"

"或是在其他方面与隐士的特征相符的人。好吧,老板,我们这个强大的组织要启动了。"

"我和琼斯小姐已经看过这些问卷了。"怀斯上校若无其事地说,似乎刚才那滑稽的一幕从未发生过似的,"如果你现在想把这些都带走也可以——有些人的想象力真是太丰富了。"

"这会儿需要我叫人把茶点送到你的小屋吗?"琼斯小姐神情庄重地瞥了一眼保罗问道。

"非常感谢。"

回到房间后,保罗开始在笔记本上整理调查问卷第一部分的答案。他听到寻宝的人们已经回来了:

"我弄得这么脏，我真想——"

"你也有旗杆的线索吗？我不知道他们的想法是怎样的……"

"这不公平。格蒂和鲍勃更容易……"

"好吧，肯定有人是最后的赢家……"

"我朋友被什么东西蜇了一下。"

"我猜是蜈蚣，她被一条蜈蚣咬了，这让她更难过了，而且——"

"住手，赶紧的，你捏得我好痛……"

"萨莉和'大众评审'的那位先生一起走了。你觉得——"

不久，最后的声响也沉寂了，保罗可以不受干扰地工作了。一个小时后，前五个问题的结果被制成表格。一共收回了371份问卷，考虑到游客们受到的纷扰，这个完成比例还是相当可观的。保罗坐了下来，仔细审视调查结果。令他特别感兴趣的是，关于人们选择去度假营地而不在普通的旅游胜地住宿的原因，合群、奢华和新奇这三个选项的得票率几乎相同。只有39%的人认为奇境的奢华会引发他们对平时生活环境的不满，只有11%的人曾有过独处的欲望，而83%的人认可奇境对娱乐活动的有效组织。

然而，有那么一瞬间，他发现很难集中精力去探究这些统计数据。一种难以言表的沮丧，一种模糊不清的不满，在他的心头悄然显现。这些百分比，这些精心制订的调查计划，现在似乎只是抓住了一些幻影，却没有把握住实质性的东西。然而，在他周围这个不真实的微观世界里有什么实质性的东西呢？你如何能描绘出如此多变、如此飘忽不定的假日？这个营地有五百人左右，游客们待的时间不够长，也没有形成特殊的习惯；他们每一个人都像是一个小微粒，从一项娱乐切换到另一项，与一组微粒组合在一起，然后又轻率地离开，再向另一组微粒漂移。那些上了年纪的人，以及那些带着孩子的家庭，确实更容易凝聚在一起；但对大多数人来说，奇境营地就像一个巨大的儿童派对，你满不在乎地与遇到的随便什么人一起玩耍，甚至都不知道你当时玩伴的名字，而所有的游戏都是由几个面目模糊的成年人组织并善意监管的。

保罗意识到，正是这个原因，不仅让他的调研变得如此困难，也增大了管理层擒获"疯帽子"的难度。他感到不耐烦，对调研的原材料几乎有些轻视。他知道，这种感觉对一个民意调查员来说是严重的过失。此外，尽管他会傲慢地拒绝公立学校组织的这类游戏，但理论上讲，当他把这些游戏视为度假营中的"大众娱乐"时，他还是会赞同的。然而这种不耐烦的感觉仍然存在。他内心深处隐藏着一种清教徒的特质，看到这么多人随心所欲地尽情娱乐，这种特质就愈加强烈了。起初，他喜欢置身于这一切之外的感觉——仿佛成了一台公正、超然的观察机器。现在，他只觉得自己被拒之门外，一个人愤懑地在魔法圈外徘徊。

有人敲门，萨莉·西斯尔斯韦特走了进来。

"嗨。"她打了个招呼，盯着他的笔记本看，丝毫不掩饰自己的好奇，"工作中的男人很伟大。"

"嗨。"

"发生什么事了？你的脸怎么拉得这么长？来玩点什么吧。"

"我在忙呢。"

"我想，这意味着你在等琼斯过来吧。"

"你爱怎么想就怎么想。"

"某人的作业不是马上就完工了？"她说着从他的肩膀上看过去。

"别这么幼稚。"

萨莉立刻出去了，"砰"的一声关上了门。他听见她在喊泰迪·怀斯。瞬间一种莫名的恐慌攫住了他，估计他们俩会回来诱惑他的。他想起了上学时的事情，或许她会对他采取严厉的措施。他迅速溜出了小屋，向主楼走去。

此刻他心中满是怨气，不仅对自己，还对所有的人都很生气。他在各个游戏室转来转去。一个游戏室正在进行一场乒乓球比赛。在另一个场地，西斯尔斯韦特先生在打台球——或者更确切地说，他在用虔诚的姿态祝福他的对手有一个大停顿。在第三个游戏室，几个年轻人在吵吵嚷嚷地玩着乒乓、飞镖和打硬币游戏。保罗盯着他们看了一会儿，隐约意识到，他在营地组织的问卷调查给予他一个近乎官方的地位，以某种方式把他排除在他们的圈子之外了。他们对他相当友好地笑了笑，但与此同时，他们的态度还有些忸怩不安——就好像他随身带着一个便携式麦克风，要把他们的游戏作为专题节目向全世界播送。

保罗又走到了室外，经过了网球场，来到游乐场。这是奇境管理层主推的另一个项目，比目前所有的度假营都办得好。因为这个游乐场特别受孩子们的欢迎，里面有滑梯、秋千、碰碰车、旋转木马、掷球击倒椰子的游戏等。不过,这会儿游乐场还没有什么人,因为锣声刚刚响过,催促孩子们六点钟吃晚饭。一群成年人站在射击场的尽头,从他们的尖叫声中可以感觉到,大家都玩得很开心。

保罗朝他们走过去,发现原来是莫雷先生让他们那么开心。除了普通的打靶练习,射击场还提供了更富有戏剧性的运动:靶场上立了一幅色彩艳丽的丛林全景图,如果你把一枚硬币塞进投币口,纸板做的狮子、老虎、长颈鹿、犀牛和野猪就会出现在你的视野中,还不停地扭动、变换着。艾伯特·莫雷尽力眯着眼睛,盯着温彻斯特22口径连发枪的枪管,试图击中这些硬纸板做成的丛林动物群。人们不得不承认,这猎人正遭遇罕见的厄运,因为在他开火前的几分之一秒,猎物似乎总是会一起跳跃。不过,即便它们一动不动,莫雷先生能不能打中一次还是个问题;他按下扳机时总是闭上眼睛,显然无法练就好枪法。

为什么这些"大猎物"每次都能预料到莫雷何时开枪呢?这简直太离奇了。不过保罗很快就看明白了。每次艾伯特·莫雷准备开火时,他身后的一群人都会朝控制台的一侧瞥一眼。泰迪·怀斯站在那里,一眼不眨地盯着莫雷扣动扳机的手指。手指一弯曲,泰迪就猛拉一下操纵纸板动物的小手柄。很明显,莫雷先生这个小心翼翼的射手已经把他购买的打枪次数用完了,泰迪正在用一个手柄来操纵丛林特效,而这手柄通常是锁着的。

保罗闷闷不乐地看着这场表演。他想,真是太奇怪了,你不能长时间地嘲笑一个人,不然你的笑声就会充满恶意的,这对你也不好。

一开始纯粹是为了好玩，泰迪可能是由于一向慷慨大方，就打开了手柄，转动一下，这样艾伯特就可以在花光他的钱后再打几发子弹。但旁观者发现了，就暗中怂恿泰迪，泰迪也无法拒绝他们的掌声。现在他们的笑声都变味了，这令人相当不快。莫雷先生结束射击时，他们都向他解释为什么他一发没中，就连泰迪也显得很抱歉。

面对这样的窘境，艾伯特·莫雷的确应对得最好。他略带疑惑地眨了眨眼睛，看看泰迪，再看看其他人，涨红了脸，做了一两次他那古怪的低头小动作，然后就满脸笑容地对周围的人说，他不太会射击，在尝试打"大猎物"之前应该先试着练习打靶。确实可以相信莫雷先生总是能把事情往好的方面想——也可以这么说，他会把嘲弄和笑话也当成甜言蜜语。他拿起另一支步枪，转移到打靶处。泰迪·怀斯无疑对自己刚才轻率的恶作剧有些羞愧，他手把手地教艾伯特如何瞄准，如何在不移动步枪的情况下扣动扳机。但保罗在离开前注意到，艾伯特的子弹仍然只打中了射击靶的最外围。

在保罗返回主楼的路上，他遇到了音乐会上坐在他旁边的那两个女孩。菲利斯·阿诺德面露尴尬，看上去更显羸弱，她的朋友珍妮丝不得不催着她往前走，还充当了她的代言人。

"哦，佩里先生，请原谅我们打扰您了。"她上气不接下气地说，"但我认为菲利——阿诺德小姐应该去看医生。"

"嗯，这里有一位医生，营地医生。你们能找到他——"

珍妮丝·米尔斯把保罗拉到一边，留下她的朋友沮丧地站在砾石小路上，双手插在白色网球外套的宽大袖子里。

"我知道的，"珍妮丝说，"但我朋友太固执了，她算是基督教科学派的。我想也许你能说服她。她对你很有好感，明白吗？"

哦，上帝啊！保罗心想，这太荒谬了。加入左翼读书会她不就心满意足了吗？

"她怎么啦？"他问道。

"她起了水泡，特别大的水泡。来，菲利斯，让佩里先生看看你的水泡。"

那姑娘红着脸，神情痛苦地走到他面前，放开交叉的双臂，挽起外衣的袖子。前臂上有几个水泡，几乎有高尔夫球那么大。

"哦，天啊！"保罗一脸震惊地喊起来，"你到底是怎么弄的？水泡什么时候起的？"

女孩可怜兮兮地哭了起来。她的朋友又替她说话了。

"她寻宝回来不久，就起水泡了。"

"你不会一直在试验芥子气吧？"保罗问。

"哦，佩里先生，我当然没有，"菲利斯·阿诺德说，"你怎么会这么想？"

"就是那种芥子气引起的水泡，仅此而已。你一定是把自己灼伤了。是煤油炉，还是什么？"

"我没有灼伤自己。水泡就这么冒出来了。"

"哦，好吧，没关系，医生很快就会治好的。我们现在去看医生好吗？"

"我不想去看医生，但还是非常感谢你。"阿诺德小姐显得既虚弱，又羞怯，还带着自我牺牲式的固执。

保罗的头脑转得很快。

"我非常理解，"他说，"我们必须尊重你的信念。但我认为你应该让医生看看。可以想象得到，这种水泡可能会传染给别人，我们应该在一开始就进行严密监控。想想看，营地里还有那么多人。当然，如果你不愿意的话，就不需要治疗。"

女孩接受了这个不科学的、甚至有些狡猾的请求。他们朝医生的小屋走去，一路上她越发明显地感觉到了疼痛。

"这是阿诺德小姐，"霍福德医生给他们开门时，保罗介绍说，"我们认为——"

"是的，"珍妮丝·米尔斯插嘴道，"她起了一些可怕的水泡。佩里先生说水泡是芥子气造成的。"

"别这么荒谬，我只是在开玩笑。"保罗显得很不自在。

年轻的医生冷冷地打量了他一眼，请他们进屋，并检查了女孩的前臂。

"嗯，"他终于开口了，"这些水泡的确看上去很糟糕，是不是？但没什么好担心的。我们只要把液体放出来，然后涂上干性敷料。"

看到阿诺德小姐正要抗议，保罗向门口走去，他可不想卷入一场关于基督教科学派的争论。

"佩里，也许你可以在一刻钟后再过来？"医生头也没抬，平静地说。

"当然可以。"

约定的时间到了,保罗回到了医生的小屋。菲利斯·阿诺德和她的朋友已经离开了。霍福德医生递给他一杯饮料和一支烟。

医生开门见山,直奔主题。

"如果你不介意的话,我想问一下,佩里,你是怎么知道芥子气的功效的?"

"我在剑桥有一位化学家朋友,他在试验这种物质时,手上就留下了这种印迹。可是,听我说,你不是真的在暗示——"

"我不介意告诉你,我其实对那些水泡感到很困惑。事实上,它们确实很像芥子气造成的。当然,这是很奇怪的,那个女孩又说不出水泡是怎么回事。她只会说'就这么冒出来了'。如果不是营地里还发生了其他事情,人们当然也不会多想。"

"但是,你肯定得喷些干性敷料,不然肯定不行的——"

"水泡也许在营地里起的吧。不过别忘了寻宝活动。"

"如果水泡是在寻宝路线上的某个地方染上的,那么不止一个人会受到影响。"

"我很清楚这一点。"霍福德医生和他的许多同行一样,不赞成外行人插手其神秘的医学领域,他说话的语气越发疏远了,"顺便说一句,我认为你在那两位小姐面前提到芥子气是不明智的。我尽量表现得对这种提法不屑一顾。要不然,现在整个营地都传遍了。"

谣言确实很快就传播开了。珍妮丝·米尔斯小姐可没有这么坚强的心志,能把这样的消息守口如瓶。她刚说服菲利斯·阿诺德躺下,就找到了她度假时的某位男友,一股脑地全说了。半小时后,奇境已是谣言满天飞，半个营地的人都知道疯帽子又来了——这一次，用的是毒气。伤亡人数迅速从起水泡的一个女孩，增加到十几人，甚至二十人，最后居然传成了多达五十个游客在死神门口徘徊。傍晚露水已降，但今天它的治愈作用荡然无存，一种截然不同的毒露珠已侵蚀了人们的心灵。他们心存疑惑地相互打量，偷偷地检查自己的身体，如同置身于瘟疫肆虐的城镇。

这时，西斯尔斯韦特先生召集了所有他能找到的运动委员会成员，他们一起去了经理办公室。怀斯上校已经听到了这些谣言，显然也和其他人一样不知所措。毫无疑问，芥子气的说法很快就会被推翻。霍福德医生是个有能力的年轻人，上校对他非常有信心。但与此同时，伤害正在造成。他们不觉得他应该报警了吗？琼斯小姐认为报警只会加剧公众的恐慌，但怀斯上校还处于困惑和恼怒中，不留情面地冷落了她。

然后，经过了长时间激烈却毫无结果的讨论，西斯尔斯韦特先生发言了。他郑重地宣布：应该做出妥协了。他们不希望警察介入进而引起公众关注，但与此同时，面对直击营地核心的威胁，他们不能再无动于衷了，还是雇一名私家侦探吧。正巧他的客户中就有一个这样的人，一位十足的绅士——这点是毋庸置疑的——一个聪明睿智、出类拔萃的侦探：斯特雷奇威先生。如果他现在正好有空，西斯尔斯韦特先生也许能劝他接这个案子。委员会通过了这个提议，几分钟后琼斯小姐就打了长途电话到伦敦。

第二部

西斯尔斯韦特先生勘破迷局

第九章

第二天早上,吃过早饭,西斯尔斯韦特先生把保罗·佩里叫到了一旁。他们走到了保龄球场地,坐在了露天平台的草坪上。保龄球场上有一些上了年纪的游客已头脑清醒地开启了练球仪式。西斯尔斯韦特先生显然有很多话要说,但并不急于开口。保龄球玩家们动作悠闲自在,谈笑间随意从容,清晨的阳光迎来了崭新的一天——眼前的一切都展现了度假生活的闲适悠然,身着粗斜纹外衣的大块头西斯尔斯韦特自然也不例外。

"昨晚的化装舞会平安无事,这真叫人欣慰,先生。"

"的确如此。"

"打得真好,先生!击倒一个漂亮的保龄球木瓶!佩里先生,我一直认为,保龄球是一种独具英国特色的游戏,它充分培养了耐心、好脾气、深谋远虑和无害的竞争。如果我说错了,还请指正——这是一项全国性的娱乐活动,还没有受到专业性的影响。"

"那马球呢?"

"先生,我说的是民主大众的娱乐,"西斯尔斯韦特有些严肃地回答,"马球是富人的游戏。你可能会说,那也没什么不好呀。我许多客户都沉迷于这种运动——奋力击球,不带负面情绪——毫无疑问,这是一种很适合男人的游戏。但马球不向普罗大众开放,因此不能被指定为典型的英式运动。不能,先生。"

"我认为保龄球确实体现了我们的民族性格,"保罗开启了滔滔不绝的空谈,"首先,要把偏见变成美德,然后通过迂回的方式达到我们的目的。这就是外国人所说的'英式虚伪',但是我们对此更清楚,我们知道那就是保龄球。"

"你在支持我呢,先生,我看出来了。"西斯尔斯韦特先生愉快地回应道,"唉,好吧,看着这岁月静好的景象,谁会想到死亡的阴影已然来临?"

"的确有谁会呢?"保罗瞥了一眼同伴的脸,发现他早已愁容满面,仿佛要去送葬似的,"但你肯定不会认为那个疯帽子会——"

"死亡天使可能正在我们上空盘旋,先生。我们要确保他不会突然俯冲下来。"

"听起来,比起私人侦探,我们似乎更需要一门高射炮。"

西斯尔斯韦特先生颇为宽容地挥了挥手——这一手势被艾伯特·莫雷误会为庄重的邀请。他正走在保龄球场的另一边,于是就绕到了他们身边,不安地点了点头,然后坐在了旁边的草坪上。他坐得不近也不远,这样他们就不会忽略他,这正体现了他典型的优柔寡断的性格。

西斯尔斯韦特先生试探性地打量着这个小个子男人，然后对保罗说："我们在谈论'死亡'，先生。"他的声音透着忧郁。莫雷先生吃了一惊，赶紧转了转头避开他们，如同一匹马在摇摇晃晃。

"死亡，"西斯尔斯韦特继续说，"最伟大的煽动家。先生，你受过专门训练，擅长精确的观察，那么在估计一个群体的心理反应、总体情绪和士气等方面，你非常具有优势。你说说看，从昨天起我们这里是否发生了什么明显的变化？"

"嗯，我认为人们对昨晚的恐慌感到有些羞愧。而且，当人们感觉到这种羞辱和解脱时，他们倾向于把自己的愤怒发泄在别人身上。"

"的确如此。如果我可以这么说的话，这是非常睿智的观察。人们在找一个受害者，一个替罪羊。继续祈祷吧。"

"还有等级差别在明显缩小，团队精神正在抬头。"

"也许我表达观点时的措辞不太妥当，但这是无可否认的事实。在我们中间存在着一个公敌，起初他会引发轻微的烦恼和好奇，接着是相互的怨恨和猜疑，而现在让我们进入第三阶段。那些大声疾呼要求管理层采取行动、并指责其效率低下的人，现在成了第一拨。"西斯尔斯韦特和善地点了点头，认可了自己的口语化表达，"第一拨集结起来的人，嘉丁纳小姐就是一个例子。怀斯上校——据我得到的内幕消息来看——对于提供帮助的提议感到非常尴尬。除此之外，一般的游客，原本可能会——就像年轻的怀斯先生说的那样——成群结队地打卡离开，现在却觉得留下来面对挑衅者是一种荣誉。让他当心，"

西斯尔斯韦特总结道,"那些对管理层冒犯得太厉害的人。"

"我们是不是偏离'死亡'这个话题了?"保罗问。

他的同伴看了眼小树林,眼里明显流露出偏好,然后目光扫过草地,绕过保龄球的阻挡屏,又温柔地停留在保龄球击打的小白瓶上。

"先生,"他说,"不管我们偏离多远,我们都无法摆脱死亡。不管怎样,我们还是要回到当前的问题。我的论据倾向于得出这样一个结论:假设疯帽子那些骇人听闻的恶行是为了打击游客们,从而对奇境本身造成破坏,他预计的效果显然没有实现,这恶棍现在不可能没意识到这一点。因此我们可以期望他会停止敌对行动,特别是已经公开宣布,管理层请来了一位训练有素的侦探。"

"好吧,那每个人都能松口气了。"

西斯尔斯韦特举起一根手指,似乎在警示他:"但这种假设可能是错误的。那些恶行很可能最终针对的都是一个人。"

"哦,不过我想说的是——"艾伯特·莫雷反对道,他刚才在草地上蹦蹦跳跳的,显然有些不耐烦了。

"请允许我继续阐述我的观点。我们可以假设一下,我有一个隐秘的动机想谋杀你,莫雷先生——"

艾伯特·莫雷瞪着他,吓得脸色苍白,呆若木鸡。

"或者反之亦然,"西斯尔斯韦特做了个让步,"系列恶作剧非常容易进行,受害者都是随机选择的。然后,在形成了一种恶作剧的氛围之后,再对真正的受害者发起攻击。看上去似乎不过是又开了一个玩笑——不幸的是这次的玩笑开得太过火了。如果伪装得仔细一些,根本就不会有蓄意杀人的嫌疑。你说呢,莫雷先生?"

"我觉得有这个可能。但是这个杀人的动机——我的意思是,你怎么可能知道?"

"是啊,"保罗也有同感,"在近五百人中,要找出谁有杀人的动机,那可真不容易。"

"我们可以排除很多人,先生。根据逻辑推断,罪犯在来奇境营地之前就已经制订了行动计划,这就意味着他的潜在受害者不是他到奇境后遇到的人,而是他在平时生活中结识的人。"

"你的意思是说,如果我们能找出哪些客人来奇境之前就彼此认识,就能限定罪犯和受害者的身份了?"

"正是如此,甚至有可能他们属于同一个家庭。大多数谋杀都是为了谋取利益:假设X谋杀Y是为了通过他的遗嘱获利,在一般情况下,这种动机显而易见,警察都不需要去调查家庭成员以外的人。但是一个意外死亡,表面看来似乎是由一个不合时宜的恶作剧造成的,而恶作剧又是频繁出现的,并且发生在一个人数众多的营地,可以最有效地掩盖这样的动机。"

"大概是这样。但我还是不知道,除了那些拖家带口的人之外,我们究竟怎么才能找出那些与你描述的情况相吻合之人。"

"这就是你的用武之地了,佩里先生。你在这里有一个近乎官方的地位,这样你可以提问,而不会让人觉得你是在无理地侵犯别人的私生活。还有你的那些调查问卷,问卷上人们都按要求填写了姓名和地址。对这些地址加以研究,至少会有一些收获。"

他们决定马上开始研究调查问卷，尽管保罗私下里还是认为，这样并不能帮他们锁定调查对象。西斯尔斯韦特先生由于有重要事宜，精神上随之出现了特别的反应，即刻呈现出一种结实壮硕、面颊肥厚、相貌平平的样子，那样的照片经常登在报纸上，还配有说明：传说中的"某某警司，五巨头之一，负责案件调查"，只不过他还缺了一个圆顶礼帽。

就在他们忙着从问卷中查找线索时，萨莉正在海滩上晒日光浴，一个男人走到她面前搭讪。在奇境游客之间的交流一向就是这么无拘无束。她趴在沙滩上，脚趾扒着柔软的沙子。起初只是不经意地瞥了他一眼，他看上去跟任何一个上了年纪的客人没什么两样——衣服都是灰色法兰绒的，运动外套，开领衬衫，一张略显年纪却又保养得宜的脸，脸上的皱纹、灰白的头发与轮廓鲜明的五官、敏锐灵活的表情形成了强烈的对比。他的声音听起来很舒服，语速很慢，像慈爱的父亲一样，不知为何让人感觉安心。事后母亲温和地评论萨莉的行为时，萨莉只能辩解道，那人看上去似乎完全没有冒犯之意。

两人随意聊了一会儿。萨莉说："帮个忙吧，给我涂点这种防晒油，好吗？我够不到后背。"

"你看起来不需要这个。"

"我当然需要。我明天要在歌舞表演中扮演南海少女。"

陌生人随手帮她涂了防晒油，话题就转到了疯帽子身上。他没有意识到她是恶作剧者的第一个受害者。人被拖到了海面以下，那一定非常难受。究竟是什么感觉呢？

萨莉高兴地谈笑着。两人还谈论了疯帽子玩的其他把戏,以及这些恶作剧对游客的影响。不一会儿,陌生人站了起来,用一块脏手帕擦了擦手,自顾自地离开了。萨莉抬起头想感谢他的帮助,却下意识地注意到了一件刚才压根没想过的事,那时陌生人已经接近悬崖小径的顶端了。

他没有佩戴能显示奇境游客身份的小圆片,就是这个。

好吧,他当然没戴。很多人在海滩上都不戴。没错,但他没有去海里游泳,也没有带毛巾和泳衣。哦,别犯傻了。的确,他是个上了年纪的人,头发花白,声音有点刻意,就像——但是隐士的声音沙哑、难听,两人完全不一样。但声音可能是假装的。假如他就是隐士,是疯帽子,好吧,就算他是疯帽子,他又没伤害你,你这个可怜的神经兮兮的傻瓜。他非常和蔼可亲。他甚至——

萨莉的目光落在了他随手放在沙滩上的那瓶防晒油上。她感到一阵发冷,一阵发热,然后又浑身冒冷气,仿佛浸在了海里,在一层层冷暖变换的海水中游泳似的。她感觉快昏过去了,真想尖叫起来。她想起了昨天发生在另一个女孩身上的事,那女孩起了好大的水泡。他们都说是芥子气,怀斯上校还公开谴责了散布这种愚蠢谣言的人。但你不可能在几个小时内就把那个谣言从你的脑海中抹去。

哦,上帝啊!她手里拿着装防晒油的瓶子,拼命想记起之前瓶里有多少东西——哦,天哪,假如他在我背上涂了别的什么东西,或者是别的瓶子里乱七八糟的东西……

顿时她不寒而栗。她仿佛又能感觉到他的手了,轻柔却又非常执着地在她背上摩擦着,那是在树林里扑向他们的那个可怕老人的手,是毒死小狗的疯帽子的手。

刹那间她鼓起勇气,竭力抵抗如潮水般涌来的恐慌。你不需要把芥子气涂到人身上,而且如果那是硫酸或类似的东西,她会立刻感到火烧般的疼痛,并且他的手也会被灼伤。但是,他仍然可能是疯帽子,忍不住回到自己的犯罪现场。他没有标明身份的小圆片,还以一种怪异的、饶有兴趣的、颇为好奇的方式谈论那个恶作剧的人,似乎他没有亲眼看到恶作剧的效果,所以要沾沾自喜地听一听目击者的讲述。

萨莉一下子跳了起来,朝着坐在木筏上的泰迪·怀斯游过去。她凑到他耳边,上气不接下气地说了刚刚发生的事情。睡意蒙眬的泰迪立刻睁大了眼睛。他们一起游向岸边,匆匆穿上浴袍,爬上陡峭的小路。萨莉不清楚怎样才能在奇境的人群和建筑中找到陌生人,但仅仅是跟上泰迪急速前进的步伐就让她振作起来。

这两人靠近主楼和娱乐场时,他们发现——如果他俩还能分神注意到的话——在一群陌生人中奔跑穿行和在准备好应对危机的人群中奋力挤出一条道,有着明显的区别。一个打砸抢的小偷在行动刚开始时几乎总能够很顺利,因为他的暴行会带来极大的震撼,会使旁观者瞬间呆若木鸡。但是,奇境里的游客们一看到泰迪·怀斯和萨莉跑过来,就成群结队地赶来帮忙或询问,反倒形成了一个巨大的障碍。最后他们俩不得不停止追赶。在泰迪的建议下,萨莉描述了海滩上那个男人的样子,游客们随即四下散开,去搜寻他的踪迹。

"听着,泰迪,"萨莉说,"如果他就是疯帽子,到处问别人喜不喜欢他的恶作剧,这会儿他很可能去找了那个女人,他之前杀死了人家的小狗,或者他是在跟那个起了水泡的女孩说话。快点!我们先去找哪一个?"

他们决定先去看看菲利斯·阿诺德,女孩应该是遵照医嘱在小木屋里休息。这真是一个明智的选择。两人走近小木屋时,萨莉看到他们的猎物从里面出来了。她对他的罪行也不再怀疑了。因为他一看见他们在靠近,泰迪还没来得及叫他停下来,他立刻就跑开了,沿着小屋之间的林荫道一路狂奔。

"快去看看她有没有出事。"泰迪指着菲利斯·阿诺德的小屋喊道。萨莉不太情愿地服从了。只见那姑娘没精打采地斜靠在一张躺椅上,一副吃惊的样子。

"他们在外面喊什么?"菲利斯问道。

"哦,是有人在喊叫。"萨莉含糊其词地回答说,她不想再让这姑娘担心。

"你听上去有点气喘,小姐,呃,还不知道你的名字呢。"

"我刚才一直在跑步。"萨莉虽然年轻,却本能地意识到有时候真相比任何谎言都更具欺骗性,"我想我应该来看看你,不知你感觉怎样了?"

"你真是太好了,我敢确定。想提醒你一下哦,我没有生病,不像你们说的那么糟糕。这些都是主观的,你不觉得吗?"阿诺德小姐把胳膊往毯子下面伸了伸,"不过,我总是说,只有在你失意的时候,你才会知道人们是多么富有同情心。看看工人阶级是如何互相帮助的。

我不知道今早接受了多少探问。在你进来之前,有一位先生刚离开——他真是太好了——他问我是怎么回事,还想看看我的伤疤——我的意思是我的胳膊。"

"你让他看了吗?"

"我其实不想让他看,你明白的,对吧,亲爱的?但他那么善良,不让看就像是在冷落他,所以我让他解开了绷带。"

"真的?"萨莉的心跳似乎停止了一拍,"他对你做了什么?"

"做了什么?他非常恭敬。我不会让男人过于随便的。"

"他碰它们了吗?我是指那些疤。"

"没有,他只是看着,仅此而已。怎么了?"

"哦,没什么。桌子上的是绷带吗?你不是应该再缠上吗?让我来吧,练习一下我的急救术。"

"不用了,亲爱的,不管怎样还是谢谢你。我不能再向这种软弱屈服了。你看,这都是主观上的。"

"你是说那些水泡根本就不存在?"

"并不是那样的。不过,如果我相信我已经好了,并且有足够的信心,我就会好起来的。"

"可是,你都缠上绷带了,难道还能相信?"

"你不明白,亲爱的。"阿诺德小姐的耐心让人有些气恼。

就在这时,泰迪·怀斯出现了。他询问了阿诺德小姐的情况,并带走了萨莉。他说没有追上那个陌生人。那人跑过树林,翻过农场的围墙,骑着摩托车逃走了。泰迪没能看到车牌号,如果等他回到营地车库,再开自己的车去追,那家伙应该已经到达两英里之外了。萨莉告诉他,那个陌生人在阿诺德小姐的小木屋里干了些什么。

"如果这家伙就是隐士和疯帽子,"泰迪说,"就搞不懂他究竟想干什么了。他应该再弄点糖浆来捣乱,或者干些其他什么肮脏的勾当,而不是来和他的受害者交换意见。"

"可他还能会是谁呢?他又为什么要逃跑呢?"

"这可难倒我了。脑袋不灵了,解决不了这种难题。哎,你了解你爸推荐的那个侦探吗?"

"不了解。我从来没有见过他。"

"我一直认为私人侦探是那种鬼鬼祟祟、让人讨厌的家伙。他们可以踮着脚从钥匙孔里偷看。我猜这家伙是个大师级人物,有鹰一样的眼睛、超强的大脑等。好吧,他会需要这些的。"

"我真想知道你脑子里到底在想些什么。"萨莉脱口而出的话把自己吓了一跳。泰迪咧嘴一笑,显得很谦逊。

"如果你想知道的话,这可真糟糕。不要再和别人说了。"

萨莉意识到自己被礼貌而坚决地警告了,这使她感到恼怒和困惑。她说:"你把一切都当成了一种游戏。"

"我只擅长玩游戏。"他自我防护似的瞥了她一眼,有点戒备,但仍然很和气,就像一个拳击教练面对着突然向他施暴的学生。

"但你不能一辈子都玩游戏。"

"我的好姑娘,等我中年发福了,有运动员的心脏和塌陷的足弓,就有足够的时间来担心这些了。"

萨莉忍不住想打破他的好脾气,在故意激怒他的时候,她有一种美妙又大胆的感觉——他那么强壮,又那么英俊——她有点想让他反击。

"但你肯定想成就一番事业,"她说,"总比跟那些八字脚的女孩玩圆场棒球好。你一定是有雄心壮志的。"

"哦,我把雄心壮志留给我哥哥莫蒂默吧。家里有一个人有出息就够了。为什么突然这么关心我的前程呢?"

"我可能是不喜欢看到人们虚度年华。"

"人生是真实的,人生是诚挚的,是吗?听起来你好像被灌输了什么思想。是我们的佩里先生吗?"

"别瞎说。不管怎么说,他至少是认真对待工作的。"

"哦,我不认真吗?我们的游戏组织员是工作人员中最尽责的。永远富有活力,永远在现场帮助您渡过难关,我们是照亮奇境的第一缕阳光。你这倒是提醒我了,我今天上午还要去担任网球比赛的裁判。我得先走了,还要去向哥哥报告我们刚刚赶走的那个阴险的家伙。总是忙个不停,我的人生就是为他人的事业无私奉献。再见,萨莉。"

听了这话,她不得不离开了。萨莉慢悠悠地走到布告栏前,看看她预定的参赛时间,对自己作了一番评估。想到今天早晨受到的惊吓、令人不安的气氛,以及疯帽子给奇境带来的不真实感,她瞬间清醒过来。此刻她对待自己和他人,无论怎样都不能只看表面了。这次的度假真是太古怪了,它的古怪源自和保罗·佩里的初次见面。

从保罗在火车上第一次开口跟他们说话开始,他对待她就特别冷淡。这样的情形她在其他年轻人身上从未遇见过。她对自己说,不过如果我争取一下,我就能得到他;我还能拿下泰迪,但没那么容易。我还想知道奈杰尔·斯特雷奇威会是什么样的呢?哦,我竟然从来没有问过爸爸奈杰尔结婚了没有,我一定是有些失控了。

第十章

奈杰尔·斯特雷奇威刚到奇境营地时，准备好了去虚心了解情况，因为他对奇境知之甚少。之前只是在电话中与西斯尔斯韦特先生进行了简短的交谈，对方只告诉他营地发生了一些怪事，从表面上看似乎是恶作剧。不过，西斯尔斯韦特也暗示了，可能会有更阴暗的内幕和错综复杂的情况。在出发之前，奈杰尔甚至没有时间去询问奇境有限公司的情况，他也根本不知道度假营是什么样子的。

当汽车驶过开阔的园区时，他看到了巨大的、好莱坞式的建筑，这当然有些出乎意料。奇境自然是派了工作人员开车去火车站接他，但奈杰尔的心思放在了别的事情上，所以在从火车站到奇境的路上，他也没顾得上提问。确切地说，那会儿他在担心他的衣着。通常他不会为着装问题忧心，但当你要去见的人是一贯信奉"人靠衣装"的西斯尔斯韦特先生时，你就开始后悔了，早知道就花些钱去购置压裤器、晾衣架，或者多做些清洗和熨烫了。

他穿的那件灰色细条纹法兰绒套装自然是出自西斯尔斯韦特先生之手，但已经是几年前做的了，因为奈杰尔已养成了光顾成衣裁缝店的习惯。西斯尔斯韦特先生会原谅他的背弃吗？如果他不原谅的话，奈杰尔就要倒霉了。遥想当年，他还是个初出茅庐的大学生，第一次怯怯地走进西斯尔斯韦特先生的制衣店。虽然已过去了十二年之久，但他对这位大人物的敬畏丝毫没有减弱。他不禁回忆起那难忘的一幕——那是他第一次也是最后一次大胆地质疑西斯尔斯韦特先生的判断，是关于纽扣数目的问题。奈杰尔希望裁缝同意给他做的西装前襟上只配两颗纽扣。西斯尔斯韦特之前曾表明，绅士们都不再配两颗纽扣，三颗才是正确的选择。奈杰尔却鲁莽、固执得要命，坚持要两颗纽扣。于是，西斯尔斯韦特先生挺直了腰板，越发显得高大魁梧，如同一位愤怒的至圣神明降临到了试衣间。

他说："如果您坚持的话，先生，我就给您配两颗纽扣。我只能说，"西斯尔斯韦特冰冷的声音中透着嫌恶，"我只能说这样看起来会很傻。"

奈杰尔立刻屈服了。后来他再也没有和这位裁缝争论过。今天他下车后，眯着近视眼打量着奇境宽阔的中庭，感觉到旧日的伤痛又隐隐发作了。

西斯尔斯韦特先生正在里面等着他，那架势如同一位资深政治家要在和平会议上接见另一位政客一样。他老远就伸出了手，气宇轩昂地朝奈杰尔走过去。

"很高兴再见到您。"他大声说，"尽管目前处境堪忧。"

"希望您一切都好,西斯尔斯韦特先生。"

"谢谢您,先生,我身体很健康。"西斯尔斯韦特先生稍稍往后站了一点,依然握着奈杰尔的手,"我想我们曾很荣幸地为你做了这套西装。"

"是啊,呃,是的。穿着很不错,不是吗?"

西斯尔斯韦特先生轻轻抚平了领子下面轻微的皱褶。"先生,我总是说,一套好西装,始终标志着贵族的身份。"

出于对这句格言的敬意,两人默默地站了一会儿,然后西斯尔斯韦特先生领他上楼到经理办公室。

"怀斯上校,"他在路上说,"会帮你了解情况。你会发现他是一位令人愉悦的绅士。他曾经是位军官,毫无疑问他们在国家需要的时候做出了巨大的贡献。不过我们并不赞成他们一直在公民生活中保持军衔。在我们这样的自由民主国家,我们不希望有任何事物让人感觉到常备军的存在。"

奈杰尔努力克制着,不去质疑这句话的逻辑。过了一会儿,他坐在了怀斯上校那把最舒适的扶手椅上,听着奇境所有恶行的来龙去脉。西斯尔斯韦特先生很巧妙地脱身了。琼斯小姐留了下来,必要时她从自己的笔记中补充她雇主的陈述。很明显,这两人配合得相当默契。然而,怀斯上校却突然因为一个琐碎的小问题对秘书大发雷霆,这让奈杰尔大为惊讶。

怀斯提到他昨晚已经通知客人们奈杰尔要来。

"你告诉他们我是私家侦探?"

"是的。"

"恕我直言,我认为你不应该那样说。这肯定会对我造成一些阻碍,尤其是你希望调查能够尽可能巧妙地进行,而不是过多地干扰正常的营地生活。"

"这一点我也说过,您应该也记得,怀斯上校。"琼斯小姐说话的语气干脆,但也相当恭敬。

就在那时,莫蒂默·怀斯冲她发火了:"请你记住,我付给你薪水是让你当我的秘书,而不是助理经理!"他突然爆发了,声音刺耳又紧张:"我需要的时候会问你意见的。"

琼斯小姐一脸的震惊,奈杰尔低下头看着鞋子,这让怀斯意识到自己失态了,这火气来得莫名其妙。他道歉了,但他的歉意只是对着奈杰尔表达。

"很抱歉,斯特雷奇威。现在这情况其实让我很沮丧。我非常理解你的想法,但你也要明白我处境的艰难。游客们对我所谓的不作为感到非常不安。按理说我应该叫警察来,但那对奇境有限公司来说太糟糕了。当然,我们一直在悄悄地进行一些工作,采取预防措施,等等;但我们需要一个更公开的姿态——"

"那就把我抛出去,以平息公众的不满?"奈杰尔温和地笑着建议道。

"嗯,是这么想过。"怀斯上校承认道,"当然,我完全相信你会解决我们的小问题。对你来说这可能非常简单,但我恐怕就不是当侦探的那块料了。"

"你说你们采取了预防措施——"

"是的。现在部分工作人员在晚上会被派去小木屋那边巡逻,其他人则负责监控这栋建筑。我们还会特别小心——呃,比如,今晚有一场由女游客们组织的歌舞表演,工作人员会轮班守护音乐厅和后台存放衣服和物品的房间。"

"这么说来,你对你的员工有十足的信心?我注意到,你刚才说那些恶行可能是某人企图破坏奇境公司或者损害你在公司的地位,你没有提到工作人员。当然,如果有人心存不满,那很可能是员工中的某个人?"

"你会这么想,我能理解。但实际上,我们的员工在这里工作得非常愉快——当然这可不是广告上的夸大其词。他们的薪水很丰厚,工作时间不算太长,没有人接到过解雇通知等。我看不出他们对公司有什么不满。针对我个人——好吧,这不是我该说的,但所有的工作人员你都可以去面谈,我认为不会有任何关于我如何对待员工的第一手或第二手投诉。"

"怀斯上校在营地很受欢迎。"琼斯小姐插嘴说。她聪慧的眼睛和性感的嘴唇之间形成了强烈的对比,奈杰尔几乎被迷住了。他想,如果我是怀斯上校,我很难把她当作一台办公机器,当然也许他觉得不难做到。

"假设你说得对,"他说,"我们只能在游客和那个隐士之间做出选择了。我们知道隐士对奇境心怀不满,有一些迹象证明——比如航拍照片、今天早上出现的陌生人——他可能就在营地里。如果是一个游客做的，那么这些有可能只是无伤大雅的恶作剧，或者是某个行事古怪的人干的。你们已经在中心办公室询问过了，发现没有一个游客曾在奇境公司工作过；当然，除非是有人用了假名。不管怎样，奇境公司只成立了三年，在如此短的时间内，对该公司的任何怨恨报复行为都很容易被追踪到。"

怀斯上校点了点头："是的，你总结得很好。"他瞥了一眼手表——奈杰尔注意到那是一块薄薄的金表，风格偏女性化——然后建议他们喝杯开胃酒。琼斯小姐摘掉角质框的框架眼镜，走到墙边一个闪亮的柜子前。奈杰尔隐约觉得那是一台收音电唱两用机。她打开柜子，里面是一个摆放鸡尾酒的吧台。摘下眼镜之后，令人信任的秘书立刻变身为迷人的女主人。她优雅地端着鸡尾酒，仿佛成了一个从来不用为生计而辛苦打拼的女人。

奈杰尔说："他们对你还真不错。提供免费饮料，还配有私人吧台——也许这是你自己增加的？"

"不是。这些都是公司提供的。我们还有一些额外的津贴。"

琼斯小姐打开文件柜，拿出一些文件。"这些材料你可能会觉得有用，斯特雷奇威先生。这里有我们在第一次恶作剧发生之后的行动声明；当时在海滩上的游客名单，按他们离开海滩的先后顺序排列的；还有在恶作剧准备实施的时间段缺席晚宴的游客情况说明——我担心这些都不太完整，也不会有多大帮助——我们不可能在不冒犯游客的情况下进行这种调查。"

琼斯小姐拿着材料斜靠在奈杰尔肩膀上，一缕罕见的复合调味的香水味向他飘来。他把材料塞进口袋里,又喝了一口那杯上好的鸡尾酒。

"我想你们还没有任何明确的怀疑对象。"他说。

"的确没有。我得说,我认为不是游客干的。目前看来,我刚刚提到的隐士似乎是可能性最大的。琼斯小姐,你那儿有新闻剪报的复印件吗?"

秘书从抽屉里拿出几份复印件递给他。

"这有一份卷宗,和建度假营引起的纷争有关。你会在这里找到关于那位隐士的证据——菲利普·格里布尔似乎是他在官方登记的名字,但大家都习惯叫他老以实玛利——还有几段关于他私生活的文字。这儿有张照片,是琼斯小姐想办法挖出来的,在争议期间拍的。"

"天哪,"奈杰尔看着那张照片喃喃地说,"'那魂灵胡须花白还是黑色?'"

"'我当时所见,与国王生前一样,黑色胡须中夹杂少许白色。'"琼斯小姐巧妙地接上了《哈姆雷特》中的台词。

"还有涂了糖浆的网球。'他脸上的老装饰胡须都拿去填网球了。'"

琼斯小姐笑着说:"这句恐怕我接不了。"

"出自《无事生非》。"

怀斯上校不耐烦地瞥了他们一眼。"好吧,也许能告诉我,你们打算改写哪一句台词,斯特雷奇威。只要我能帮上忙——"

"当然。可以肯定的是,"奈杰尔仍若有所思地盯着那张照片,"'愿朱庇特在他的下一批头发里,送你一副胡子。'我最好先调查一下老以实玛利。你能借给我一份这个地区的军用地图吗？我想去考察一下这次寻宝活动的路线。"

"我让我弟弟带你去。他是我们的游戏组织员，负责安排线索。"

"你是说，那些隐藏了线索的短诗都是他编的？"

"不是的，他把线索藏在不同的地方。编写是琼斯小姐负责的，她很有文学天赋。"

"她简直就是美德的典范。"奈杰尔殷勤地夸赞道，"顺便问一下，你们为什么把一条线索放得离那个隐士的住所这么近？这不是在自找麻烦吗？"

怀斯上校显得有些慌乱。他第一次领教到奈杰尔这么直接的问话方式，一下就被击中了痛处。琼斯小姐来解救他了。

"这其实是我安排的。对我们来说，老以实玛利有些讨厌。这点在我给你的报告中你能了解到更多。我想，如果我们派一些游客到他的树林旁绕来绕去的，他可能会不胜其烦，打包走人。他不喜欢他的隐私被打扰。这也是一种反击——现在看来这主意可真蠢。"

"你为什么要去考察寻宝活动的路线呢？"怀斯上校问。

"如果可能的话，我想弄清楚那个女孩的水泡是怎么来的。因为没有其他人受到影响，所以在那里发生的可能性比在营地更大。"

"不过，你肯定不会认为这跟芥子气有关吧？这也太离奇了。她看上去就不太健康，霍福德医生还发现她的皮肤经常出问题。"

"嗯，不过，水泡不是通常意义上的皮肤问题，一定有一些非常强大的外部刺激物引发了这样的东西。"奈杰尔把鸡尾酒杯放到了椅子扶手上,看起来随时可能掉落,"到底是谁散布了芥子气的说法?"

"嗯,你知道的,谣言就是会突然冒出来的。"怀斯上校回答的语速很慢。

他看起来很尴尬,奈杰尔想,他出于本能想要保护游客。

琼斯小姐开口了:"斯特雷奇威先生,你只要问问霍福德医生——"

"琼斯小姐,我想现在不需要你在这里了,"经理冷冷地说,"你还有今晚的节目单要复印。"

琼斯小姐涨红了脸,扬起下巴走了出去。怀斯上校抱歉地看着奈杰尔。

"我必须让那女孩低调一点。当然,她非常能干,但有时她会利用这一点谈条件。刚刚你问了个问题——哦,是的,关于谣言。嗯,实际上,是在这儿度假的一个年轻人,他姓佩里——在'大众评审'任职,正在对营地进行民意调查——他第一个提出可能是芥子气引起了水泡。我觉得吧,他太没分寸了,仅此而已。当时医生也注意到了那女孩的水泡和芥子气中毒症状的相似之处。不幸的是,佩里说这句话的时候,那女孩有一个朋友正好在现场,恐怕就是她那朋友把这件事传出去的。"

"我明白了。好的。再跟我谈谈你们的佩里先生吧。"

怀斯上校对调查问卷的来龙去脉做了说明,并提到保罗在来营地之前就已结识了西斯尔斯韦特先生。"但我认为这个年轻人不是那些恶作剧的始作俑者。"

"你知道,爱恶作剧的人的心理往往很奇怪。"

"是的，"怀斯上校干巴巴地说，"嘉丁纳小姐总是这么跟我们说。她是位教师，也在这里度假。"

"我想我们可能会发现阿诺德小姐的水泡和这个案子无关——我的意思是，水泡事件与系列恶作剧无关。但是，如果疯帽子反应敏捷的话，他会在这样的事件中跳出来，尽他最大的努力，让人以为这也是系列恶作剧之一。也就是说，如果他头脑敏锐，极其投入的话，他就会想到还有什么比毒气的谣言更能引起恐慌呢？"

"很有道理。但是还没有显示一点动机——"

这时，午餐会的锣声响起。"我已经安排你和游客们一起吃饭了。我想你会喜欢吧？"

"谢谢，是的。你不和他们一起用餐吗？"

"一般来说不在一起。做人必须非常小心地避免偏袒，如果我有一张类似于上校专用的餐桌——"

片刻之后，西斯尔斯韦特先生把奈杰尔介绍给了他同桌的其他人——他的妻子、萨莉、保罗·佩里，以及艾伯特·莫雷。奈杰尔喜欢西斯尔斯韦特先生女儿的样子，他觉得她此刻有点情绪化，但考虑到这两天她遭遇到的事情，紧张疲惫也是难免的。他发现她对年轻的佩里先生的态度非常微妙，想知道这究竟隐含着什么意思。她会无情地逗弄佩里一会儿，然后停下来，再趁他不注意的时候，犹豫不决地偷偷看他。奈杰尔也在悄悄地打量那个芥子气谣言的始作俑者。肤色较深，敏感易怒，眼睛有点突起，说话时带有一点中部或北部口音，时不时地皱着眉头（注意力集中？自我意识强？争强好胜？复发性头痛？），神情严肃，不太幽默，也许有点自命不凡，或许比他的外表更强硬，可能会有报复的倾向——奈杰尔在头脑中罗列着对他的印象。

他的观察对象忽然越过桌子，非常突兀地冲着他说："我以为业余侦探只存在于书本中。"

以这样的方式开启谈话，显然毫无风度可言，但奈杰尔猜测，这与其说是故意冒犯，不如说是他的个性使然，他试图对陌生人采取一种生硬的、专横的态度，从而给自己信心。

他平静地回答："哦，不，他们也存在于现实生活中。不过，我不是业余侦探，我是有酬劳的。"

"按小时算，还是按结果算？"

"这取决于客户。通常情况下，我会要求支付基础费用和其他的开支。"

"你的客户都是什么样的人？那些害怕报警的人？"

"有时候是的。也可能是一个被警察怀疑的人，或者一个已经被逮捕的人，但他的朋友们却认为他是无辜的。"

"如果你的雇主让你证明某人的清白，但你却发现他们是有罪的，那该怎么办？"

"我做侦探不是为了证明任何人的清白，我做这一行是为了发现真相。如果真相对他们不利，他们就得当心。"

"那一定是一种美妙的感觉，"莫雷先生插话道，"为一个人的清白而奋战，探索人性的隐秘角落——"

"尤其是你还能为此得到一大笔丰厚的报酬。"保罗·佩里略带紧张地冷笑了一声。

奈杰尔是不会对这样的嘲讽置之不理的。他目不转睛地盯着保罗，说道："你是不喜欢我，还是不喜欢私家侦探这一职业？"

"我没有针对任何人或事，我只是对事实感兴趣。"

"真是奇怪，我也是这样。接手这个案子后，我遇到的第一个事实就是你在公然冒犯别人。从这一点可以得出几个推论，我们可以推断，比如，"奈杰尔继续说道，声音非常冷静，"你可能生来就是一个性情粗犷的人；或者因为某件事你感到慌乱，想把紧张的情绪发泄在你遇见的第一个对象上；又或者出于某种原因你害怕我，所以装出一副大胆的样子来掩饰你的恐惧，这反而暴露了你的恐惧；或许你只是吃了一些不适合你的食物。"

"天啊！"萨莉·西斯尔斯韦特瞪大眼睛盯着奈杰尔，喃喃地说，"来人，叫救护车来。"

"不过，"奈杰尔补充道，"在你的点评中，你做出了一个很有启发性的评论。"

第十一章

午饭后,奈杰尔和霍福德医生简单地聊了一会儿,然后就和泰迪·怀斯一起去重走寻宝路线了。那天阿诺德小姐的搭档是伊斯顿先生,运动委员会里一个精力旺盛的年轻人,他还曾建议管理层组织一次"寻找疯帽子"大赛。在奈杰尔的建议下,他们接受了伊斯顿先生的加入,这样就能保证两次的寻宝路线一模一样。

"你到底在找什么,斯特雷奇威先生?"他们正朝着隐藏第一条线索的地方走去,年轻人发问了。

"说实话,我也不太清楚。但是霍福德医生确信阿诺德小姐不可能是在营地受伤。在寻宝活动之后,她的水泡才冒出来,所以很有可能她是在寻宝路上受到了伤害。她没有抱怨过被什么东西叮过吗?"

"没有。我想,作为一个基督教科学教派的成员,她不会抱怨的。"谈到了这个话题,伊斯顿先生开始背诵起有些老套的打油诗——一种略带学究味的打油诗,与他在现场执行任务的外表完全不搭。尤其是他那瘦长、突出的下巴，前额上像鹦鹉羽毛一样竖起的一撮头发，以及一本正经的伦敦口音都显得有些怪异。

不一会儿，他带他们找到了第一条线索。那是在奇境的主建筑以西三四百码处，一个稍高的地方。那里矗立着一个旗杆，杆上缠绕着升降索，线索就被塞在了升降索里面。

"这条线索很简单。"伊斯顿先生评论道。

"奇境飘
在空中：
绳索盘绕，
我在其中。"

"不太像莎士比亚的风格，斯特雷奇威先生，是吧？"

"大相径庭。"奈杰尔注视着上方飘扬的那面绿色旗帜，上面还有白色字母写着'奇境'，"尽管如此，这还是能做线索的。怀斯上校写这些短诗一定很开心。"

"不是我哥写的，他可不是诗人。是他的秘书埃斯梅拉达写的。"

"当然。我想起来了，他告诉过我。"奈杰尔说，事实上他从来没有忘记过这件事。他仔细端详着旗杆上缠绕着的升降索。"在我看来，这里没有科学上未知的毒药。伊斯顿先生，继续带路吧。"

接下来他们离开了营地，沿着悬崖向西走。营里浴场里的嬉闹声在夏日显得愈发慵懒而恬静，穿过了山坡的丛林，飘向他们耳畔。

"这天气对疯帽子先生来说可真糟糕。"伊斯顿先生说。

"为什么?"

"嗯,如果下雨,人们就会待在室内,互相找麻烦,明白吗?"

"这倒是真的。"奈杰尔说,他喜欢这个年轻人聪明活泼的样子。

"然而牧神潘恩是一个户外之神,是他引起了恐慌。"

"你认为他出来就是为了引起恐慌吗?那他为什么不来些大动作呢?比如放火烧了营地?那些小木屋会烧得很旺的。"

"嘿,"泰迪·怀斯大声开起了玩笑,"你不要给他乱出主意!"

"现在他会有很多选择的,怀斯先生。营地里一半的人都在谈论他接下来要做什么。"

"大家很担心吗?还是有些感兴趣?"奈杰尔问道。

"嗯,你知道民众是什么样子的。为了让自己的三英镑花得值,他们会用两瓶酒来赌疯帽子的下一步行动。在度假的时候,你会很享受这种刺激——让你回去工作时可以在众人面前夸夸其谈。不过,请注意了,我估计这里有很多人明年不会再来奇境度假了,尤其是那些年纪大一些的,还有那些带着孩子的游客。确切地说,奇境发生的这些事危害并不大,但对任何人都不能太过分,明白吗?"

第二个藏线索之处花了一些时间才找到。泰迪·怀斯当然知道线索藏在哪里,但是奈杰尔希望伊斯顿先生能像参与上次的寻宝行动时一样,去重新找到线索。这样就需要交叉定位,涉及到了远处的艾普斯托克的海港、隐约可见的奇境主楼的白色楼顶、北边的一座教堂塔楼和离悬崖边缘不远的金雀花丛。奈杰尔的视力不够好,无法辨认出第一个参照物，但伊斯顿先生却一边定位，一边滔滔不绝地解说着，解释说那边是海军港口的东部墙面。

在这里他们一无所获，于是三人转而往内陆方向走去，搜寻第三个线索的藏身处。这并不难辨认——线索就藏在了前面。他们沿着一条狭窄的上坡小路，穿过一扇门，进入了一个长方形的牧场。那门上用红油漆潦草地写着"当心公牛"的字样，还潦草地画了叉。然而，他们一踏进这片区域，伊斯顿先生似乎就意识到出错了。

"这看起来和那天不一样了。"三人绕过分隔田地和小路的树篱时，伊斯顿喃喃地说，"当然不是说我一眼就能认出欧芹，除非是放在鱼丸上。幸运的是，阿诺德小姐对植物之类的东西很在行。"

"欧芹？"

"她是这么说的，我认不清楚，现在都不见了。难道是有人在这片斜坡上修剪过吗？"

"是的，有专门修剪树篱的人。"奈杰尔说，"怀斯，你能找到你当时藏线索的地方吗？"

"嗯，应该就在这儿。就在一片杂草丛中——又大又粗——还开着白花。伊斯顿，天哪，欧芹呢，现在不知怎么都不见了。"

"我想应该是一种野生欧芹。"奈杰尔说，"如果从昨天起就有修剪工在这里干活，他肯定还在附近。有人能看见他吗？"

泰迪·怀斯漫无目的地踮着脚尖摇来晃去。"我不想打扰干正事的人，但这能让我们有什么发现吗？我是说，一朵纯洁的野花，不会让你起水泡吧？"

"我认为人们通常所说的野生欧芹——树篱欧芹——是没有毒性的。但是还有牛毒草和岩欧芹之类的，它们也是伞形植物的一种；此外，还有牛风草，农民们经常把它误认为是铁杉，但人们认为它是无害的。你们能更准确地描述这些东西吗？"

然而，泰迪和年轻的伊斯顿一样，都不是植物学专家。奈杰尔正犹豫不决地站在斜坡旁，就在这时，不远处传来了刺耳的咔嚓声，接着是一句耿直的方言土话，像是在咒骂。

"是那个修剪工，他的镰钩碰到石头了。"奈杰尔说着，三人走到了田野的尽头，穿过一个豁口，拐进了一条弯弯曲曲的小路。一个老人正在弯腰捡一块磨刀石，他动作迟缓，像是得了风湿病。奈杰尔跟他打招呼的时候，他小心翼翼地站了起来，仿佛任何突然的动作都会使他的整个身体散架似的。他仔细地打量着面前的三人，态度算不上友好。

"这些讨厌的石头，"没有什么开场白，老人直接责问道，"你们这些小年轻啊，谁在我这坡上埋过石头？你们应该感到羞耻。"

奈杰尔否认他们有任何破坏行为，但老人显然不相信。

"他们在小麦里种稗子，"他阴沉着脸继续说，"一到夜里，他们就像敌人一样来了。我要把他们全部揪出来，任人耻笑。你们肯定已经动过我的刀了。他们的脑浆都会溅到石头上。"

"今天上午是你在旁边那块地的坡面上做过修剪吗？"奈杰尔问道。

"如果是我做的呢？"老人质疑道，"你们是从那个什么牛奶管理部过来的吗？我们可不用你们的条条框框来养奶牛。"

"别害怕，老爹。我们是从度假营过来的。"泰迪说。

"度假营？我呸！"老人往他的磨刀石上吐了一口唾沫，开始磨镰钩，"都是些异教徒，赤身裸体在野地乱跑。也许是把这儿当成非洲中部了。"他小声嘟囔着。

"这样不行。你从他嘴里什么也问不出来。"泰迪说。

然而，奈杰尔还是没有放弃。"嗯，不管怎么说，我们还是穿得很体面的，不是吗？你在那坡上修剪的时候——"

"上帝使他从脚掌到头顶都长了疮。"这句古话老人虽然引用得不尽准确，但却很应景，让他们有点兴奋。

"那是怎么回事呢？"奈杰尔连忙问老人。

"你不是把我像牛奶一样倒出来，然后凝结成奶酪吗？"他咯咯笑着，声音沙哑，"这样他们就不会在上帝面前炫耀自己的裸体了。"

这么长时间东拉西扯的交谈，即使是屡受考验的犹太爱国者约伯也无法忍受了。终于，奈杰尔明白了老人的意思。根据老人的描述，他所称的"野生欧芹"似乎在每年的这个时候，也就是它刚开始开花的时候，是带有剧毒的。他承认他自己从来没有受到影响，但是他在花期清理坡面时，总是戴着皮手套，还要小心地保护着腿。他回忆起大约五十年前有个少女，她采摘了一些开花的欧芹，一个星期后就痛苦万分地死去了。他还详细地描述了她的惨状。

奈杰尔让他指认这种"野生欧芹"，他照做了。奈杰尔用手帕包着手，拔起一株欧芹，交给伊斯顿先生，让他直接回营地带给霍福德医生。然后他把泰迪·怀斯拉到了一边,问他是否愿意去老人工作的布里姆斯库姆农场,打听下他提供的信息是否可信。

这样奈杰尔就摆脱了他的两个同伴,可以自由提问了,而这些问题他不希望那两人中的任何一个听到。那位老人只要不是谈及圣经的名言、启示,就会显露出相当的精明。他说,度假营里从未有人来跟他谈起过这种野欧芹,但周围乡村的人们普遍认为,一年中有一个星期野欧芹是很危险的。奈杰尔把话题转到了老以实玛利身上。"他蠢得像圣经中的岩狸,但不会伤害任何人。"这就是老人对隐士的评判。奈杰尔问度假营里最近是否有人对隐士特别感兴趣,或者隐士是否有什么特别的举动,偏离了他平常的生活方式。对这两个问题,老人避而不答,但他却记起了一年多以前,有一位先生在布里姆斯库姆农场度假,曾经向他打听过关于隐士的各种各样的问题。

后来,奈杰尔觉得泰迪·怀斯应该已离开农场了,就决定去拜访农场主。他记得他的一个朋友去年在布里姆斯库姆农场住过一段时间。他自己也在这一带逗留了几日,就想着不妨走到农场去看看。他还想为家人找个度假胜地,明年可以带他们过去。农场主斯温特纳姆看上去开朗快活,长着一双绿眼睛,体态有些发福。他热情地给奈杰尔斟上了苹果酒。他和太太喜欢孩子们在这里玩耍,只要他们记得关门,并且不去招惹家畜。斯特雷奇威先生的朋友没有带家人过来。他们上次的客人温文尔雅,喜欢观测鸟类,大多数时候都带着望远镜去悬崖上。嗯,他对老以实玛利也很感兴趣,想去隐士那边的树林里观鸟,但斯温特纳姆先生告诉他,隐士不喜欢人们在他的树林里走动。

他建议这位客人布莱克先生选个周三或周六去艾普斯托克的那家水手酒吧。人们说，老以实玛利那时候总会光顾那里，而且比平时温和一些，所以他可能会允许布莱克先生进入他的树林。

奈杰尔接着把话题转到了奇境上。他提到了寻宝活动，他觉得斯温特纳姆先生非常好说话，容许他们穿过他的领地。

农夫狡黠地眨了眨眼睛："他们从我这里买了很多牛奶。我可不想失去这个大客户，你懂我的意思吧。不过，当时年轻的怀斯先生——他刚刚还来过这里——写信过来，问我是否允许他把一条线索藏到我的一块地里，我还真有点惊讶。据我所知，他们在组织寻宝活动时，一般是不会离开营地这么远的。"

"我猜你告诉了他可以藏线索的具体地方，这样游客们就不会造成任何破坏了吧？"

"我没说，是他建议去长底那块地。这个星期我没有安排在那边放牧，所以就没有反对。"

"我想他们不会再来打扰你了。其中一位游客，一位年轻的女士，在寻宝之后起了严重的水泡。我们——"

农夫会心一笑："别信这个，先生。年轻的怀斯先生刚刚跟我谈过这件事。是听乔·瓦利讲的吧，他是我的一个工人，对野生欧芹有一堆的想法。好吧，在这一带是有这么个传言，说这种东西刚开花的时候是有毒的，但据我所知，它从来没有毒害过任何人，也没有毒害过什么动物。"

奈杰尔告别了农夫，步行回到了奇境。用过茶点后，他去找霍福德医生谈话。医生早已检查过伊斯顿先生带回的植物,折断了粗糙的茎秆,挤出汁液滴在自己的前臂上。现在他正等着看手臂有什么反应。

"但我认为不会起水泡。"他说,"我为参加过寻宝的其他人也做了检查,他们很可能也在野生欧芹中找过线索,但都没有任何起水泡的迹象。不过,我会把一些东西送到上面去分析。"

"不巧的是,有个工人把藏线索的那块地里所有的东西都修剪过了。剪下的树篱和欧芹堆了大约有五英尺高,我不太可能把它们全部都带回来,看它们是否被掺杂了什么东西。"

"不管怎样,这样做是没有意义的。如果那些植物上喷洒了一些刺激性的毒药,肯定不止一人会受到影响。阿诺德小姐显然是对这种植物过敏。"

"是的,我也是这么想的。树篱修剪工还讲了多年前一个女孩的故事,那个女孩因为接触了野生欧芹死于非命。"

"死了?谁也不会——我得对阿诺德小姐盯紧一点儿。这个傻女孩——午饭前我去看她时,发现她把绷带解开了。早知道我多带些书来了。当然,几乎每一种物质都会引发特殊的过敏,但我想看看是否有类似的记录,可以为《柳叶刀》写篇有趣的文章。真不好意思,我老是在谈自己的老本行。那么这对你的调查有什么影响?"

"这得看阿诺德小姐的这种过敏以前是否被人发现过,这里是否有人知道这件事。"

"这个问题我想我可以回答。我问过她这种水泡以前是否起过,她说没有。当然,她对基督教科学派这么热衷,即便起过也肯定会假装没起过——"

"这反而使她的证据无效。伊斯顿说她是一个植物学专家,你可以想象到,任何一个研究植物学的人迟早会接触到这些植物的。"

"可是,我亲爱的朋友,"医生说,"你知道你在说什么吗？如果知道阿诺德小姐对这种植物过敏,那么唯一能利用这点的人就是——"

"没错。琼斯小姐编写了那些隐藏线索的短诗,怀斯上校和他弟弟无疑帮忙提出建议,应该把线索埋在哪里。我刚刚发现,泰迪·怀斯请一个农场主允许他把线索埋放在人家领地里,而阿诺德小姐就是在那里起水泡的。泰迪还特别提到了长底,就是这种东西生长的地方。"

身为营地的医生,霍福德显然有些左右为难,他对此充满了好奇,同时又顾念自己对管理层的责任。好奇心很快就占了上风。"但是,这三个人有什么动机要让阿诺德小姐过敏呢？"他的口气略带惊讶。

"哦,我还没发现什么动机呢。当然,从罪犯的角度来看,动机是犯罪行为的源泉,可就侦探而言,动机只是成品的最后润色。但理论上,我可以告诉你几种可能的动机。最明显的就是,怀斯兄弟中的一人,或者琼斯小姐,或者他们组合在一起,就是疯帽子。"

霍福德医生抓住椅子的扶手,向后靠去,盯着奈杰尔。

"这太不可思议了。他们给营地抹黑,无异于自断生路。你不是在开玩笑吧？"

霍福德看上去忧心忡忡,神情有些滑稽。奈杰尔猜测着,医生是在想,与这样的丑闻联系在一起,可能会对行医生涯产生什么影响,即便仅仅是间接、偶然的联系。

"这完全是假设的，"奈杰尔说，"我目前没有理由认为他们当中会有人想把这个地方毁了。"他忍不住恶作剧似的加了一句，"当然，爱德华·怀斯可能会嫉妒他哥的位子。你很难预料的。"

"你谈论你的嫌疑人——面对嫌疑人——总是这样坦率吗？我想我们都属于同一类。"医生停了一会儿，慢慢地说，"我一直以为侦探们都会保守秘密，或者就喜欢故弄玄虚，说些含糊其辞的话。"

"就像医生一样？"奈杰尔友善地笑着说，"我有时也会表现得过于神秘，但坦率往往会带来回报。首先，坦率是可以传染的，如果你毫无保留地和一个人谈话，他会认为你不可能怀疑他，所以他就会放下戒备，更容易露出马脚。"

"这看起来对我很不利，"霍福德医生听了这话，显然有些不太舒服，"刚刚我是被讯问了吗？"

"好吧，你必须得承认，医生比任何外行都更有可能使用士的宁。"

"真是的！如果你在暗示是我毒死了那个女人的狗——"年轻人现在明显有些生气了。然而，他的抗议被屋外的吵闹声打断了。奈杰尔打开门，向前走了半步，然后停下来，还示意霍福德医生不要过来插手。

萨莉·西斯尔斯韦特和保罗·佩里站在那边，怒目相向，态度紧张而克制，一场"大战"一触即发。

"你刚才在嘲笑我。"她说。

"碰巧我并没有那样做。尽管你们穿着那么可笑的演出服，足以把猫都逗笑了。"

保罗拉开了她的网球服，露出了里面的短衫和仿制的短草裙。萨莉刚刚参加了南海少女舞的彩排，为歌舞表演做准备。

"别碰我，该死的！你就是在笑我。你和那个琼斯，脑袋凑在一起，像两个傻傻的女学生一样咯咯笑个不停。我看得很清楚。究竟是谁让你进来的？像往常一样进来窥探？"

"琼斯小姐说我可以过来看彩排。观察人们的行为是我工作的一部分。"

"工作，见鬼吧！你只是想要看一场免费的露腿舞表演。好吧，希望你喜欢。"

"你看上去并不比舞蹈队的其他人更可笑，也许这话能让你感到安慰。"

"所以你们的确是在嘲笑我，你们两个人。"

"我只是对琼斯小姐说，我们的表演将远超赫布里底群岛。"

"你这话简直太风趣了，要是有人能听懂的话。"

"显然你听不懂。这句话与华兹华斯的诗句有关，提到了南海的新赫布里底群岛。在我和琼斯小姐进场之前，我们俩碰巧在谈论岛上居民的成年礼。现在你满意了吗？"

"我想你一定花了很多时间和琼斯一起嘲笑我吧？两个自命不凡的人在一起傻傻地偷笑。"

"我跟你说了多少遍了，我们没有专门针对你。来自巴尔汉区的女孩们想要扮演土著，这真是非比寻常的场面。你的问题在于，你以为所有人都在看着你，就感觉不自在了。你从没想过我们在谈论比你更有趣的话题。当然这并不是说,穿着这种粗俗、性感、容易引起非议的服装,谁都不会感到难为情。"

哈,原来是这样,奈杰尔心想。就在这时,萨莉"啪"的一声给了保罗一耳光,像枪声似的又脆又响。保罗盯着她看了一会儿,有些困惑,又似乎在哀求。然后他的脸色阴沉下来,一把抓住她肩膀猛烈摇晃起来。两个人刚开始推搡,泰迪·怀斯就跑了过来,把保罗推得跟跟跄跄地退到了一旁。

"他骚扰你了?"泰迪问道,"我哥让我要密切关注你,看来是非常必要的。"

"他说我歌舞表演的服装很不得体。我打了他一耳光,然后他就朝我扑过来。"

"哦,是吗?"泰迪对保罗说,"我可以问一下,她的服装和你有什么关系吗?"

"别那么自以为是。萨莉早在那之前就开始攻击我了。她有一些荒谬的想法——"

"我想你最好向西斯尔斯韦特小姐道歉,"泰迪威胁似的打断了他的话,"不然我就得教你懂礼貌了。"

萨莉的头发有些凌乱,越发显得眼神晦暗,像是很害怕,但又很着迷,还夹杂一种奇怪的渴望。

保罗·佩里反驳了泰迪,声音有些发颤:"你要知道,营地付你薪水不是让你来殴打客人的。"

"非常正确。不过,如果你不立刻道歉,我不要薪水也会给你颜色看看，小矮子。"

保罗无奈地看了萨莉一眼，萨莉冷冷地、挑衅似的盯着他。然后，他生气地喊起来，声音颤抖着，充满了挫败感："哦，好吧，好吧。我道歉，萨莉，你可以把你驯服的这个暴徒打发走了。"

"这样根本不行，"泰迪说，"你必须得好好地道歉，否则——"

"别说了，好吗？泰迪！"萨莉的声音突然变了，她大叫起来，"哦，我讨厌你们两个。"说着她就哭了。

"哦，好吧，算了吧。"泰迪不安地说。他环顾四周，仿佛在寻求帮助，来摆脱这种尴尬的局面。这时他瞥见奈杰尔正站在医生小屋的门口。他似乎要开口求助，但随后又耸着肩膀大步走开了。

"对不起，萨莉。"这会儿保罗听起来非常沮丧。女孩看都没看他一眼，就走开了。奈杰尔望着可怜兮兮地站在那儿的年轻人，颇有些同情，他当然不能表现出来——保罗·佩里此时这么郁闷，会把同情当成侮辱。于是，奈杰尔若无其事地走近他，好像并没有亲眼目睹刚才的纷争。他用一种公事公办的语气问佩里是否可以抽出半个小时，来检查他和西斯尔斯韦特先生一起做的调查问卷。

奈杰尔态度友好而平和，很快就冲淡了他午餐时冷落佩里所留下的矜持印象。他们俩一起查看了调查问卷，保罗从一张特殊的名单中指出了所有家庭地址在同一个地方的游客。在这之后，奈杰尔引导他回忆了过去几天发生的事情，让他从初到营地讲起，特别注意听他讲述了在寻宝时与隐士的摩擦，以及他与管理人员的往来。保罗对细节的记忆力非常好，所以奈杰尔借此在脑海中形成了一幅全景图，囊括了这个年轻人参与的所有事件。当然,画面是否真实取决于保罗的诚实与否。保罗是一个训练有素的观察者,但他也可能是那个恶作剧者。在这种情况下,当奈杰尔重新考虑他俩的谈话时,可能就会发现他的描述有自相矛盾之处。

"我不知道这是否会有任何帮助,"他俩回顾了案子的最新情况之后,保罗拿出了一个笔记本,"我把听到的所有小道消息都记在里面了。我是对正常的度假营生活做调查的,这些对我来说恐怕没什么用,因为这个疯帽子已经主宰了所有的谈话。但你也许能从中得到一些灵感。"

"非常感谢。听起来正是我想要的。"

"哦,顺便说一句,"保罗突然说道,"我很抱歉在午餐时那样攻击你。我也不明白是为什么——嗯,我想可能是神经有点紧张了——那些恶作剧完全是毫无意义的。人们觉得一定是个疯子在折腾。"

"或许是一个精神分裂症患者?这是有可能的。"

"既然你来了,希望恶作剧不会再出现。那家伙也许会改变主意的。"

"是的,除非他是精神分裂症患者。当你的左手不知道右手在干什么时——"

"嗨,快到晚餐时间了。我想我应该换上一套正装,以庆祝今晚我们要观看的这场露腿歌舞秀……"

女士们的歌舞表演被普遍认为是本周最成功的表演之一。许多表演者都是国内业余剧团或歌剧社团的成员,还有一个专业的喜剧演员,一位感伤歌手,也许你会喜欢这类表演。一两个幽默短剧,是由游客们担当主演,她们在营地度假时间足够长,可以多次排练;而南海少女合唱队则用灵敏的动作和悦耳的声音弥补了她们在外表或表演专业性上的不足。确保这场演出的成功并不需要什么了不起的功绩。观众们对疯帽子的干扰显然已做好了心理准备,他们的兴奋程度远远超过了正常水平。而且,当恶作剧的发生概率越来越小时,他们就如释重负,还间接感受到了一种胜利。

表演结束后,怀斯上校邀请奈杰尔到他自己的小木屋。奈杰尔特意把他下午的发现谨慎地叙述了一遍。至于说菲利斯·阿诺德的水泡是否纯属意外,他仍然不置可否——他是故意这么做的。这样会让经理如履薄冰,因为经理肯定会意识到,如果水泡不是偶然事件,那怀疑对象一定就是那些编写线索的人。然而,怀斯上校似乎很容易就应付过去了。他强灌了奈杰尔几杯酒,甚至还把他送回了小木屋。

经理道了晚安,奈杰尔坐在床上脱鞋。下一刻他突然惊叫一声,又跳了起来。怀斯上校猛地转身回来。

"我床上有个东西!"他掀开床单,露出了一只兔子的尸体,一只死透了的兔子。

"上帝的真理啊!"怀斯上校叫道,"绝对又是疯帽子,真是见鬼了!"

"是的。"奈杰尔对经理的反应比对兔子更感兴趣。

"唉,该死的!这家伙胆子真大,偏偏是放在你的床上。"他嘴角露出了一丝淡淡的笑意,"斯特雷奇威先生,这是我所见过的最直接的挑战。在某种程度上，我很庆幸，他选了你的床而不是普通客人的床。他们已经受够了——"

怀斯上校这话说得太早了。隔壁小屋传来一声压抑的尖叫，打断了他。他们跑到外面，看见一个女孩跑出来了，小心翼翼地拎着一只死老鼠的尾巴。那老鼠死了有一段时间了。骚动过后，又有几个游客来到这里，大家开始检查床铺。

这可能是奈杰尔所见过的最离奇的一幕了。那排木屋前方的通道上空闪烁着装饰彩灯，红的、绿的、蓝的、白的、黄的——朦胧迷离的光束恰好照亮了从邻近木屋的床上一个接一个抬出来的奇形怪状的动物尸体，为它们破败的残躯笼上一层彩虹般的光晕。它们躺成了一排，臭味开始在四周弥漫——两只画眉，一只白鼬，一只松鸦，三只喜鹊，还有几捆不成形的皮毛或羽毛，已经腐烂、萎缩得辨认不出本来的样子。在这污秽不堪的动物死尸周围挤着一小群游客，几乎每分钟都有新游客加入，因为营地已经谣言四起。大多数时候，游客们都默默地站在那里，厌恶地皱着鼻子，说话时也都是低声耳语。有一两个女游客还穿着歌舞表演时的演出服。

奈杰尔低头看着那些死去的动物。他很快意识到这一幕让他想起了什么——在树林里猎场看守人的"绞架"上，你可以看到排列成行的尸体，这是对其他大自然掠夺者的警告。在一个树林里……

第十二章

第二天早上八点,奈杰尔醒来后一直在思考昨晚的事件。他想,疯帽子最后一击的时机确实把握得非常好。他一定是在晚餐时间或歌舞表演期间,把这些动物死尸偷运到游客床上的,不然受害者们准备用餐时就会闻到异味了。而且,疯帽子还考虑到了大多数游客通常不会在午夜前就上床休息,这样就可以推迟随之而来的查问,因为怀斯上校和奈杰尔·斯特雷奇威不可能那么晚了还到营地各处去调查。

后来情况的确如他所料。经理看到遭受惊吓的客人们换上了干净的床单被褥,就坚决反对奈杰尔的建议,不让他立即展开对客人们的询问。"他们会忍受不了的。"他说。深夜访谈的确有悖人之常情,奈杰尔不得不认同。不管怎样,怀斯上校是他的雇主,是要为他的调查买单的,所以上校有决定权。

直到围观的人群散去,工作人员移走了动物尸体,奈杰尔才发现了第一条线索。怀斯上校不经意间提到,这些尸体很像猎场看守的绞架上挂的那些。

"这么说你也注意到了?"奈杰尔说,"我们不妨问问佩里,他在隐士的树林里有没有见过这样的绞架。"

"好吧,你可以试试。"经理有些不以为然,"不过,据我所知,那片树林没有受到很好的保护,所以你也别指望在那附近能找到猎场看守人。"

他们俩一起来到保罗·佩里的小木屋,怀斯上校敲了敲窗户。保罗还没睡,正把一些材料从一个笔记本上誊写到另一本上。奈杰尔告诉了他晚上发生的事件,但他回答说在老以实玛利的树林里没有见到绞架。他们透过开着的窗户谈话时,奈杰尔的脚碰到了小屋下面的什么东西,挂在了离地面一英尺高的砖墩上。他懒懒地弯下腰,把它捡了起来——是一根有点生锈的细铁丝,大约有六英尺长,上面还粘着一些细小的黑乎乎的颗粒。

"乱扔垃圾,真讨厌!"经理说着从奈杰尔手里接过垃圾,扔进旁边的一个垃圾筐里。"有些人真是屡教不改。"他烦躁地挠了一下鼻梁,下一刻他嗅了嗅自己的手指。

"我没碰过那些动物死尸,对吗?"他说,"不知怎么回事,我的手指上好像沾上了那种味道,我想——"

同样的想法在奈杰尔心头闪过,两人赶紧走过去翻看垃圾筐。奈杰尔找出铁丝,闻了闻,把它对着窗户里的光线仔细查看粘在上面的微粒。

"好吧,"他终于说道,"这铁丝就是绞架上的。"

保罗·佩里仍在望着他们,胳膊肘支在窗台上。

"那家伙把铁丝放在这里,究竟想干什么?"保罗轻蔑地问道,声音里透着一丝紧张。

"或许他把死尸放好后,被奇境的工作人员看到了,被一路追踪,跑到这边来了,那家伙觉得最好把铁丝扔掉。"

"我去查一下,在晚餐和歌舞表演的时候,是谁在那些木屋附近值勤。"怀斯上校说。

怀斯离开后,奈杰尔和保罗·佩里两人都有些局促不安。最后,保罗的抱怨脱口而出。

"该死,如果是我做了那件事,我就不会把那根铁丝藏在我自己的木屋下面,对吗?至少,一旦四下没人,我就应该把它扔在别的地方。"

"我也是这么想的。"奈杰尔含糊其辞地回答。

不一会儿,怀斯上校回来了。确实有位工作人员詹姆森,在天色不晚时一直关注着那些木屋。在歌舞表演的时候,他注意到有个人绕到了奈杰尔的小屋后面。他还以为是奈杰尔——他离得太远,看不清楚——所以就喊了一声"晚上好",也没有采取任何措施。然后那个身影就消失了。

"那人往哪个方向去了?他看到了吗?"奈杰尔问道。

"呃,确实是往这个方向。"经理有点犹豫地说。

"继续说呀!为什么不说下去呢?他看到的人一定是我了。"保罗·佩里原本信心十足,还有点自得,但转而气势就弱下来了,还有些沮丧。

奈杰尔借了怀斯上校的手电筒，在小屋下照着查看一番。

"为什么要把铁丝留在这儿，而不是麻袋呢？"他喃喃说道，掸去了膝盖上的灰尘。

"麻袋？"

"嗯，他一定有什么袋子之类的来装运那些尸体。他总不至于把它们就挂在这根铁丝上在营地走来走去的。"

保罗·佩里从窗口伸出手，从奈杰尔手里接过铁丝。怀斯上校本能地向前迈了一步，好像要救回这个重要的物证，然后又停住了。他们两人都凝视着保罗，保罗的脸上出现了一种非常奇怪的表情，也许是昏暗的灯光欺骗了他们。

"好了，斯特雷奇威，我要走了。这是你的责任了，嗯？"怀斯上校终于开口了，他试图用一种轻松而不屑的语气来掩饰自己的犹豫不决。"晚安。佩里，晚安。"

直到怀斯上校走远了，保罗才说话。他的声音里不再有任何轻蔑或得意的意味，只有哀伤的恳求，就像一个孩子希望母亲把自己从无法理解的痛苦中解救出来。

"也许真的是我干的。"他用手指摸着铁丝，盯着它喃喃说道，好像在痛苦地回忆是否见过它，"你说过，恶作剧者可能是一个是精神分裂症患者。我一开始就想到了。我怎么知道我是不是人格分裂了？假设我一直在做这些卑鄙、愚蠢的事情——我的另一个人格？我在剑桥的时候精神崩溃过一次，因为过度劳累。我从那时起就一直害怕……"

这天早上,奈杰尔躺在床上,考虑着铁丝的出现和保罗的弱点。他总结道,这一定意味着以下三种情况之一:要么佩里是精神分裂症患者,而疯帽子是他的第二人格;要么佩里是神志清醒的,出于某些未知的原因搞了一系列恶作剧,当他发现追击者已到了他门口时,他大为不安,就抛出精神分裂理论,作为一种自卫的手段;又或许是有人故意把铁丝放到了他的小木屋旁,从而嫁祸于他。

但既然如此,为什么只放了铁丝?为什么不把麻袋也放他那儿?仅仅是铁丝可能就太微不足道了。如果佩里被证明是罪犯,X可能会说佩里绝不会在他的小木屋附近留下这么大的东西,这太令人怀疑了。也许是因为那个麻袋,或者不管是个什么容器,有一些特别之处,会让X也难逃干系?是的,这就回答了一个问题——既然佩里能扔掉麻袋,为什么不能在同样的时间,用同样的方式扔掉铁丝呢?哦,不,不是这样。假设佩里刚刚把动物尸体放到客人床上,就听到工作人员从远处跟他打招呼,他一下子失去了理智,跑回自己的小屋藏了起来——因为他以为工作人员还在跟踪他?他不敢躲太久,因为他可能准备好了不在场证明,比如在看歌舞表演等,所以必须尽快回到音乐厅。因此,在匆忙处理麻袋的时候,他很可能忽略了那根铁丝。事实上,铁丝也许是不知不觉地从麻袋里漏了出来,他之前取下动物尸体后,或许顺手就把铁丝放进麻袋了。

如果佩里不能证明他在歌舞表演的整个过程中都在音乐厅,那么以上的推理就与事实相符。但是,如果他是疯帽子,他是如何做到在星期天上午张贴告示,而又最后一个离开海滩的呢?难道他会在十二点以后溜到布告栏那里去，那时秘书已经把布告贴好了，然后又回到海滩上而不被发现吗？奈杰尔研究着那张泰迪·怀斯给他的纸条，上面草草记着几起拖人入水事件发生的大概时间：萨莉·西斯尔斯韦特，11 点 15 分；艾伯特·莫雷，11 点 30 分；莫蒂默·怀斯，12 点 15 分。在最后一次入水事件后不久，游泳者们开始离开海滩返回奇境，泰迪记下了他们的姓名或游客证号码。12 点以后，疯帽子正好有时间张贴他的通知，然后再回来把怀斯上校拖入水。但他往返都要走悬崖小径，难道没有人注意到他吗？

奈杰尔烦躁地叫了一声。管理层为什么不进行更广泛的调查呢？过了这么久，你就不能再相信大家的记忆了。当然，怀斯上校当时还没意识到疯帽子的行动会波及这么多人，对待游客们他必须非常得体老练。但毫无疑问——

就在这时，管理人员，其实就是怀斯上校本人，敲响了奈杰尔的房门。他气冲冲地走进来，愤慨之情溢于言表。

"看看这个，全都被捅出去了！"他大叫着，把一份《每日邮报》甩在了奈杰尔的床上。内页上有大标题：

夏日营地的暴行

奇境中的恶意

谁是疯帽子？

"我就想知道，他们究竟是怎么得到消息的？我们采取了所有的预防措施，确保什么都不会泄露出去。我甚至向客人们公开呼吁过。我真不敢相信，他们中间居然有人……总经理刚刚打电话给我，差点要扒了我的皮！"

"如果这篇报道不是游客发出的，那就说明这里来了一名记者。"

"但是我专门下过命令，未经我批准，不允许记者进来。"

"你们需要出动几个连队的近卫军，才能把媒体挡在奇境之外。不，我觉得是昨天早上被赶出去的那个家伙，他似乎和西斯尔斯韦特小姐谈得很愉快，还接触了疯帽子恶作剧的其他受害者。"

"天哪，也许你说得对！我马上给《每日邮报》打个电话，查清楚。真希望我们能以诽谤罪去控诉他们，可那些大报社现在都管理得太好了。"怀斯上校向门口走去，突然又停下脚步，"我说，《每日邮报》最初是怎么知道这些的？"

"这篇报道是'我们的当地记者'写的。"奈杰尔瞥了一眼报纸答道，"大概是这里有人给地方报纸打了电话——这里有什么地方报纸？"

"离我们最近的是《艾普斯托克公报》。"

"这样就把消息透露出去了。《艾普斯托克公报》派了一个记者，他再把消息报给了《每日邮报》或其他新闻机构。我得说，不管是谁写的这篇报道，写得可真不错——"

"嘿！等一下。你是说这里的一个游客泄露了秘密？但他为什么要这么做呢？"

"也许为了钞票吧，他们也许会给他一两个金币。或者很可能就是那个恶作剧者给他们打了电话。他现在已经引起公众关注了，好吧，或许这就是他想要的。"

"他把整个奇境公司都拖入了困境。"怀斯上校懊丧地说,"我现在要去找那家该死的本地报社了。"

"我得等到早饭后再去。编辑大概要十点左右才会到办公室。"

奇境那天的早餐简直是一场令人兴奋不已的盛宴。《每日邮报》因抢先报道疯帽子事件,受到众人追捧,凡是手持该报的游客都被团团围住。就像人们对前一天亲临现场观看的球赛报道会分外关注一样,恶作剧的受害者和见证者们对报道疯帽子的每一个字都充满了兴趣,就连西斯尔斯韦特先生也不时从手中的《泰晤士报》转向妻子的《每日邮报》。在另一张餐桌旁,嘉丁纳小姐得意洋洋地指出,之前她对喜欢恶作剧者的心理分析是多么正确:"这种人的特点是有强烈但被压抑的展示感,"她重复道,"你们记住我的话——是疯帽子本人把这个消息透漏给报社的。这是他一直以来的目标——获得认可,让自己出现在报纸上。"

"我看见这篇报道把我的名字也写进去了。"莫雷先生骄傲地说,"我肯定要买一份,给办公室的同事们看看。不过,这对营地来说可是件坏事,糟糕透顶。你同意吗,佩里先生?"

"你是这样认为吗?我以为在这样一个地方,有媒体的关注总比没有好。"

"哦,当然不,请原谅,我和你的观点恰恰相反。作为一个商人,我可以向你保证——"

"我觉得有趣的是,"保罗打断他说,"每个人都把这篇报道当作一种个人的胜利。顺便说一下，人们普遍认为新闻界是无所不知的，就像上帝一样；我的意思是说，每个人都把这个报道视为理所当然的，而不去问报社是怎么知道这一切的。"

"我敢打赌就是那个在海滩上往我背上涂防晒油的人，"萨莉惊呼道，"我当时就很纳闷，他为什么问了那么多问题，而且他把我说过的一些话都写下来了——几乎连措辞都没改。"

"如果你是对的，我不会感到惊讶。"奈杰尔说。

"但是这并没有回答那个问题——"保罗开始说。

"哦，我真高兴他不是疯帽子！从那时起，我就担心自己背上会起疖子。"

"那肯定会破坏南海少女的舞蹈效果。"

"你喜欢我们昨晚的舞蹈吗？我觉得比排练的时候好多了。"萨莉朝保罗微笑着问，她显然要奏响和平的序曲。

"我没有看。看过一次就够了。"保罗冷冰冰地答道。萨莉的嘴颤抖着，好像被他打了一巴掌似的。然后她控制住情绪，换上了和他一样冰冷的腔调。

"那可真有趣，我的宝贝。我还以为你和你的琼斯小姐又会趁机放声大笑呢。"

"其实我们出去透气了。对了，斯特雷奇威肯定已经竖起了耳朵，想听到不在场证明，所以我必须指出，那会儿琼斯小姐被叫走了，我一个人待了大约十分钟。"

"我认为，你不会利用那段时间把动物尸体放到客人们的床上吧？"奈杰尔的问话同样有些冒犯。

"碰巧，还真没有。我只是抽了根烟，欣赏美丽的夜色。我觉得我更喜欢夜色，而不是暴露在黑夜里的肉体。很明显，这是我的错误。"

保罗·佩里擦了擦嘴，站起身离开了桌子。

"他真是蛮不讲理！"萨莉的轻声抱怨暴露了她的内心，"我穿的并不比其他人少。营地里每个人都是这样的。"

她的父亲说："现代女性的服装可能用料较少，但它具有坦诚和卫生、自由的优点。我决不会因为现代女性有失端庄而谴责她们。"

早饭后不久，奈杰尔就去了经理办公室。埃斯梅拉达·琼斯证实，在南海少女舞蹈开始前，她和保罗·佩里就离开了音乐厅，然后她被一个工作人员叫走去接电话。但她指出，这并不能从中得出最后的结论，因为这个舞蹈之后就是幕间休息，而幕间休息时，大部分观众都离开了音乐厅，去户外呼吸新鲜空气或去酒吧逛一会儿。那个在小木屋附近值班的工作人员也不能准确说出人影从奈杰尔房内出来的时间。他的证词是，他认为人影出现是在9点半到10点之间，这个时间段足够涵盖幕间休息和南海少女舞蹈。

谈话时，怀斯上校一直在犹豫不决、垂头丧气地翻着桌上的文件。奈杰尔建议他们给《艾普斯托克公报》打个电话。琼斯小姐接通了电话，就在那儿等着怀斯上校，可经理却指着电话机说："还是你来处理这件事，斯特雷奇威。我担心自己会对他们爆粗口。"

于是，奈杰尔要求把电话转接到编辑那里。他自报家门，说自己是一名私家侦探，受雇于奇境公司的管理层。他问编辑是否可以见一见昨天早上《艾普斯托克公报》派去度假营的记者。编辑起初相当谨慎。是的，他马上承认，他们报社归《每日邮报》公司所有，可能是他的一个员工寄过去的报道。如果斯特雷奇威先生上午能来办公室看看，他也许能提供进一步的帮助。

"就这样吧。有人能开车送我进城吗？如果有必要，我会带上西斯尔斯韦特小姐去指认那个记者。呃，星期三是能在水手酒吧找到老以实玛利的日子。"

琼斯小姐扬起了描画精致的眉毛。"你不会还认为他……"

"我是对一个经常去酒吧的隐士感兴趣。这似乎有些矛盾之处。奇境有很多客人会去艾普斯托克吗？"

"他们想出去逛逛的话，就会去那里。但大多数人更喜欢待在奇境或营地附近，尤其是他们只在这里逗留一周时。"

"你是说游客中有人是这个隐士的同伙吗？"怀斯上校问。

"哦，我还没有开始提出任何观点。这个案子还有很多地方没弄清楚，首先要做的是把问题逐一理顺。"

怀斯上校派了奇境的一个女服务员开车送奈杰尔去艾普斯托克。不一会儿，奈杰尔、萨莉和西斯尔斯韦特先生就乘坐经理的拉贡达汽车驶出了营地。沿着海岸公路开了一刻钟，他们来到了一座小山的山顶，从那里可以俯瞰艾普斯托克，整个城镇一览无余。镇上的老城区可见成片的红瓦房子伫立在水边，构建了城镇的核心地带。向西是码头、仓库和海军港口，里面停泊着几艘战舰。往东延伸的是现代化的滨海区。而在他们附近的山坡上，零星分布着新建的街道、房屋，平房和店铺居多——这显然标志着海军的建立给这个城镇带来了繁荣兴盛。

在《艾普斯托克公报》的办公室里，奈杰尔下了车，带着萨莉一起被领进了编辑室。安斯利先生身材魁梧，动作迟缓，但目光敏锐。他满怀戒备地和奈杰尔短时交锋之后，确信来访者并无恶意，便派人去请他的资深记者利森先生。利森懒洋洋地走进房间，嘴里叼着烟斗，用疑惑的目光瞟了萨莉一眼。萨莉立刻认出来了，他就是海滩上的那个陌生人。

他说："希望你晒出了漂亮的小麦色，西斯尔斯韦特小姐。"

奈杰尔早已熟悉了伦敦某些编辑室令人生畏的气氛，此刻他觉得这个办公室里真是轻松自在，令他神清气爽。安斯利先生若有所思地盯着天花板，任由奈杰尔提问。是的，利森先生把那篇报道寄给了《每日邮报》。他前一天晚上接到了一个电话，于是就去奇境了。

"是谁给你打的电话？"

"没有透露姓名。我能听出是一个男人的声音。"

"声音伪装过吗？"

"呃，他没有对我尖声怪叫或胡言乱语。他只是说在奇境营地里发生了一些恶作剧，告诉了我受害者的名字，还说了一些关于疯帽子的事——一开始我还以为是个骗子，但第二天早上我也没什么事，索性就去了奇境。哦，是的，他还提醒我说，奇境管理层应该不欢迎我，所以最好不要公开我的身份。的确如此，我最后还是被赶出了那个地方。不过，为了这篇报道还是值得跑一趟的。"

"你采访过的游客中有谁怀疑你是记者吗？"

利森先生看起来有些受伤，这似乎是在质疑他的专业能力。不过他还是承认了，有一位受害者艾伯特·莫雷问他是否代表新闻界。奈杰尔对此表示满意，并把话题转到老以实玛利身上。除了隐士与度假营的纷争之外，他们对他还有什么了解吗？

"我们就是艾普斯托克这一地区的眼睛与耳朵。"编辑不无讥讽地说，一条腿跷到了椅子扶手上，"关于这个老隐士，你到底想知道些什么？"

"比如说，他会飞吗？"

萨莉吓了一跳，她还清楚地记得在树林里遇到隐士时，他像乌鸦扑扇翅膀似的拍打着双臂。安斯利编辑也吃了一惊。

"会飞？"他说，"据我所知，他可不是巫师。"

"我的意思是，他有可能在这周边乘飞机飞行过吗？"

"天哪，没有。他坚决反对像飞机这样的新玩意儿！"

"你们会买这个地区的航拍照片吗——关于奇境、艾普斯托克等？"

"会的。当然，除了港口。现在，任何民用飞机都不允许在那上空飞行。"

"隐士最近有没有改变他的习惯——比如说从去年开始？"

"嗯，他来艾普斯托克的次数更多了。过去一周只有两次，周三和周五，简直和日历一样准。最近我在其他日子偶尔也会见到他。不过没人会注意他。他都成了当地的地标了，理所当然会露面的。"

奈杰尔感谢编辑提供了信息，然后又带着萨莉出去了。他们和她父亲一起穿过狭窄的街道，来到老城区，走了五分钟就到了水手酒吧。那是一家新装修的老店，装上了琉璃瓦，古铜的色调有些张扬。他们走进私人酒吧间，点了饮料。从一个隔板的角落探身出来，可以看到公共吧台。几个水兵和准尉围坐在圆桌旁，或是坐在酒吧现代化改造后幸存下来的橡木高背长椅上。在另一个角落里，在其中一张长凳上坐着老以实玛利，旁边地板上堆着一个大麻袋。他的身旁放着一大杯啤酒，他神思恍惚，嘴里时不时地嚼着东西，眼睛出神地盯着对面墙上一个花哨的香烟广告。在这样现代风格的酒吧里，他显得非常古怪：衣衫褴褛，胡须花白，自顾自地沉浸在遐想中，或者只是茫然地发呆。正如安斯利先生所说，根本没人注意到他。

"要我过去拽他的胡子吗？"萨莉低声说，"如果胡子一下就拽掉了，你们就能知道他就是疯帽子。"

"你肯定不能这么做。"奈杰尔坚定地回答，"再说，一副真正好用的假胡子是不会那么容易掉下来的。用了化妆胶水呢，我的孩子。"

不一会儿，奈杰尔就和酒吧老板攀谈起来。那人说，水手酒吧的服务对象主要是各种类型的水手、水兵。偶尔会有假日游客来访，但对他们来说，这个地方有点太简陋了，尤其是在周六晚上。

"我看到老以实玛利也在你这里？"

"是的。他来酒吧的时间很有规律，总是在星期三和星期六。买点酒喝，就坐在那儿，有时一坐就是几个小时。水手们偶尔请他喝一杯，但他从来不接受。"

"他从来不跟别人说话吗？要是他不爱交际，又不想喝太多酒，真不知道他进来干什么。"

"他一个人住在那片树林里，我想他有时也需要一些陪伴。换了是我，我会疯掉的。除了喝啤酒，他几乎都不开口。我唯一一次看到他开口说话是在去年，差不多就是去年的这个时候。有位先生，住在斯温特纳姆那儿的——那是离奇境不远的一家农场——那位先生居然让他说话了。真不知道他是怎么做到的。要我说，真是个该死的奇迹，小姐，请原谅。是的，那两人在一起时看上去交情不浅。"

"他们说了些什么？"

"我也不太清楚。有天晚上听到他们在说度假营的事。奇境建好后老隐士就被赶走了。我想这家伙一定是看老以实玛利可怜，他在咒骂那些主张建营地的人。"

萨莉又透过隔板的边缘看了看，那隐士还是一副神情恍惚的样子。他机械地把手伸向啤酒杯，仿佛有什么外部意志在指挥他似的。他喝起酒来，眼睛仍然盯着对面的墙壁，抑或是凝望着更为遥远的地平线。他颤抖着手把酒杯又放回到桌上。萨莉感到一阵厌恶，好像一直在监视一个在睡梦中抽搐的怪物。突然，酒吧的弹簧门开了，进来一群水手，谈笑风生。他们在热烈地谈论着赛狗。其中一人穿着海军技师制服，面色灰黄，目光锐利，为其他人点了酒水。听他的口气，这好像不是他今天上午光顾的第一家酒吧。

"你在《周六阅读》上有收获，朋友？"一个同伴问他。

"阅读？如果你让那条狗穿上旱冰鞋，它就不会输。它将稳操胜券，我可以这么说。"

"那条狗叫什么名字，朋友？"

"它叫'蓝毯子'，"那人喊道，"把钱都押在'蓝毯子'上，你就再也不用出海了。它会让你发财的。哎呀，那边的老以实玛利根本就没在听。以实玛利，把你的钱押在'蓝毯子'上，给自己买一套新衣服。"

"他是个聋子，朋友。他听不见你说话。"

"我给他写下来。永远别把好东西只留给自己，这就是我，这就是诺比。"

那人从口袋里掏出一张纸，在上面写了字，然后塞进了隐士的手里。以实玛利迷迷糊糊地抬起头，在他的"恩人"身后看见了萨莉的脸。隐士从喉咙里发出了异乎寻常的嘶哑怪声，随即抓起麻袋，走出了酒吧。

"天哪，那是以实玛利，那就是他！"

"他就这么着急去下注吗？"

"哦，这个淘气的老家伙在这个年纪还赌博！"

萨莉脸色苍白地转向身旁的奈杰尔。隐士只看了她一眼，但这对她来说已经足够了。

"你看到了？"她问。

"是的。的确很明显。我们继续努力吧，好吗？"

他们走到了停车的地方。驶出艾普斯托克时，和奈杰尔一道坐在后排的西斯尔斯韦特先生清了清嗓子说："先生，这是一次意义重大的会面，不是吗？"

"是的,的确如此。你现在有什么想法了吗?"

拉贡达车开过路面上的凹痕,西斯尔斯韦特随之晃动起来,但仍尽力保持着尊严。

"我有了新的想法。"他纠正道,"我之前怀疑过,疯帽子的恶行正在导致一场更致命的罪行,同时也为其提供了烟幕弹。到目前为止,我并没有放弃这种观点。但是,隐士和不为人知的来访者之间的联系——我指的不是在酒吧表现得如此缺乏基本教养和礼貌的海军技师,而是去年住在斯温特纳姆农场的那个访客——这可能会带来一些有趣的解释。"

"你的意思是,也许出于某种原因,那个来访者和以实玛利合谋了?"

"你理解得非常正确,先生。"西斯尔斯韦特笑了,看上去极其睿智,"这位隐士早已名声在外,一向不与人来往,为什么这么快就能结识一个谁也不认识的陌生人呢?水手酒吧的老板听到他们在谈论奇境度假营。我提议,把这点作为我们的突破口。他们两人有各自的理由——可能是完全不同的理由——希望搞垮奇境。两人达成一个协议,并制订了周密的计划。这样本周我们就见证了他们阴谋的实施。"

"你认为另一个人会有什么理由呢?他此时在其中扮演什么角色?如果他要找隐士帮忙,那一定是因为他不能亲自出手搞恶作剧,或者说他没有别的帮手。这意味着有些事是隐士亲自做的。你能想象得出,那个瘦骨嶙峋的老家伙伪装成奇境游客的样子,还有力气把人拖进海里?"

"好吧，先生。如果你这么说——"西斯尔斯韦特先生有些气馁了。萨莉一直在听两人的谈话，这时她从前排座位上转过身，插言道："我能想象。那个可怕的老头有点假模假式的。我相信他能改变外表，比你想象的要容易得多。我不知道该怎么形容他给我的那种感觉，整个人都像是伪装的，简直就像是用马鬃毛、羊皮纸和破旧的门垫拼凑成的。"

"没错。"西斯尔斯韦特先生又重新投入到他的分析中，"嗯，另一个家伙和他串通一气的原因——好吧，事实就摆在那里，好几个度假营都是奇境的竞争对手，都希望看到奇境出局；这个家伙可能是其中一家营地的代理人。先生，还是说我的想法有些不着边际，不符合逻辑？"

"不，"奈杰尔放慢了语速答道，"这不是不可能。你说的这类事情也许正在发生。"

第十三章

在回来的路上，奈杰尔指示司机在斯温特纳姆先生的农场停一下。到了那里，他透漏了他来到奇境的真正原因，并进一步询问去年那个神秘访客的详细情况。可农场主几乎提供不了什么信息。只知道访客自称是查尔斯·布莱克先生，在他入住之初就听说了关于以实玛利的传闻以及隐士与奇境之间的恩怨。他在访客簿上留下了姓名，但地址一栏只填了"伦敦"。农场主记得，那位先生寡言少语，虽然也算得上随和，但几乎从不谈论自己。奈杰尔问斯温特纳姆先生有没有他的照片。

"这个问题问得真有趣。有一天，我的大女儿趁他不注意的时候给他拍了张照片。她把照片冲洗出来给他看，他的反应有些不太对劲：先是想从她手里买下照片——我是说，底片也要买；然后又威胁要把照片撕了，还开玩笑说他太丑了，不能把自己的照片留在这里让所有人看；最后他让她保证不要到处展示。我敢说我女儿还留着照片呢。

她有点喜欢那位先生，这是毫无疑问的。"

奈杰尔说服了农场主，让他带走照片和访客簿，并承诺会尽快归还。签名很可能会换过笔迹，查尔斯·布莱克也不太可能是那人的真名，但至少相机不会说谎，照片拍下了他的半侧面，一个看上去很健壮、头发花白的老男人。

回到奇境后，奈杰尔首先把照片展示给怀斯兄弟和琼斯小姐，没有做任何评论。然而，他们谁也不认识照片上的人。然后奈杰尔问怀斯上校，是否有可能是某家敌对的度假营公司在幕后操纵了奇境发生的一系列恶行。

经理考虑了一会儿，回答说："这不是不可能，但可能性极小。我承认，比尔湾度假营对我们很有敌意——因为我们把他们远远甩在了后面。但我还是不敢相信他们会采取这样的手段：一旦被发现了，他们就全完了。"

"如果可以安排的话，今天下午我想和你们的员工谈谈。所有在主楼或游戏场地工作的人，一对一面谈。"

"这可真是一项艰巨的任务。不过我想我们能搞定。也许你现在就想和琼斯小姐商讨一下？"

奈杰尔和秘书走进经理房间隔壁的办公室。琼斯制作了一张巨大的时间表，上面显示了每个员工一天中每个时间段的工作情况，然后她很快就为奈杰尔制订了一个面谈计划。奈杰尔漫不经心地想，怀斯上校的秘书真是才华横溢，对细节的把握相当出色，如果她决定一走了之，怀斯将如何管理奇境。

"你喜欢做这些吗?"奈杰尔问道,"我猜你一定喜欢,不然就不会做得这么娴熟。"

"这是一份工作……可以让我不去想其他事情。"

"其他的什么事情?或许我不该这么问?"

秘书那饱满的红唇往下一撇,显得有些好笑,又带着几分自怜。

"哦,那都是过去的事了。往日的辉煌早已烟消云散。我是莱萨特·琼斯的女儿。"

"我明白了。"奈杰尔回忆起了那个才华横溢、运势无常的金融家,在三四年前破产,之后自杀了。"太过聪明,最后却害了自己。"这是对莱萨特·琼斯的普遍评价。他的女儿似乎确实继承了他的组织天才——还有一点淘气的幽默感,奈杰尔觉得这正是他的可取之处。不管怎么说,琼斯小姐在这里工作,挣的钱在几年前可能只够她买一件皮大衣。

"不要跟我说,诚实的劳动比我以前花蝴蝶似的生活要高尚得多,"她继续说道,"在得到这份工作之前,破产让我经历了很多。我父亲的老朋友们愿意给小女孩找点东西,前提是她能付出点回报。就是通常意义上的回报,我唯一拥有的资本。不,一点也不高尚。"

"不过,你现在已经站稳脚跟了。"

"然后那个该死的疯帽子就出现了。我又得开始找工作了。"

"肯定没有你想的那么糟。"

"年轻人,你可别弄错了,这次曝光已经把我们搞砸了。你应该听说了,阿尔斯诺克先生——就是奇境的总经理——今天上午打过电话了。他们可以和奇境吻别了,他知道这一点。可怜的怀斯上校,我不知道如果这个地方垮了,他该怎么办。他们会解雇他的,他将一无所有。"

他们谈话的时候,她正在帮奈杰尔制订询问工作人员的顺序。打字机咔嗒作响,她断断续续地插了几句话。此时的她不屑于手头的工作,似乎在自暴自弃,好像完全不在乎打字机、清单、文件、办公室,以及奇境所有的一切在下一刻是否灰飞烟灭。

她把那张纸从打字机上扯了下来,突然说:"尽管如此,我还是想抓住那家伙,即使已经太迟了。奈杰尔·斯特雷奇威,你了解成年礼吗?"

"不太了解。怎么了?"

"保罗·佩里先生非常了解。昨天下午他就这个问题给我做了一个讲座。"

她的话戛然而止,和她开启谈话时一样突兀。然后她摘下眼镜,开始涂唇膏。尽管摆出了一副满不在乎的样子,但她显然期待他有所回应。

"你的意思是说,这些恶作剧跟新赫布里底群岛上年长者在年幼者的成年礼上所开的玩笑很相似吗?"

"我看你是个极有价值的侦探。"

"你最好把你的想法明确地告诉我。"

"我不想随意指控别人。保罗·佩里有点一本正经,自命不凡,但似乎也是个不错的年轻人。我们能信任书本之外冷酷无情的科学家吗？我不确定。不管怎样，他算是个人类学家，对自己的工作很抓狂。他从来没有足够的金钱和影响力去参加任何探险活动。他会在家里尝试一下吗？我也不知道，只是想问下你。"

"这些恶作剧，以及人们对它们的反应，难道不是一项很有价值的科学实验吗？他在把动物死尸放到客人床上之前，会花上几个小时跟你聊成年礼吗？"

"好吧。我宁愿是别人干的，而不是他。"

"你心里还有别的想法。"

"是的。为什么他那么渴望看到我们的那部分问卷——关于疯帽子问题的回答？那些答案对他'大众评审'的民意调查没有任何用处。"

"出于无聊的好奇心，也许是吧。"

"一个科学家的好奇心会无聊吗？"

"这倒是一个有趣的观点。还有什么吗？"

"没有什么可以称之为证据的东西。但他有非常明显的清教徒式的性格。比如，他对心仪的姑娘在歌舞表演中所穿的服装感到极度不安。还有什么地方比这里，这个享乐的巴比伦，更能让一个清教徒猛烈爆发呢？天知道，我们在这里的所有娱乐都是很纯洁的，除了晚上在小木屋之间的来回走动。但任何形式的快乐都足以刺激一个真正顽强的清教徒。"

片刻后，奈杰尔离开了那个女孩，若有所思地回到自己的小木屋。他暂时把她的建议置之脑后，开始写信给他的叔叔，伦敦警察厅的助理警监约翰·斯特雷奇威爵士。约翰爵士是他少年时代最喜欢的叔叔和监护人，现在仍然是他最好的朋友；事实上，奈杰尔幼时一直把叔叔当作英雄崇拜，这是他选择侦探职业的一个重要原因。多年来叔侄两人已达成默契，奈杰尔既不会利用约翰爵士的地位，也不会去寻求他的建议或帮助，除非情况紧急。作为苏格兰场中心部门的负责人，约翰爵士手头的事情已经够多了。然而，有时候奈杰尔单枪匹马，陷入了僵局，他就会把案情记在备忘录里交给约翰爵士，由叔叔来决定是否需要从自己的组织来提供官方支持。

奈杰尔对午宴的锣声充耳不闻，继续写信。对于奇境早先发生的恶行，没有必要再做一个完整的描述，约翰爵士在《每日邮报》上就能看到。就这一点而言，尽管利森先生已作出温和的保证，但毫无疑问公众会去了解奇境发生的每一个新事件。

"……所以你看，我亲爱的叔叔，"他总结道，"我目前有超过四百个嫌疑人——更不用说同谋了，这将造成足够的排列、组合，让人头晕目眩。当然，事实上，这些人大多数都可以合理地排除，但仍会有令人不快的遗留。唯一确凿的线索指向这个保罗·佩里，但他所谓的作案动机无法让人信服。然后是神秘的'查尔斯·布莱克先生'，随信附上他的照片。你的手下有他的把柄吗？或者，你能否帮我查查他和其他度假营公司有联系吗？尤其是经营比尔湾的那家，也就是奇境的主要竞争对手？第三条可供探索的通路是我们的埃斯梅拉达·琼斯小姐：一个聪明、迷人的年轻女子。我觉得她的立场有些模糊，谁知道她是属于哪一方的？是谁给她的面包涂上了黄油——或者说比起黄油，她更喜欢鱼子酱？你能否告诉我奇境公司的董事中是否有谁在她父亲莱萨特·琼斯的破产中起了作用？复仇主题也不乏可能性，虽然有点牵强。但在这个奇怪的案子中，什么观点都不算牵强。我还想知道，关于莫蒂默·怀斯上校和他弟弟爱德华的任何信息。有人认为，莫蒂默的名声与营地的声誉密切相关，但没人能够确定。如能收到信息，我将不胜感激。还有一张给当地警察局长的便条。我没有太多的时间展开调查，因为很多游客在奇境只逗留一个星期，星期六我必须和所有这些潜在的目击证人告别。（顺便问一句，为什么除了既成事实，没有人亲眼见证过任何事情？如果疯帽子接下去还是做隐形人，继续威胁英国节日的神圣性，那我就要痛哭流涕了。）

你的，
奈杰尔

寄出这封信后，奈杰尔给叔叔打了电话，告诉他信中大意，他希望能尽快得到一些具体的信息。约翰爵士答应尽力帮忙。奈杰尔吃了一包牛奶巧克力和两个苹果，这些是他从伦敦带过来的。案件的进展让他大失所望，感觉非常郁闷：即便他发现了恶作剧者的身份，损害已经造成；如果怀斯上校的说法可信，奇境的名声已经被毁，一切都无可挽回。他一直在尽力寻求解决问题的办法，却没有一星半点的收获；事实上，疯帽子特意把死兔子放在了侦探的床上，就是要强调他的无能。然而，奈杰尔还是觉得，只要能够将这一系列事件联系起来，并加以合理的解释，他就能发现足够多的迹象，使他的案件调查踏上正轨。

与此同时,繁重的日常工作将是治疗抑郁的最好方法。他开始和奇境公司的工作人员逐一面谈,一直忙到将近下午五点。男女服务员、厨房和后勤人员、乐队成员、园丁、打零工的人等——他们似乎组成了一个无穷无尽的队伍,访谈结束时都和他一样迷惑不解。

最后一个员工离开后,奈杰尔坐回到座位,细细回想从他们那里收集到的零星信息,可惜都没什么用处。园丁总管拿出了一个麻袋,是他在一个盆栽棚里找到的,散发着一股难闻的气味,肯定就是那个装运过动物死尸的袋子。但任何人都有可能进了盆栽棚,偷走麻袋,然后又放回去。园丁总管是土生土长的本地人,关于附近那些保存良好的树林,他能够给奈杰尔提供详细的情况,因此如果那些动物死尸是取自猎场看守的绞架,他可以追溯到源头。但奈杰尔认为,这样做不会有什么帮助,因为疯帽子很可能是在夜间收集了动物尸体,藏在营地附近的某个地方,等到第二天夜里再行动。疯帽子当时肯定没被人发现,否则猎场看守人就会抓住他。不管怎样,这显然证实了一个说法,即在营地之外有一个代理人,或至少有个同谋。一名工作人员,或一位游客,背着一麻袋死尸到处走,即便是在夜里,也要冒一定的风险。然而,老以实玛利和他的麻袋早已成了这一带熟悉的风景,没有人会去过多地关注。

乐队成员和他们的领队一致认为,在疯帽子第一次公开声明之后,灯光亮起了,最后被淘汰的一对——琼斯小姐和她的舞伴保罗·佩里——比其他人离麦克风更近,但这其实毫无意义。如果扩音器里传出的是他俩中间任何一人的声音,他们应该会在灯亮之前就刻意拉远自己和麦克风之间的距离。那一刻,除了在聚光灯下,已走到大厅另一头的泰迪·怀斯和西斯尔斯韦特小姐,还没人有确凿的不在场证明。琼斯小姐已经告诉奈杰尔,当她和保罗被点名淘汰时,他们在黑暗中分开了,所以他们两人都有可能是嫌疑人。但大厅里的许多人都是这种情况,更不用说从舞台侧门进来的人了。

关于拖人入水事件,奈杰尔也没有得到任何有用的信息。那天早上,有两三个工作人员,还有怀斯兄弟,在不同的时间出现在海滩上。中午时分他们没有注意到有人在悬崖小径上来回往返。至于说,溺水发生时,谁离受害者最近,他们也没有形成一致的观点。

奈杰尔问了每个员工一系列更具体的问题后,还特意问他们是否知道有人对公司或管理层心怀不满,是否见过哪位游客曾有过可疑的或不寻常的行为,是否听到游客们传过什么小道消息,暗示他们自己有一些特殊情况。无论如何,奈杰尔希望最后这个问题能问出一些结果,因为客人们不太可能在服务人员面前还保持中上层阶级的沉默寡言。

然而,尽管如此,奈杰尔还是收获甚微。对第一个问题的回答非常一致,正如琼斯小姐所说,毫无疑问怀斯上校在他的员工中非常受欢迎。如其中一名餐厅女招待所言:"他是一个真正的绅士——让你觉得为他和营地工作是一种乐趣,倾听你的所有抱怨,而且从不会在背后做任何手脚。离了他这个营地就不行了,他们应该给他支付更高的薪水。这就是我想说的。"没有人透露或试图隐瞒对该公司的怨恨。

唯一能让奈杰尔竖起耳朵的事情是一位女服务员提到的，她那句评论听起来似乎无关紧要："这个营地里唯一可能对我们有点气恼的人就是那个有趣的小个子莫雷先生。大家都叫他'艾伯特'。他们老是拿什么事寻他开心，可他脾气很好，就像——"

"你刚刚说'对我们有点气恼'。那么工作人员也会戏弄他吗？"

"哦，当然不是，斯特雷奇威先生。如果是这样，怀斯上校一定会做出严厉处罚的。星期天早上他还制止了他弟弟，其实泰迪真的没有恶意。"

奈杰尔引导她说出了玩沙滩球的事件，后来，从另一个目击者那里，他又听说了射击场的小插曲。即便他还发现莫雷先生去年第一次来营地时也是众人的捉弄对象，他觉得这些事没什么大不了的，但或许会让这个小个子对其他游客及泰迪·怀斯产生一种怨恨情绪。奈杰尔没有想到，一个对嘲弄能一笑而过的人可能也不会把玩笑放在心上；但是，很难想象艾伯特·莫雷会采取如此严酷的手段进行大规模的报复。而且，奈杰尔忽然想起来了，艾伯特在运送动物尸体的那段时间有不在场证明，因为今天上午西斯尔斯韦特先生在车里曾开玩笑似的提到，他和莫雷先生可以为彼此担保——他们在晚餐时坐在一起，后来又去了酒吧，在歌舞表演时座位相邻，幕间休息时还一起抽了一支烟。

奈杰尔第二个问题得出的答案都毫无意义。第三个问题也没有引出什么证据，只不过向奇境的工作人员和游客们传达了团结信念和团队精神。他的大多数证人显然都不愿意再次重复他们听到的流言蜚语，因为这可能会进一步损害营地的声誉。唯一的例外是乐队的首席萨克斯手,他是一个圆滑自信的年轻人,留着一撮黑乎乎的小胡子。

"小道消息?我们这里没有丑闻,老兄,我想没有。所有的男人和女人都在一起,这是为了方便管理吗?"

"哦,是吗?"奈杰尔厌恶地问。

"我不会说闲话,老兄。如果怀斯上校喜欢把他那小蜜糖留在屋里,我也没什么意见。我们又不是生活在中世纪,对吧?"

"小蜜糖吗?"奈杰尔斜眼看着他,眼神有些可怖,"一块漂亮的大翡翠价值多少?"

"我不明白你的意思——哦,我懂了。翡翠,埃斯梅拉达,两个发音差不多。相信优秀的老侦探能觉察到。注意了,老兄,他们很谨慎的。帮我记录一份信件,琼斯小姐。没问题,怀斯上校。但他们蒙骗不了阿迪·福斯库罗。如果我告诉你,我都看到些什么,肯定让你怒火中烧——"

"琼斯小姐为什么不喜欢你?"奈杰尔冷冷地加重了语气,"因为你的举止言行?还是你那让人恶心的小胡子?"

"喂,老兄,讲话客气些——"阿迪从冒牌的美国口音变成了伦敦腔,开启了牢骚满腹的模式,"我想说的是——"

"到别的地方去说。好走不送。"

萨克斯手还没离开,奈杰尔就开始责备自己。他一向反感有些人对偶然的目击者采取强硬手段或者站在道德高地加以指责。我不就是要打听小道消息吗?那为什么听到之后,我会换上一副宿舍长似的严厉腔调？奈杰尔进行了反思，勇敢地直面自己的不诚实。部分原因是所有这些毫无结果的访谈让他越来越烦躁，还有部分原因是他肯定产生了一种要暗中保护埃斯梅拉达·琼斯的感觉。一个男人开始想保护一个女人了，这就意味着是时候让别人来保护他了。

面谈结束后，奈杰尔决定把保罗·佩里在营地记下的那些小道消息通读一遍，以此作为忏悔。然而，这苦差事却不得不推迟。他刚打开笔记本，霍福德医生就进来了，看上去忧心忡忡。

"我真的很担心阿诺德小姐的情况，"他直入正题，"水泡留下的伤疤异常脆弱，这个愚蠢的女孩现在承认，昨天早上她把绷带解开了。说实话，伤口都化脓了。她的抵抗力不强。我认为应该把她送到医院去。"

"我明白了。"奈杰尔顿了顿说，"她愿意去医院吗？"

"麻烦就在这儿。"

"我可以单独跟她聊几句吗？也许我能说服她。"

"当然可以。你真是太好了。"

奈杰尔去看菲利斯·阿诺德时，她满脸通红，显然很痛苦，然而她仍然固执地拒绝了医生的建议。

"这是一个原则问题。"她说。

"我们尊重你的意见，但事实是你离开营地会更安全一些。你有可能是这一系列可怕的恶作剧的真正目标。"

"哦，斯特雷奇威先生，你这话什么意思？"女孩吃了一惊，但又显得很高兴——这正是奈杰尔想要的效果。她有幸成了一个重要事件的中心人物，这种机会在生活中并不常见。

"恐怕我没法告诉你更多了。（无论如何，这倒是真的，奈杰尔心想。）但你可以帮我一个大忙，如果——"

"那我愿意。我总是说，群体的利益应该放在个人的顾虑之前——你不赞同吗，斯特雷奇威先生？"

"的确如此。不管怎样，我认为这次的事件就是一个例子。现在我只想问你几个问题，然后就不会再打扰你了。请不要告诉别人我问了你什么，任何人都不能说。"

"我保证。"阿诺德小姐的脸红了，可能是太兴奋了。

"首先，营地里有没有人，工作人员或游客，知道你对野生欧芹过敏或者你容易感染败血症？他们会不会是从营地外面的人——比如说你的家人或同事——那里听说过？"

"我觉得没有，真的，只有我的朋友珍妮丝知道。你看，在来这里之前，我们不认识其他的游客。珍妮丝知道我两年前得了败血症——我的意思是，医生说是败血症，但我从没碰过野生欧芹。请注意，我非常喜欢植物学。但我不赞成采摘野花——我总是说应该把它们留在上帝放置它们的地方。"

"我明白了。那你是否有什么理由认为怀斯上校，或他的秘书，他的弟弟，可能对你怀恨在心吗？不要对这个想法感到震惊。我不得不问这些问题，但往往毫无结果。你好好想一想。"

"哦，不，斯特雷奇威先生，我确信那是不可能的。哎呀，我以前从没见过他们中的任何一个——"女孩突然停住了，"不像你说的那样。我见过。"

"是吗?"奈杰尔压低了声音,鼓励她说下去。

"嗯,我确实见过他们一次,我指的是怀斯上校和琼斯小姐。几个月前,我叔叔带我去索霍区的一家餐厅吃饭。那会儿他们也在那里用餐。当然,我那时候还不认识他们,不过碰巧注意到了,因为莱曼先生就坐在旁边的一张桌子上,他凑过去和他们两人聊天。他与一些度假营有关系,我的意思是莱曼先生。我知道这一点,因为有一天他进了我们办公室——我在一家建筑师事务所工作——这位莱曼先生过来看一些计划。"

"这些听起来都不会惹麻烦的。你们在同一家餐厅吃过饭,怀斯上校不会因此对你有什么不满的。"

阿诺德小姐脸红了:"嗯,不,他不会,除了——我一向讨厌捕风捉影——"

"没关系。你永远不知道什么消息会对这次调查有用。你到达营地后,有没有跟他们提到你以前见过他们?对了,你是什么时候来奇境的?"

"上周六。就是这样,斯特雷奇威先生。琼斯小姐站在露台上,我只是说了我在索霍区的一家餐厅见过她和怀斯上校,说那是一家多么好的餐馆啊,我的意思是,那家餐馆非常奢华,当然还有最好的法国菜,我叔叔总是说他是一个真正的美食家——然后她就变得很傲慢。好吧,我的意思是,我并没有试图暗示什么,我不是一个喜欢八卦的人,而且我也从来没有想过这件事。但是琼斯小姐看了我一眼,说怀斯上校是她的雇主，雇主和秘书在一起吃饭是很平常的事，如果需要加班的话。当然，这不是她的原话，但她就是这个意思。她还警告我不要踩踏草地，说得似乎很幽默，但我想她还有言外之意——"

"你觉得她以为你在暗示她和怀斯上校之间有私情？"

"是的，斯特雷奇威先生。不过我敢确定，我从没想过要做这种事。"

"我肯定你没想过。毫无疑问，在这样的地方，他们必须非常小心，不能有任何关于管理层的丑闻，这导致她误会了你的意思。我很高兴我们把这事说清楚了。需要请你的朋友珍妮丝帮你整理行装吗？"

这给了他一个借口去询问珍妮丝·米尔斯，但那女孩向他保证，她没有跟营地的任何人说起过两年前阿诺德小姐得过败血症，因为她的朋友对这个问题很敏感。因此，这条调查路径似乎也行不通了。或许你可以天马行空地随意想象，猜测怀斯上校和琼斯小姐以疯帽子的名义搞恶作剧，就是他们采取的一种迂回的手段，目的是为了让阿诺德小姐对他俩的私情三缄其口。可现在事实证明，他们不可能知道阿诺德对野生欧芹过敏，也不可能知道她容易感染败血症。

奈杰尔真希望他没有把神秘的"查尔斯·布莱克先生"的照片寄出去。菲利斯·阿诺德可能会认出他就是那个"与度假营有关系"的莱曼先生，他还在索霍区的餐馆和怀斯上校谈过话。也许她认不出，他懊丧地想，可能性只有千分之一。人溺水的时候，任何一根救命稻草都要抓住。奈杰尔急匆匆地给叔叔写了一张便条，询问那照片上的人是否碰巧就是"与度假营有关系"的莱曼先生。怀斯上校和琼斯小姐之前都声称不认识照片上的人，但他们可能是出于某些私人的原因。

奈杰尔是震撼战术的坚定信徒，如果不经常使用的话，肯定会出奇制胜。他走到经理办公室，漫不经心地冲着怀斯上校和琼斯小姐笑了笑，没加任何铺垫直接发问。

"这个莱曼先生是你们生意上的竞争对手吗？"

他的问题确实产生了显著的效果。怀斯上校脸僵住了，大张着嘴，却一句话也说不出来。奈杰尔觉得他们两人真是具有超人的自控力，没有交换眼神，反倒是紧盯着奈杰尔的眼睛。长时间的沉默几乎让人无法忍受，琼斯小姐终于开口了。

"我们最好告诉他，莫蒂默。"

"埃斯梅拉达，你疯了吗？"怀斯上校听起来很暴躁，但控制局面的似乎是琼斯小姐。

"你是不是听到了一些我和怀斯上校的流言蜚语？"她冷冷地问道，艳丽的红唇往下撇了撇，像在自嘲，又像是听天由命。

"是的。"奈杰尔简单讲述了他与萨克斯手、阿诺德小姐的谈话，还强调了后者无意冒犯。

"现在回答你的第一个问题，莱曼先生是比尔湾和其他度假营的幕后人物，所以他当然是我们生意上的竞争对手。"琼斯继续说道，"你的问题一时间让我们感到震惊，是因为——嗯，莱曼就是我告诉过你的那些人中的一个，在我父亲死后，他企图占一个无助孤儿的便宜。你可能已经猜到了，我和莫蒂默彼此都有好感。我们的友谊可以追溯到那一次，莱曼在一个房间里正要朝我下手，而莫蒂默正好进来了。"

"我明白了。莱曼会因此怀恨在心吗？比如说，他会不会为了报复你而在这里搞出一系列的怪事呢？"

"嗯，我真的不认为——"怀斯上校恢复了平静，开口说道。

"当然，你不这么认为！不，斯特雷奇威先生，这个想法你可以抛诸脑后了。我们在那家餐馆碰到莱曼时，他非常友善。他对女人是有点轻浮，但他并没有真正的恶习。他不会怀恨在心的。当然，他手边要务繁多，应接不暇，他不可能再耗费精力搞恶作剧来败坏我们的名声。如果他想毁了我和莫蒂默，他有足够的能耐去使用更正统的商业方法——你懂的，在丰盛的晚宴后，在我们公司的一位董事耳边说上三言两语。"

"那么，我可以认为，他的确不是我给你们看的那张照片中的那位先生了？"

"当然不是。"琼斯小姐的眼神有些闪烁，"可怜的塔比·莱曼，他的耳朵该发烫了，要是他知道斯特雷奇威先生多么努力地想证明他有罪！"

"没错，好吧。"怀斯上校再次化身为高效的组织者，他的语调似乎在暗示，在商界大亨这样神圣的话题上如此轻率是不可取的，"斯特雷奇威，如果没有别的事情的话——"

第十四章

"你觉得这个侦探怎么样?"萨莉问,"他很低调,不是吗?他看你的样子真有趣——就好像在费力计算小数点后三位,然后把他最先想到的数字拿走了。"

"这个'你'是专指我?还是泛指所有人?"

"当然是泛指的,傻瓜。你又不是独一无二的。"

"我真不明白。他怀疑我就是疯帽子,我敢肯定。有时我都开始怀疑自己。"

"别胡说八道了,保罗。就因为在你的小木屋下面发现了一根微不足道的旧铁丝——"

"你怎么知道的?"保罗问。

"怎么了,你告诉过我,不是吗?哦,那一定是爸爸说的。不管怎样,我会告诉自作聪明的斯特雷奇威先生,你不可能把那些动物放在人们的床上。我知道你不会的。"

"你怎么能知道呢？"

萨莉指着船底，那里躺着一条死鲭鱼。

"你不会为了制作新鲜的鱼饵去切下一块鱼肉，即便你确定那鲭鱼已经死了。你讨厌触碰死去的东西，对吧？"她颇为得意地说。

"你越来越聪明了。是的，我讨厌那些。但这没用。"保罗沮丧地补充道，"这又不是侦探会称之为证据的东西。"

"他可真傻。不管怎样，我相信他会听我的。他人很好。我越来越喜欢文化人了。"

保罗没有继续争辩，只是机械地划着船。他越过萨莉亮泽的秀发凝视着远处的岬角。

"你在盯着谁看？我想琼斯小姐正站在悬崖上，满眼幽怨地看着你呢。"

"别那么可笑。我的眼睛盯着一个目标，这样我就能划得笔直了。"

"你对待每件事都那么认真，是不是，我的宝贝？"

"我对琼斯小姐不那么认真。"

萨莉把头转向一边，开始抽动她挂在船尾的钓索。她兴致高涨，大声喊起来。

"划得再快些！如果你这么闷闷不乐地拖着，鱼是不会上钩的。"

保罗更有力地划动双桨，小船在海上行得更快了，船头晃动着，在龙骨下发出咯咯的声响。西面的悬崖已聚集在阴影中，逐渐失去了各自的特色，而东面的峭壁投进了夕阳静谧的怀抱，融入了余晖的光芒，宛如一座座美轮美奂、此起彼伏的金色浮雕。

从右边肩头望去,保罗可以看到海景、山貌和奇境大厦的顶部。"上校之桥"一端的玻璃像火蛋白石一样闪闪发光。那光芒中似乎闪烁着某种邪恶的东西。他异想天开地把那光茫比作瘟疫万人坑里的邪恶火焰。奇境已经被感染了,疾病四处爆发,而携带者——他不禁打了个寒战,把目光移开了。至少,大海是干净的。洁净的海盐粘在了他的嘴唇上和萨莉洒满金色夕阳的手臂上。只要待在海上,他们就是安全的,就能远离所有的污秽。

一种反常的、模糊的冲动油然而生,他划动左桨,把小船驶向岸边。

"哦,我们先别上岸!这里多美啊!"

"快到晚饭时间了。海滩上都快没人了。"

"谁在乎呢?我们就在外面过夜,在月光下钓鱼、游泳。我一直想在月光下裸泳,真是太浪漫了。"

"我们会冻死的。"

"第二天早上,他们会发现两具可怜的发白的尸体,并排躺在沙滩上。那也很浪漫。"

"尸体才不浪漫呢。"

"停下!我钓到一条鱼了!"萨莉慢慢地把钓索收了上来。旋转器穿过水面朝他们飞来,犹如灯光在嬉戏、追逐。鱼钩上除了一缕海草什么也没有。保罗又开始划动船桨。

"你可以等一会儿,让我再钓一条鱼,只钓一条小的。"

"不行,我们迟到了。"

"我觉得你是不想整晚都跟我待在外面。"

"如果我想的话，斯特雷奇威会以为我们逃走了。这等于是承认有罪了。"

"哦，讨厌的斯特雷奇威。我知道那不是你干的，这又有什么关系呢？"

"假如我自己都不知道呢？"

"其实是你想离我远远的。你在想，这个愚蠢的女孩，又冲我扑过来了……对吗？"

"好吧，是你这么说的。我可没说。"

萨莉的脸色变得惨白。她想把钓索卷起来，但线似乎缠得不可开交。她感觉自己像个孩子似的凄凉无助。她真想在这条沾着海盐的、湿哒哒的鱼线上洒满咸咸的眼泪。

他们默默地把小船拉上了海滩。艾伯特·莫雷一直在注视着他俩，过去帮忙把船拖出了高水位线。刚完成，保罗就独自踏上了悬崖小径。

"萨莉小姐，你钓到鱼了吗？"艾伯特感到有点不对劲，局促不安地说。然而，他不可能预料到，这句话会严重刺激到她。她把鲭鱼从船里拖了出来，说："只有这条。"然后她跌跌撞撞地走到海边，把鱼远远地甩进海里。

"哦，那条鱼真的很不错啊。"他抗议道。

"我也愿意跳入海里！"她喊道。

"噢，萨莉小姐，"艾伯特尴尬地停顿了一下后说，"海里的鱼比打捞出来的鱼要多。"

"哦，上帝！"萨莉有些哭笑不得，"我又没打算开店贩鱼。你听起来好像——对不起,艾伯特,我不是故意冲你发火的。我们回去吧。"

"好的。今天晚上我一定不能迟到。"

"为什么?"

"晚饭后我要参演一个小节目。"

"是吗?这真是太棒了。"萨莉并没有刻意用上大人赞扬孩子成就的语调。显然,艾伯特·莫雷也不这么认为。他在悬崖脚下的砾石间磕磕绊绊地走着,涨红了脸,脑袋上下晃动着,但神色却很坚定。

"那个年轻人——我的意思是,他要负责——他伤害你了吗?因为如果他做了——"

"哦,不。我们只是有些不愉快。你知道吗?他认为有人怀疑他就是疯帽子。"

莫雷先生差点从狭窄的悬崖小路上摔下来。"啊,可是,上帝保佑,那肯定是不可能的!从我们第一次见面起,他就对我非常友好。"

"我知道这是不可能的。但是,侦探发现了一条指向他的线索。他自己的行为也很奇怪。为什么他不能告诉我究竟出了什么事?这让我很痛苦。"

"自尊心,萨莉小姐。出于自尊心,相信我,这就是背后的原因。年轻人总是这样。我记得我在你们这个年龄的时候——"艾伯特·莫雷夸张地叹了口气,突然被一个树根绊了一跤,脸朝下摔了下去。命运似乎只会让他成为一个笑料。他刚要把自己塑造成一个悲剧人物,或者至少是一个浪漫的人物——一个年轻的、令人心碎的受难者——命运就把树根送到了他脚下。即使遭遇灾难,他也命中注定要保持一个喜剧人物的形象。

他和往常一样满不在乎地说："还好你在这儿呢。"萨莉把他扶了起来。

"骄者必败。我就是这样，只是想给你一些貌似高端的建议，然后就摔跤了。亲爱的，还是要记住，骄傲是不会有任何好处的。"

"骄傲的不是我。"她沮丧地说。她清楚地记得在小船上她是怎样把所有的骄傲都抛到了一边，而保罗又是怎样无情地伤害了她。

"也许他认为，既然他被怀疑是这些暴行的始作俑者，他就不应该再对你倾诉什么。"莫雷先生提议道，胖乎乎的脸上焦急地挤出一丝微笑……

三个小时后，在音乐厅里，男游客们在工作人员的协助下表演了一个简短的歌舞杂耍节目。艾伯特·莫雷也换上了适合这个场合的衣服。确切地说，他穿着灯笼裤、诺福克上衣、伊顿校服领和学生帽。他那胖嘟嘟的红润脸颊已经涂上了油彩，像漫画人物似的。他坐在爱德华·怀斯的膝盖上，像个腹语表演者操纵的玩偶。观众们看到这样的短节目，很容易就会感到高兴，于是爆发出阵阵笑声。泰迪很擅长夸张搞笑，也非常精通腹语表演，由他主导的专题对话——奈杰尔似乎能察觉到，在这个节目背后有埃斯梅拉达·琼斯的机敏与智慧——足以满足更为挑剔的观众。而艾伯特·莫雷，至少在某种意义上，成了舞台上最引人注目的焦点。他那可笑的样子，就像是《反之亦然》中那个声名赫赫的家长突然变成了学生时代的自己；泰迪·怀斯给他配的声音又是那么鲁莽，还带着浓重的鼻音。最重要的是，他的注意力高度集中，努力让自己的唇形契合泰迪给他的台词，那副焦急而又专注的样子非常滑稽——正是这一点让大家哄堂大笑。奈杰尔明白了那个女服务员的意思，她告诉过他，大家喜欢故意招惹艾伯特·莫雷。泰迪无疑是在捉弄这个小个子男人，同时也在通过他来取悦大家。观众们笑声不断，既嘲笑艾伯特本人，也嘲笑他所扮演的角色。这种群体性的不友善愈演愈烈，着实令人恐惧。

"你可别这么厚脸皮，不然我就把你的事告诉疯帽子先生。"泰迪说。

"噢，老师，我会乖的！"艾伯特尖声说，在泰迪的膝盖上兴奋地跳着，"给你出一个谜题，先生。你和疯帽子有什么不同？"

"我和疯帽子有什么不同？我希望有很多区别。让我们看一看，让我们想一想——"

"老兄，还是放弃吧？我来告诉你。他是个疯子，而你将成为五月女王，你这个英俊的家伙！"

泰迪把扮演玩偶的艾伯特压在了膝盖上，随着幕布落下，他开始狠狠地打他屁股。

奈杰尔出去抽了支烟，不一会儿，西斯尔斯韦特先生也来了。裁缝的脸上洋溢着一种喜获新知的兴奋表情，他从容而庄重地开始了谈话，如同一艘客轮沿着船台平稳地滑行。

"先生，在这样一个美丽的夜晚，"他开口说道，"谈论犯罪这个肮脏的话题几乎是一种亵渎。"

"确实如此。"

西斯尔斯韦特先生朝奈杰尔点点头，给了他一个不失尊严的抱歉的眼神，然后继续说下去。

"我想我们是处于深水之中，先生。这里的水非常深。我对那个隐士老以实玛利的事情已经有所了解，我的推理使我得出了一个结论。"

西斯尔斯韦特先生在说最后一句话时压低了声音，因为保罗·佩里正在走近。

"三个脑袋总比两个好。"奈杰尔提议道。

"由你来决定吧，先生。佩里先生，我正要把我关于隐士的结论告诉斯特雷奇威先生。"

"哦？"保罗漫不经心的语调中透着怀疑，也隐藏着好奇。

"简单地说，我的结论就是——那个隐士，"西斯尔斯韦特先生轻声说，"他是个间谍！"

"是他告诉你的吗？"保罗毫无敬意地问。

"得了吧，佩里先生，听我说。"

"请继续说下去，这个观点真的很有趣。"奈杰尔的声音非常严肃。

"让我们朝保龄球场馆的方向转一圈。先生，如果我可以这么说的话，散步是思考的最佳开胃酒。我们这位年轻的朋友持怀疑态度，虽然很正常，但却欠考虑，因为证据的第一环就曾经掌握在他手中。"

"你一定是指那些航拍照片吧？"

"啊，斯特雷奇威先生，我看你也没什么期待呢。"

"但不能因为一个家伙有航拍照片，就说他是间谍。"保罗抗议道，

"随便什么人都能有那样的照片。"

"公正的评判!可是我问过我女儿萨莉,她依稀记得那些照片中至少有一张拍的是一个海军工厂。对此她也不太确定。然而,如果联系起另一个事实呢,这个自诩为——或者我应该说旧式风范——这个隐士有个习惯,每周有两天要去艾普斯托克的海军港口,去海军官兵经常光顾的一家酒吧,这一点自然有重要意义。"

"非常好,西斯尔斯韦特先生,"奈杰尔称赞道,"如果你没有另谋高就,你现在可能已经在为苏格兰场增光添彩了。"

西斯尔斯韦特很满意对方的反应。"我承认自己只是个业余爱好者,"他自谦道,"但也许有些天赋。从事服装行业也需要天赋,去判断客户的身材尺寸,选定最能衬托他们外貌特征的面料,使衣料与气质相匹配。有时要凸显华美贵气,有时要强调严肃端庄。总之,我们量体裁衣时,不仅要考虑客户的钱包,还要揣摩他们的个性。这种天赋——恕我冒昧——同样也是侦查犯罪所必需的。侦探先生,你要从各个角度研究罪行,在每个细节上都进行衡量,然后继续——当然,我跑题了。让我们再回到老以实玛利的话题,他如此卑劣地背叛自己的国家,他的动机是什么?我可以用一个词来回答你们,报复。"

西斯尔斯韦特先生擦了擦鼻子,双目灼灼地瞪着他的听众,继续侃侃而谈。

"他从来就不是一个好公民——因为作为一个隐士,他长期无视所有的社会义务,他对这个社会、对国家和政府怀有一种强烈的仇恨,尤其是被赶出悬崖上的棚屋时。起初,这种仇恨表现为对度假营的孩子气的报复行为,把钉子撒在路上,等等。然而,没过多久,一个更加邪恶的机会出现在他面前。有个叫查尔斯·布莱克的先生来拜访农场主斯温特纳姆,他带着野外望远镜攀爬悬崖,还坚决不让别人给他拍照。做出这样的行为显然不是诚实正直之人。布莱克先生听说了老以实玛利的事,找机会结识了他。在艾普斯托克人们看见他俩在一起。布莱克先生无疑是敌方特务,但他不敢亲自出马在艾普斯托克从事间谍活动。于是他利用了隐士的不满,唆使他去完成这项卑鄙的任务。老以实玛利就是一件现成的工具。老以实玛利也算是镇上的知名人物了;我们也都亲眼看到了,他就坐在水手酒吧,却没有谁会注意他,甚至还认为他是聋子。间谍的主要任务之一就是收集情报,然后把这些情报送到中央情报局,由中央情报局对整个间谍网络送来的信息进行汇总。我们英勇的水兵们向来被誉为"沉默的舰队",不可能会有人指责他们言行的随意与轻率。他们偶尔在闲谈时会无所顾忌,即便在场的还有老以实玛利——一个隐士,一个毫无恶意、耳朵聋了的怪老头——谁又会责怪他们不谨慎呢?对他们来说,那隐士根本就不算个正常人。要我说,没有人会把故意的过失归咎于水兵这一优秀的群体。但是,即使是最优秀的群体,也可能有一两个邪恶者——"

"比如下注的纸条这类的小事。"奈杰尔喃喃地说。

"正是如此。哎呀,真要命,斯特雷奇威先生,我相信你很久以前就注意到这些了。"裁缝听起来很失落,奈杰尔赶紧安慰他,让他打消疑虑。

"你的判断支持了我自己的怀疑,这真是鼓舞人心啊。就像你说的,如果那家伙想给老以实玛利传递一些信息,他可以在一张写有情报的纸上草草记下一条关于赛狗的消息,然后在众目睽睽之下传递出去,这样不会引起任何怀疑。不过,我们也不能在此基础上添油加料。作为线索,这还不足以令人信服。要是我们能再看一看那些航拍照片就好了!但他现在可能已经把照片处理掉了。佩里,我想,你是否注意到有没有照片拍到了军港?"

"没注意。我们当时都太激动了,因为找到了度假营的照片。"

"没有人可以飞过那些码头。所以,如果他有那里的照片,那一定是空军里的人传给他的。不过,这将由其他人来处理。"

他们开始朝音乐厅走去。在路上,保罗·佩里发问了。

"说到线索,西斯尔斯韦特先生,你怎么知道昨晚在我的小屋下面发现了一根铁丝?我真不知道斯特雷奇威已经这么信任你了。"

"我亲爱的先生,你忘了你的小屋距离我的只有二十码左右。我几乎能听到你们谈话中的每一个字。"

"哦,见鬼!在这个该死的地方,似乎人人都是侦探!"保罗惊叫起来,气愤地离开了。

"这位年轻的先生看上去很紧张,对吗?"

"没错,"奈杰尔若有所思地说,"嗯,他的确是……好吧,请告诉我,你认识莫雷先生多久了?"

西斯尔斯韦特说,他们第一次见到莫雷是去年在奇境度假的时候。奈杰尔能想象出,他很依赖他们,就像走失的小狗依恋第一个对它柔声细语的人一样。倒不是说他不快乐,他只是看起来很迷惘,渴望有人来陪伴。毫无疑问，正是这点在萨莉温软的内心引起了回应。他在一家航运公司工作，一个人租房住，西斯尔斯韦特说。奈杰尔心想，对于他这种类型，房东太太要么母爱泛滥，要么就拼命薅羊毛，这完全取决于房东太太。

"我觉得他总是发展一些新爱好，然后又放弃。"西斯尔斯韦特先生说，"有一次是化学，然后他开始学习世界语。现在又一心扑在天文学上——就在前几天他还说希望能买得起一架望远镜。"

"这是典型的浪漫性格，不是吗？总是开始一些新爱好，然后因为无法在短短几日做到完美，就轻易放弃。徒劳无功的空想家。"

"徒劳无功，先生？我有点怀疑。静水流深。"

"有些静水根本就不流动。"如果西斯尔斯韦特先生在暗示什么，奈杰尔似乎没有意识到。

在他们的左边，可以看到如同伍尔沃斯珠宝一般瑰丽的装饰彩灯高悬在那些排成新月形的小木屋上。周围的树木好似变成了黑色的剪影。在那边有一个工作人员，穿着白色裤子，非常显眼，手里拿着手电筒，正在踱来踱去。疯帽子昨晚大概就是在这个时候行动的。但现在这一片的巡逻非常仔细，他肯定不会在这里再次现身。音乐厅里传来了悠扬的船夫号子，中场休息结束了。奈杰尔把西斯尔斯韦特先生留在大楼门口，自己去巡视营地了。在不同的场合，他接连三次受到了挑战；巡逻的人今天晚上肯定非常警惕。奈杰尔想，如果午夜前什么都没有发生，这将是疯帽子的第一个静默日。究竟是他不敢再继续了，还是他的目的已经达到了？

奈杰尔回到自己的小屋,打开灯,坐下来细读保罗·佩里记录八卦消息的笔记本。他记下的内容比奈杰尔预料的要多得多。佩里有很好的语言记忆能力,而且也相当勤奋,他肯定是把听到的所有谈话都摘录下来了。一些内容用红笔做了清晰的标注,奈杰尔推测这揭示了营地游客们的观点、特点、习惯和特殊反应。然而,吸引奈杰尔注意力的并不是这些,而是散布在笔记中的一两处似乎无关紧要的摘录,它们强调并突出了奈杰尔自己的初步推断。他相信他现在已经知道了疯帽子的身份和动机。然而,要想呈现有效的证据仍然非常困难,还有很多事情要做。

奈杰尔又出去了,去找泰迪·怀斯。歌舞杂耍表演在一小时前就已结束,泰迪在酒吧休息放松。

"嗨,神探夏洛克,你喝点什么?"他说。

奈杰尔说要威士忌加苏打,泰迪把一张十先令的钞票扔在了吧台上。显然,他比平时还要开朗豪放。奈杰尔认为,空腹喝酒并不是唯一能让你喝醉的原因;舞台艺术家在继续表演之前,会紧张不安,也会为了表演而放空自我,因此对酒精非常敏感。泰迪尽管表面看起来热情而愚钝,但从他的角度来说,泰迪是一个真正的艺术家。奈杰尔怀疑他有点神经质,对此奈杰尔做过研究,还曾考虑写一部关于运动员神经质倾向的专著。

"这么说,你的饮料酒水不能免费?"奈杰尔问。

"别担心,老伙计。幸运的是,这不会让我士气低落。"

"不过,你哥哥能免费,他告诉过我。"

"哦，你见过他的私人小吧台？严格来说，那只是为了娱乐目的。没有什么能阻止他时不时地自娱自乐。考虑到他微薄的薪水，我很惊讶他没有对额外的小特权多加利用。"

泰迪·怀斯很清醒，说话时压低了声音，因为今晚酒吧里的人很多。

"他们付给他多少薪水？每年1000英镑？大概这样的数目？"

"差得远了。我说，咱们不能整晚都用耳语，这对小舌不好。到我的豪华公寓好好聊会儿吧。"

这正是奈杰尔想要的。不一会儿，他们坐在了泰迪的房间里，喝着一瓶威士忌。泰迪的房间位于奇境大厦的顶层，比经理办公室高一层。用豪华公寓形容它正合适。嵌壁式橱柜、电炉、厚重的地毯、镀铬的写字台和条形灯，一切都很奢华，但一点也不舒适。泰迪·怀斯身在其中根本没有家的感觉，他也没有做任何的装饰或布置。奈杰尔环视了整个房间，泰迪·怀斯注意到了他不失礼貌却又满眼沮丧的表情。

"很糟糕，不是吗？所有奔过来看我的访客都会对这个房间印象深刻，并告诉每个人这家公司是如何厚待员工的。"

奈杰尔想，但这很难解释房间为什么没有丝毫的个人特色，甚至连壁炉架上的照片或挂在画框上的橄榄球帽都没有。

他说："我以前从没来过这样的营地，真是非常有趣。你哥哥一定是个一流的组织者。我想他应该有丰富的经验。"

"嗯，他来这里之前是一家高尔夫俱乐部的秘书，他还在军队里待过。这就是他做过的所有的组织工作。但莫蒂默总是有好运气。"

奈杰尔觉察到这个年轻人的语气里有些尖刻。是嫉妒吗？眼红一个总是能站在聚光灯下的哥哥吗？出于既定的目的，他继续称赞莫蒂默·怀斯。不一会儿，正在豪饮威士忌的泰迪打断了他的话。

"是的，大家都这么说。我不介意告诉你，老兄，没有埃斯梅拉达，他什么也办不了。你得相信我，她精力充沛，富有活力。"

"像她这样有颜有才的女孩很少会从事这样的工作，真是让人惊讶。你会觉得她应该给自己更好的安排。"

"你说的'更好的安排'是什么意思？"

"嗯，比如说，嫁给一个有钱人。"

泰迪英俊的脸上露出了相当痛苦的表情。他说："嫁给有钱人？是的，她喜欢奢华的东西。那是她生来就有的。但她更喜欢我那受人尊敬的哥哥。"

此时他声音里的辛酸苦涩已经显露无遗。奈杰尔心想，泰迪也上钩了。

"他的年龄比你大很多吧？"

"你这话是什么意思？"泰迪说。

"我的意思是，他对她来说太老了，不是吗？"奈杰尔的回答有些绕。

"你知道吗？老伙计，我敢肯定你是本世纪最棒的侦探，但你骗不了泰迪·怀斯。还有更多的套路吗？都说出来吧。我能看出你在为一个重要时刻做准备。为什么埃斯梅拉达不喜欢年岁相当的年轻泰迪，却对那个步履蹒跚的老莫蒂默情有独钟——这就是你要问的，对吗？"

"嗯——"

"不用道歉，亲爱的朋友。这没有冒犯我。你有你的工作要做。答案是，我不知道。但她就是这么选的。那我们该怎么办呢？激情受挫，妒火中烧，弟弟开始毁灭哥哥。他低吼道，该死的，我会报复你的。疯帽子就这样诞生了。把你的手铐拿出来吧。"

奈杰尔笑了："这个坦白真是令人惊叹。你应该站在台上。顺便说一句，我很喜欢你今晚的短节目。我希望艾伯特·莫雷也喜欢。"

"哦，他不介意的。他已经习惯了。快乐的小个子——你阻止不了他。"

"你们家族都有表演天赋吗？"

"啊哈！神探夏洛克又开始工作了。我想是的。莫蒂默以前很喜欢搞模仿秀。我说，你对我老哥很好奇，是吗？如果你认为他就是疯帽子，那你还得再想想了。哦，我知道咱们在开玩笑——这只是常规性的问话。但说真的，如果这个营地垮了，莫蒂默就完蛋了。你可以把他排除在外。"

奈杰尔把话题转移到老以实玛利身上。他得知，大约就在去年的这个时候，在他常去的地方，这位隐士有几个星期不见踪影。

"我以前每周都去水手酒吧打一次卡，"泰迪说，"他们告诉我他一直没去那儿。"

又聊了一会儿之后，奈杰尔道了晚安就回他的小木屋去了。夏日的夜色如天鹅绒般柔软，月亮藏起来了，装饰彩灯也已熄灭，黑夜越发暗得令人吃惊。他一边脱外套，一边看了看手表，发现已经快半夜一点了。他把表放在了梳妆台上。下一瞬,轰隆一声巨响传来,吓得他惊骇不已。

萨莉·西斯尔斯韦特还未入睡,一下子从床上跳了起来。有那么一会儿,她还以为爆炸就发生在自己这间小木屋,猛烈的爆炸声吓得她睡意全无。她跑到了外面,她父亲紧跟在她后面。每个人似乎都从附近的小木屋里狼狈不堪地逃了出来。疯帽子的暴行刺激了人们的神经,谁也不知道下一刻会发生什么。一片混乱的喧闹中,突然又爆出一种嘶嘶声,像是蒸汽在高压下发出的声音。这一切在一秒钟内就结束了,然而这一秒钟足以让每个人都感觉到寒冰刺骨般的恐慌。突然,在新月型小屋尽头的树林那边,又有什么东西在嘶嘶作响,还闪着亮光,嗖的一下,径直朝小屋之间的人群冲过来。大家还没来得及低头闪避,那东西就飞快地从他们头顶上一闪而过,消失在夜色中。

一只手抓住了萨莉的手腕,把她拖到一处隐蔽的地方。女人们又吓得尖叫起来,大家都想躲到木屋后面去。

"火箭!"保罗惊叫道,他的手仍然握着萨莉的手腕,"该死的!听到第一声巨响了吗?就在我的小屋下面。我——"

"进屋,开灯,拉开窗帘!"身临现场的奈杰尔大喊道,"那火箭是从哪儿飞过来的?"

"从那边的树林。"保罗说着,从隐蔽处冒了出来,"我去看看——"

"不,待在那儿别动,你们两个都是。"奈杰尔命令道。

奈杰尔跑向了树林,新月形木屋周围的灯全部亮起来了,疯帽子肯定不会再放烟花弹了。树林里什么也没有,只有影子——朦胧的树影。在树林边缘的草丛里插着一个木叉子，火箭的前端之前一定是架在那上面的。火箭的瞄准显然是特意设定好的，要从最近的一栋木屋的左边边缘飞过，掠过听到第一次爆炸就逃进新月形地带的众人的头顶，然后再越过他们右边的木屋顶。

服务员赶到的时候，奈杰尔已经把木叉子放进了口袋。那个服务员一直在排成新月形的木屋的最远端，除了火箭什么也没看见。事实上，当时闪耀的亮光离人们如此之近，以至于之后的几分钟大家什么都看不见。但疯帽子并不是凭借这个来帮助他逃脱。奈杰尔仔细检查了事发现场周围的草地，发现了一根烧毁的引线。

他让工作人员看守这个地方，然后回到了新月形地带。

"有什么东西在我的木屋下面爆炸了，"保罗告诉他，"我想一定是其中的一个烟花弹。那声音真是巨响无比，一开始我还以为是爱尔兰共和军扔炸弹了。"

奈杰尔用手电照了照小屋下面。是的，一个烧焦的纸板箱。他看得出来，这也是被一根引线点燃的。

"发生了什么事？"怀斯上校恼怒的声音传来。他穿着一件丝质睡衣，稀疏的头发乱蓬蓬的，假牙还没来得及戴好。奈杰尔想告诉他具体情况，但成群的客人们围着他们漫无目的地乱转，他想说清楚实在太难了。他把经理带进保罗的小木屋，牢牢地关上了门。奈杰尔坐在床上作了简短的说明。

"大概是他先点燃了烟花弹的引线，然后把火箭固定在合适的位置，再点燃火箭的引线。如果他愿意的话，他还有时间回家做《纽约时报》的填字游戏——这引线足够长了。"

"不管怎样,这次排除了我的嫌疑。"保罗·佩里的声音仍然有些颤抖。奈杰尔和怀斯上校都没有发表任何评论。"好了,真见鬼,我总不至于在自己的小木屋下面引爆炸弹,对吧?"

"而且,那家伙把东西放那儿的时候,你一定听到什么动静了吧。"怀斯上校友善地说。

震惊、怀疑和痛苦在保罗的脸上闪现——任何人都能看出来。他半是自言自语地嘟囔起来。

"这真是太滑稽了。我不记得听到了什么。哦,上帝!我肯定不会做这种事!那可是火箭!萨莉当时也在呢。"突然,他转向他们两人,"出去!别待在我房间!总是这么纠缠不休,我受够了!"

"振作起来,我亲爱的小伙子,"怀斯上校说,"没有人指控你什么。那家伙可能动作很轻,你没听见。"

他和奈杰尔离开了小屋。当他们离开时,怀斯上校说:"这里面没什么名堂,对吧?我的意思是,就像他说的,他不会把炸弹放在自己的小木屋下面——如果他是那个恶作剧者的话。"

"你的意思是,除非他是那个恶作剧者。这显然是消除他嫌疑的好办法,不是吗?拿他自己开涮?"

"哦,这对我来说太难觉察了。"经理笑着说。

第十五章

对于为数众多的奇境游客而言,接下来的一天平淡无奇,奇境提供的活动并没有比每周一次的体育盛会更具有戏剧性,但对游客之中的两位先生来说,却具有令人难以置信的戏剧性。甚至可以说,他们两人的这一天不仅像情节剧一样夸张,而且具有决定性意义,因为他们再也不会和以前一样了。对于一个肤浅的观察者来说,他们那日的行为与往日的表现大相径庭,再考虑到他们的个性特点,几乎与我们所熟知的人物性格完全矛盾。幸运的是,奈杰尔·斯特雷奇威不是一个肤浅的观察者,他能看出这些行为显然是即兴而发、相互矛盾,而且他能从深层次上探究其逻辑上的合理性。如果他没有意识到这一点,疯帽子的案子就会变得越发扑朔迷离,甚至无法解决。正如他一直隐约怀疑的那样,这案子本质上并非错综复杂,难度主要在于案情的偶发性。

和前一天一样,这天早上的《每日邮报》依旧不负盛名,充分利用了报纸的无聊季节。它向欣喜若狂的读者宣称：奇境暴行再度升级，客人床上惊现死兔。还有一篇字号略小的报道：假日美女中毒？菲利斯·阿诺德可能会从这个标题中得到些许安慰，但怀斯上校显然认为这报道是对奇境的最后一击。

"是从哪里透露出去的？"他满怀哀怨地追问奈杰尔，"这次他们是怎么发现的？"

"大概是疯帽子给他们发了一份每日简报吧。"

"我们应该派人监视电话亭。"经理烦躁地说。他说的"我们"显然指的是"你"。

"没有用的。难不成每次你的游客打个电话，我们就去找电话局，问游客们都说了些什么？这样我们不可能做到。我们没有警察的权力。"

"我们的总经理阿尔斯诺克今天上午要来。我想有一些具体的东西给他看。"

"具体的？你是什么意思？"

怀斯上校暗自腹诽，这个所谓的侦探今天可真是笨得出奇，毫无用处。

"当然是关于疯帽子的。"

"你想让我在会议上揪出疯帽子吗？"

"嗯，那是自然的，"经理有点吃惊地回答，"但我知道你的时间不多了。我们没法这么快就得出结论，而且——"

"哦，如果你愿意，我可以让他公之于众。"

"你知道疯帽子是谁了？什么时候知道的？"怀斯上校显得极为兴奋。

"我知道有一段时间了。不过，这一点我还没法证明。"

"那就没什么用了。阿尔斯诺克要的是确凿的事实。"

"他就是那种人，是吗？如果他见不到确凿的事实，我大概要被解雇了？"

"不是，未必如此。是我把你请过来的，当然由我来付账。"怀斯上校略带歉意地笑了笑，"但事实是，在我看来，这种媒体的报道已经损毁了奇境的声誉，所以现在我们能不能找到罪魁祸首已经不太重要了。说白了，我不能再继续付你更多的薪水，因为你做的工作仅仅只剩下学术上的重要性了。"

"这点我明白。不过我认为保护你的客人们不仅仅是学术问题。毕竟，那家伙可能很快就会向他们发射比火箭更致命的东西——"

"下星期也没什么客人让他攻击了。"怀斯上校指着他桌上的一堆信件，"这些还只是其中一部分，很多人取消了预订。是的，他们宁愿放弃预付款，也不愿来这个瘟疫之地。"

"有那么糟吗？是的，确实需要很快出结果。我必须马上行动。"到了门口，奈杰尔转身说，"顺便问一下，你能保证琼斯小姐是绝对可靠的吗？"

"保证？真是不寻常的建议！你不会真的——"

"她父亲被金融界的竞争对手毁了，被逼得自杀了。如果奇境的幕后人物是这些对手中的任何一个，这就为她提供了动机。"

"但这个想法太奇怪了。她完全值得信赖,为这个地方奉献了一切——好吧,我不介意承认,她为这个地方做的比任何人都多。你说你知道谁是罪魁祸首,不过,如果你硬要揪住她不放,那你就大错特错了。"

奈杰尔离开了。尽管怀斯上校再三声明,奈杰尔相信他在对方眼睛里看到了一丝微弱的怀疑和犹豫。奈杰尔走进楼下的一个电话亭,给新苏格兰场的约翰·斯特雷奇威爵士打了个电话。从约翰爵士那儿,他几乎没听到好消息。爵士已谨慎打听过奇境公司的情况,并且可以向奈杰尔保证,没有一个搞垮了莱萨特·琼斯的金融家是奇境的幕后人物。关于泰迪·怀斯的过往也没有消息,只知道他曾经在一场大学对抗赛后撞掉了一名警察的头盔。爵士宣称,莫蒂默·怀斯几年前收到一大笔遗产,但很快就挥霍一空。奈杰尔猜想,莫蒂默大概就是在这段时间结识了琼斯小姐。在那之后,莫蒂默沦为一家高尔夫俱乐部的秘书,他的名誉簿上似乎没有污渍。

"那我寄给你的那张照片呢?"

"运气不好。再给我点时间,孩子。我只有几个小时的时间。"

"试试看——"奈杰尔提到了一个秘密部门的名字,该部门负责监视外国特工的活动,"我想他们可能已经见过那张脸。"

他干脆挂断了电话,让叔叔在电话那头气恼。他下一步的行动是去找萨莉·西斯尔斯韦特。他发现她和莫雷先生在练习下午要举行的两人三脚赛跑。他把女孩和她的搭档分开,把她带到悬崖边上一个安静的座位上。在他们的左后方是白色的、功能齐全的奇境主楼。大露台"上校之桥"后面的窗户敞开着,迎接和煦的南风。他们右后方的游乐场里不时传来孩子们的嬉闹喊叫声。这会儿似乎没有人在使用小型步枪射击场,但在营地附近的某个地方,却可以听到断断续续的射击声。这些声响与大海在远处礁石上演奏的周而复始的低沉乐声相映成趣。奈杰尔开始询问萨莉在夏日营地的经历。

提到保罗·佩里或艾伯特·莫雷的名字时,她显然在袒护这两人,尽管她对其他人的看法都很坦诚。这一点在他最初谈到拖人入水事件时表现得最为明显。她一再强调,她被拖进海里的时候,他们两人都不在她身边,但她的坚持己见在他听来并不真实。

然而,奈杰尔对不愿意作见证的人很有一套,不一会儿她就向他吐露了自己对保罗·佩里的担心。

"我肯定他没有做那些事情,但他让我很难过。他似乎在躲着我。我想让他做我的运动搭档,他却说今天要去远足。这真是太滑稽了,"她又补了一句,那天真坦白的样子让人不禁莞尔,"我很确定他被我吸引了。"

然后她告诉他,保罗是如何拒绝处理她抓到的鱼。"这就可以证明了,不是吗?"她说,"如果他讨厌去碰死鱼,他就更不会去搬运那些臭得要命的动物死尸了。"

"他不会的。除非他那时候不知道自己在做什么。他跟你谈过人格分裂吗?"

"我们谈到过——是什么时候呢?我想是星期天吧,在网球场旁边。但是——"

"我认为他行为古怪、躲着你的一个原因是，他担心这就是他的问题所在。"

"你认为这是真的吗？"萨莉直截了当地问。

"我还不能肯定。"

"如果真是这样，而他真的就是疯帽子，他们不能把他怎么样吧，是不是？"她垂下了眼睛。

"他们不会把他关进监狱的，不会的。"

萨莉似乎对刚刚的话听而不闻，睁大眼睛看着他，那眼神令人着迷。

"像他这样的人，要是有孩子，他的孩子精神上也会出问题吗？"

"可能不会吧。我们想得有点太远了，亲爱的，不是吗？我们还是回到这个案子吧。"

萨莉现在回答他的问题不再拘束了。他一点点地了解到她最近五天的所见所闻。正在他们谈话的时候，一个工作人员走了过来，把孩子们从游乐场带了出来。儿童的体育比赛是11点30分开始，到午饭时间结束。11点30分刚过，又有人过来了，请奈杰尔去经理办公室。伟大的阿尔斯诺克先生带着雷霆之怒来做裁决了。

阿尔斯诺克先生有一双精明易怒的小眼睛，一张凶相毕露的大嘴，松弛的脖颈耷拉在衣领上。他的外表与身份极为相符，一看就是一位成功的商人。他此时的样子就像一个被宠坏的孩子，他的世界突然把他掀翻在地，还打了他一顿屁股。

"整件事从一开始就处理得非常糟糕，"奈杰尔进来时他正在训话，

"怀斯，公司认为你要对此负责。见鬼，这进来的又是谁？"

"斯特雷奇威先生。这位是我们的总经理，阿尔斯诺克先生。"

阿尔斯诺克先生冲奈杰尔草草地点个头，用那种冷冷的、搜索的目光打量了一下奈杰尔，让人觉得他瞬间就能总结奈杰尔的性格，给他做出定位。怀斯上校坐在桌子后面，怯懦地摆弄着文件。泰迪·怀斯在远处靠墙站着，神情呆滞，就像一个东倒西歪的拳击手——显然已被阿尔斯诺克先生痛斥了一番。只有埃斯梅拉达·琼斯似乎毫不在意，她的冷静、端庄、高效几乎像在自嘲。总经理又开始在房间里气急败坏地跺脚，奈杰尔可以发誓，他的确看见她在框架眼镜后不屑地垂下了眼帘。

"怀斯，应该马上叫警察来，你们自己已无法控制局面。这样的事情让外行来瞎折腾是没用的。"

"我已经跟您说过了，阿尔斯诺克先生，叫来警察会引起公众关注，给我们的客人带来极大的不便。"怀斯上校疲惫地重复道。

"见鬼吧，反正你们已经引起关注、造成不便了，还找了便宜货来糊弄公司。"

"如果不需要我了，"奈杰尔礼貌地插嘴说，"我就走了。我还有很多事要做。"

阿尔斯诺克先生突然停下脚步，盯着奈杰尔，好像直到现在才注意到他似的。

"我叫你走你才能走，年轻人。你还在公司的雇用期内，别忘了这一点。"

"并非如此,我很清楚我是怀斯上校雇用的。"

"好了,好了,别狡辩了。你来这里应该是为了公司的利益,尽管你所做的一切证明了——"

"我来这里是为了揭穿一个恶作剧者的身份,阿尔斯诺克先生,不是为了粉饰奇境公司。"

总经理那公牛一般粗壮的脖子气得发紫,好像肿了起来。

"粉饰?谁说要粉饰了?"他喊道。

"我只是想表明我的立场,"奈杰尔温和地回答。

"哦,是吗?好吧,也许你现在要说清楚究竟做了哪些事情,来证明你的立场。我要的是事实,明白吗?不是花哨的理论说明。"

这个要求很适合奈杰尔,以他目前的心情来说,他没有强烈的愿望向阿尔斯诺克先生阐释任何理论。

"很好。这是最新的情况——"

"等一下,这里太热了。你——你叫什么来着——琼斯小姐——你不能打开窗户之类的吗?"

"所有的窗户都开着,阿尔斯诺克先生。"她温柔地回答,"也许您更喜欢去阳台上继续讨论?"

总经理嘟囔着同意了。椅子被搬到了外面,奈杰尔简要地说明了疯帽子的暴行和他自己的调查。他讲完后,阿尔斯诺克先生不耐烦地哼了一声。

"是的,是的,"他烦躁地叫道,"这些我们都知道了。你是怎么调查的?有什么进展吗?这才是我感兴趣的。你得了报酬就要拿出结果,不是吗?"

怀斯上校耸了耸肩,站了起来,走到阳台右侧的栏杆旁边。

"这个案子绝对不简单。"奈杰尔刚刚开了个头,阿尔斯诺克先生就打断了他。

"一派胡言!不要再小题大做了——我觉得真不怎么样。凡是有点头脑的人,应该立刻就能抓到那个家伙。有个流氓搞了恶作剧,你们却表现得好像他是手段高明的犯罪大师一样。天哪,你们又不是在出演埃德加·华莱士的电影——"

阿尔斯诺克的长篇大论被打断了,这已经是几分钟内的第二次了。总经理早已习惯了在讲话时听者都保持肃静,以示对他的敬意。这么频繁地被打断让他怒火中烧,他瞪着怀斯上校,正是怀斯用手拍了拍耳朵,打断了他的讲话。

总经理大吼一声:"见鬼,怎么回事?"

奈杰尔已经站了起来,怀疑地盯着怀斯上校。

怀斯说:"一定有什么东西刚刚蜇了我一下。大概是一只大黄蜂。"他把手从耳朵上拿开,手上满是鲜血。血从他耳朵边上一个整齐的豁口里汩汩流出,就像售票员用打孔机打出了一个洞。

"那不是黄蜂蜇的。你中枪了!"

"瞎说,"阿尔斯诺克先生说,眼睛瞪得大大的,"人们不会——"

"闭嘴!"奈杰尔回过头说,他正在阳台的尽头俯身探望,"我刚刚就听到了枪响,而你还在大吼大叫。没错,是有人从下面的小靶场向怀斯开枪了。大概是口径22的步枪。泰迪,过来盯着靶场。琼斯小姐,拿点药棉把伤口塞好,然后去请医生。"奈杰尔飞快地穿过办公室,跑下楼梯。

"再往右偏一两英寸,那颗子弹就会打穿我的后脑勺。"怀斯上校茫然地说。

"这是您和疯帽子先生的初次会面,阿尔斯诺克先生。"琼斯小姐说。

可是阿尔斯诺克已经急匆匆地退回到办公室里,拿起一只袖珍保温瓶,喝点东西稳住自己。

泰迪·怀斯从阳台上看到奈杰尔跑向游乐场,进入了小型射击场。中间没有人从里面出来,现在显然也没有人藏在那里了。泰迪看到的就是这些,他看不见的是奈杰尔脸上困惑的表情。那一枪打中了怀斯上校的耳朵,吓得阿尔斯诺克先生魂飞魄散,也彻底搅乱了奈杰尔的推断。他让泰迪待在原地,然后他本人绕到小型靶场的后面,急匆匆地朝一簇几百码外的树丛奔去,那是所有可能逃往这个方向的人唯一能找到的隐蔽处。就在奈杰尔奔忙之中,一个人影从那树丛里朝他走过来,走近一看,原来是艾伯特·莫雷。

"嗨!"莫雷打了个招呼,"发生什么事了?我听到有人在喊叫。"

"怀斯上校中枪了。你看到有人从这边过来了吗?"

"中枪?"艾伯特·莫雷的脸色变得煞白,好像生病了似的,"可是——他没有死吧?"

"没有。他差一点就完了。"

"哦,感谢上帝!感谢上帝!发生了多么可怕的事啊!"

"你看见什么人了吗?"

"没有。我正要出去散步,就听到有人在喊,然后——"

"你听到枪声了吗?"

"嗯,我想肯定是听到了。靶场那边经常会有枪响。你说怀斯上校被击中了?"

"是的,伤了耳朵。你最好跟我来。"

"当然。如果我能帮上什么忙——"

奈杰尔仔细检查了那树丛,但没有人藏在那里。然后他们回到了游乐场,把回转船和其他一切能藏人的东西都查找了一遍。过了一会儿,奈杰尔叫泰迪·怀斯从阳台上下来,指示泰迪要找到负责看守射击场的服务员,并动员全体工作人员,找出枪击发生时每一位游客所在的地点。服务员赶到时,奈杰尔指了指放在靶场柜台上的一支步枪。

"我看这步枪应该拿走,放在一个安全的地方。用手帕把枪托包起来,可能留下了一些指纹。这里有一个空弹匣,这一定就是刚刚用过的那支步枪。"

几分钟后,那人回来了。奈杰尔得知他之前一直在帮忙组织儿童运动会,射击场无人看管是很常见的——游客们如果想使用移动靶,就会把零钱放进投币孔,而射击普通靶不用付费。

"你的意思是说,任何人都可以大摇大摆地进来,随便拿起一支枪就能玩射击?那不是有点危险吗?这里或许有孩子会把步枪带走。"

"哦,没有成年人陪同,他们是进不来的。"那人看起来很不自在。奈杰尔很快就迫使他承认,让射击场无人看管是不寻常的,事实上他刚才去看儿童运动会的时候，忘记把射击场馆锁起来了。那时刚过十一点。

奈杰尔请他帮忙把场馆彻底搜查了一遍。那个射手离开时肯定很匆忙，他或许会留下什么线索。但即便留有线索，他们也没能找到。然而，他们却发现了一个问题，让局面变得前所未有的复杂、令人费解。服务员报告说场馆里的步枪竟然少了一支。

"今天早上所有的枪都在架子上，我敢发誓。"他说。

"你的意思是，你早上打开场馆大门的时候，还是离开的时候？"

那人显得越发不安了。最后，他承认他在11点离开场馆时没有清点过步枪的数目。他说当时场内没有游客，他从来没有想过要去检查一番。不过，他坚持说，十点钟开门的时候，没有一支步枪丢失。

奈杰尔推断，如果服务员的证词可信，步枪丢失可能发生在11点到11点50分的枪击事件之间，当时射击场无人看管，空荡荡的；要不然就是10点到11点之间，用过这把步枪的人把枪拿走了。不过，那时候服务员和其他客人都在场，众目睽睽之下，很难想象会有人扛着一支步枪溜之大吉。然而，问题又来了——为什么那个身份不明的射手会把他用过的步枪放在柜台上，又另外拿走了一支？假设有两个人要求非法使用步枪，而且发生在同一个上午，这似乎太过荒谬了。

服务员说，他离开射击场去看体育比赛的时候，柜台上没有武器。他当时着急离开，就把那天上午用过的步枪都堆在了柜台里面，而没有把它们锁在架子上。奈杰尔心想，对那罪犯来说，这样一切都变得轻而易举了。

奈杰尔问:"会不会有人知道你今天上午离开射击馆时没有上锁?你有没有跟什么人提过?"

"当然没有,斯特雷奇威先生。我自己都没有意识到忘记上锁了。我是最近才被派到射击场馆的,恐怕对这里的事物还不太熟悉。"

"还有谁有射击馆的钥匙?"

"办公室里有一把。游戏组织者那儿也有一把。一共就这些钥匙。"

奈杰尔最后问那人是否知道当天上午光顾射击馆的游客的姓名。原来他认识其中好几个人,包括保罗·佩里。然后,奈杰尔去了办公室,在那里他发现射击馆的一把钥匙还挂在原先的钩子上。奈杰尔在操场上找到了泰迪·怀斯,泰迪从口袋里掏出了另一把钥匙。除非有人在撒谎,否则这样就排除了一个可能——罪犯为了获取步枪而去借或偷钥匙,然后却发现场馆没有锁门。不论是谁向怀斯上校开的枪,他显然是受了场馆没锁的诱惑,所以才临时起意。奈杰尔姑且这么假设,因为经理虽然经常使用"上校之桥"这个阳台,但罪犯不可能指望他一直在那里——还站在阳台上唯一的特定地点,让他成为射击馆的枪击目标——而且是在一天中的特定时刻。

但是两支步枪的问题仍然存在。奈杰尔还在绞尽脑汁思考着这个问题,他一边在操场上溜达,一边看着泰迪·怀斯和他的助手们点名。其他工作人员正在巡视小木屋、其他的建筑物、海滩和户外场地。到了午餐时间,泰迪向他递交了一份报告。除了有一大群人乘坐游览车出去观光以外,所有的游客都能清楚地说明枪声响起时他们自己的行踪——所有的游客,除了保罗·佩里、艾伯特·莫雷和嘉丁纳小姐。

他们说，11点50分时，嘉丁纳小姐独自一人在她的小木屋里写信，莫雷先生从运动场走到了遇见奈杰尔的地方。艾伯特还主动说，保罗·佩里出去散步了；保罗肯定不在营地里，他也没有回来吃午饭。

午饭后，奈杰尔找到了萨莉·西斯尔斯韦特。保罗没有告诉她，他要到哪里去远足。她说，事实上，她还提议要和他一起去，他言辞冷淡地拒绝了。不，她不知道他什么时间出发的。不过，她的父亲报告说，大约10点半的时候，他看到佩里沿着车道往营地外面走。奈杰尔把西斯尔斯韦特先生拉到了一边，他不希望萨莉意识到他提问的目的——同时也告诉西斯尔斯韦特先生关于怀斯上校被枪击的事。

"至少我们的年轻朋友不可能与这种极端的暴行有关。"西斯尔斯韦特先生认为，"毫无疑问，我看见他的时候，他正要出去散步。"

"你有什么证据呢？他有可能只是绕了一小段路，再从射击场前方的那树丛转回来的。"

"先生，一个人总不会披着一身工作服，"西斯尔斯韦特先生有点恼火地反驳道，"只是为了去绕弯路。"

"工作服？"

"他穿着一件宽松的灰色雨衣。"

"哦，天哪，"奈杰尔说，"这么热的天，穿着雨衣走远路？雨衣他可以带着——但却穿在了身上——你没明白吗——如果是那种口袋旁边有缝的外套，他可以把步枪藏在雨衣里面，用垂直的姿势。这个样子我一点也不喜欢。"

当他再次询问射击场服务员时，他就更不喜欢了。服务员说他注意到佩里在 10 点刚过时进入了射击场，穿着一件宽松的雨衣，但他没有注意到他什么时候离开的。这一证据显然表明，正是佩里拿走了丢失的步枪。但奈杰尔仍然面临着一个难题——枪击怀斯上校不可能是事先计划好的。目前唯一可能的解释就是，佩里是和真正的枪手合作的，他拿走了步枪，以便他和同伙见机行事。但是，当怀斯上校出现在阳台上时，他的同伙必须正好在射击场，用一杆随手可得的步枪碰运气。奈杰尔厌恶地想，这一推论需要一大堆完美的巧合，经不起推敲。

在保罗·佩里回到营地之前——总是以为他会回来的——奈杰尔能做的事聊胜于无。他让射击场的工作人员待在岗位上，留意所有上午来过的客人，拿走步枪的人可能会偷偷把枪放回来。然后，奈杰尔检测了另一支步枪上的指纹，正如他所料，枪上指纹重叠太多，几乎无法用来识别身份。

奈杰尔的下一步行动越发显得希望渺茫。他给《艾普斯托克公报》打电话，找了那位资深记者。利森先生承认，出现在今早《每日邮报》上关于奇境暴行的最新消息是昨晚有人给他打电话透露的。据他判断，这几次通报消息的都是同一个人。

"你能帮我一个忙吗？"奈杰尔问道，"如果这个疯帽子再给你打电话，讲述一个新的事件，我想让你把他拖住，再用你们另外的电话线打给我。奇境有两到三条电话线，你应该可以接通的。你联系上我的时候，让疯帽子尽量讲久一点。"

利森先生同意了。奈杰尔随后去了办公室，在那里见到了缠着绷带的怀斯上校。他虽然受伤了，但看起来反而心情愉悦。他告诉了怀斯上校他刚刚为抓住疯帽子设置了陷阱。

"我希望你对这件事保密，连你弟弟和琼斯小姐都不要告诉。我很快就过去。如果有《艾普斯托克公报》给我打电话，我马上就去楼下的电话亭。电话的另一头肯定就是疯帽子。当然，我们不能对此抱太大的希望——如果这家伙没怀疑过有人会为他设下这样的陷阱，那他就太愚蠢了。"

"有什么能阻止他从最近的村庄或别处的匿名电话亭打到《公报》呢？"

"没什么能阻止。但是，如果我们听到他在给《公报》打电话，而这里的公用电话亭里没有人，那我们就能知道他人不在营地。今天下午几乎所有人都会去参加运动会，对吗？"

几乎所有人都到了运动会场。怀斯上校头缠绷带现身了，立刻在游客中激起了各种各样的谣言，而他们还未被告知枪击事件。怀斯上校坐在操场边上的一张躺椅上，琼斯小姐坐在他旁边。泰迪·怀斯总是表现突出，他组织了每一场比赛，逗参赛者开心，还通过扩音器进行幽默的点评。运动会是本周娱乐活动中最受欢迎的项目，每个人似乎都到场了。游览车观光的大队人马也已返回。只有保罗·佩里还没回来。

两人三足赛跑的选手们出发了，莫雷先生用手帕把自己和萨莉的腿绑在一起。西斯尔斯韦特先生把奈杰尔从观众旁边拉走了。他指着莫雷发问："先生，你告诉过我，莫雷今天上午就在射击场附近。你确定这一枪是针对怀斯上校的吗?"

"嗨!西斯尔斯韦特先生,你又有什么想法吗?"

"怀斯上校中枪时是面朝射击场吗?"

"不,他是背过身的。"

"他的头形和他弟弟的很像。"

"我明白了。你是说艾伯特·莫雷原想枪击泰迪,却误伤了怀斯上校?动机大概是为了报复泰迪经常愚弄他吧?"

"哪怕是最有耐心的好脾气,也会有受不了的那一刻。试图压抑自然的愤怒可能会滋生可怕的仇恨。"西斯尔斯韦特先生的回答像是在作出预言。

"你的意思是,艾伯特·莫雷是疯帽子?"

"先生,我一直怀疑,这些恶作剧的目的是要酿成一个更严重的罪行——这桩罪行看起来像是一个恶作剧,在无意中造成了致命后果,但其实是蓄谋已久的。"

"可是你告诉过我,在搬弄动物死尸的那段时间,莫雷有不在场证明。"

"先生,我之前的确是那么认为的。事实上,我在这个问题上说服了莫雷先生,还告诉他,至少我和他都已被排除嫌疑了。然而,刚才看到他用那条手帕把他自己和我女儿捆在一起,这激起了我的联想——你肯定是熟悉的——让我想起了一件早已完全忘记了的事情。一块手帕,这就是诱因。天哪,手帕让我想起来了。简单地说,大概在歌舞表演的幕间休息之前的六七分钟,我发觉自己需要一块手帕。

西斯尔斯韦特太太总会在手提包里给我放一块备用的。她当时坐在离我很远的地方，在舞台旁边的侧门附近，因为她刚帮萨莉整理好服饰回来。我走到前面，坐在她旁边，不想再回到自己的座位了，因为萨莉的表演马上就要开始了。我女儿表演结束后，我回去了，发现莫雷先生还坐在我离开他的地方。但是还有六七分钟的时间无法证明他的去向。"

西斯尔斯韦特先生做了一个意味深长的手势，好像在用银盘子端给了奈杰尔六七分钟的时间。

"这很有趣。"奈杰尔停了一下说，"不过，你的说法有两个问题。首先，如果这次枪击事件是蓄谋已久的系列暴行的高潮，你如何解释它是如此的即兴而为？他事先不可能知道，就在他的敌人出现在阳台上的那一刻，射击场没有上锁，而且空无一人。"

"确实不太可能，先生。他可能还计划着用别的方式去攻击爱德华·怀斯先生。或者他只是在等待一个有利的时刻突然降临。在任何一种情况下，我们都有理由这样假设，在射击场旁，他找到了合适的时间、地点和他憎恨的人，可以说是他利用了天赐良机。你还提到了第二条反对理由，先生？"

"是的。如果你能解决这个问题，西斯尔斯韦特先生，你就是当之无愧的王中之王。你怎么解释这一事实，艾伯特·莫雷是——"

"打扰了，先生，我可以和您说句话吗？"

来人是射击场的服务员。他上气不接下气地报告，保罗·佩里刚刚经过射击馆的入口，往里面瞥了一眼，发现没有客人，只有一个服务员，于是他往悬崖方向走去。那人说，保罗还穿着那件灰色雨衣，脸色很苍白。

奈杰尔匆匆离开运动场，奔向悬崖。他们到了地方，却没有见到保罗·佩里的影子。

"你不认为他会自杀吗？"服务员问，他对此事越发感兴趣了。

奈杰尔俯卧在悬崖边上，向右边的山坡张望，示意他的同伴也这样做。

"你能看见他吗？我的视力不太好。"

"等一下……看见了！他在那丛杜鹃花后面，就在小路的中途。"

"喂！佩里！停一下！"奈杰尔喊道。

他的同伴看到佩里开始跑了起来，好像要沿着小路下去，然后滑倒了，过了一会儿又站起来，手脚并用地往回爬。

他们接到他时，奈杰尔简直惊呆了。保罗的脸成了铅灰色，似乎已精疲力竭。他的眼睛流露出一种温顺而又绝望的神色，如同一只在陷阱里被困了太久的小兽，几乎要欢迎猎人给它最后一击。然而，他头部的姿态和雨衣下他那僵硬的身体，似乎都显示出一种莫名的东西，与这一切相矛盾。

"你这一整天都上哪儿去了？"奈杰尔问，"你知道吗？怀斯上校被射击场的一支温彻斯特步枪射中了。"

保罗·佩里对此的反应非常奇怪。"胡说，"他声音沙哑，但语气却带着毋庸置疑的权威，"被射中的不是怀斯上校。"然后，他似乎明白了奈杰尔问话的用意，他的眼神从怀疑变成绝望，又从绝望转为无动于衷的呆滞。他喃喃地说:"哦,这太过分了。"他往前一晃,倒在奈杰尔的怀里。

"沿着这条路再往下找,就在你第一次见到他的地方,步枪可能就在那一片。"奈杰尔对服务员下了命令。

过了几分钟,那人回来了。"找到了,先生!"他发现步枪被塞进了杜鹃花丛中——保罗来不及把枪藏好——他一定是想扔进海里。"就是那杆枪,没错。子弹盒空了。真不知道他用那些子弹做了什么。"

奈杰尔默默地示意那人走过来,指着雨衣包裹下的保罗,之前他还僵硬地强撑着,现在已经瘫软无力。

"上帝啊!"服务员大叫道,"他想自杀。"

在雨衣下面,保罗·佩里的衣服被鲜血浸透了,他的左肩、心脏位置和身体左侧全都鲜血淋漓。

第十六章

"你至少能告诉我们你去哪儿散步了吧？"四个小时后，奈杰尔耐心地问道。他坐在保罗·佩里的床边，霍福德医生坐在另一边。他们把佩里抬回营地时，霍福德医生检查了他的伤口，说不太危险。一颗子弹穿过了上臂，伤者失血过多，但应该很快就会康复。医生坚持出席这次会面，以确保他的病人不会因此而过度疲劳。

保罗·佩里虽然脸色依然苍白，但短暂的睡眠显然帮他恢复了少许精力。在他和奈杰尔两人当中，后者看起来更疲惫。侦探重复了他的问题。

"抱歉。不过，我还是要守口如瓶。"保罗答道，脸上还带着原有的一丝得意。

"很好。如果你不愿意说，你就不说吧。我只能说你让事情看起来非常糟糕。你从射击场拿走一支步枪，事先至少告知了两个人你要出去散步。一个半小时后，怀斯上校中枪。到了下午三点钟，你知道大家都去看体育比赛了,就偷偷溜了回来,想把步枪放回原处。你发现射击馆有服务员,所以你走下悬崖,打算把枪扔进海里。难道你不明白——这需要费多少口舌才能解释清楚吗?"

"那就解释呗。你才是侦探,我又不是。"

"你的伤是怎么来的?"

"步枪不小心走火了,我的肩膀正好碰到了。"

"这不是真话。你的伤是更大口径的武器造成的——可能是一把重型左轮手枪。"

保罗·佩里的消极抵抗开始露出了裂缝,他眼里的光芒暗淡了,但仍然保持沉默。奈杰尔换了另一个进攻角度。

"你现在还断定疯帽子和老以实玛利是同一个人吗?"

佩里的嘴开始抽搐起来,他的动作似乎已无法控制,好像要从床上起身,然后又昏过去了。

"那么,究竟是什么?"奈杰尔低声自语。

"目前只能这样了。"霍福德医生说,弯下腰查看他的病人。突然他被奈杰尔的惊叫声吓了一跳——"哦,我真是个傻瓜!在营地附近踢我三回!"

奈杰尔冲出小木屋,朝主楼的电话亭跑去。一到电话亭,他就给艾普斯托克的警察打电话,但电话还没接通,他又放下了听筒,喃喃地说:"不行,这得花上一整晚的时间来解释。"

他飞快地冲上楼梯,发现泰迪·怀斯在自己的房间里,正准备下楼吃饭。

"我需要六个人立刻到隐士的树林里去。你能办到吧？"

"怎么了？又发生什么怪事了？"

"我们边走边解释。你也一道去吧？"

"好的，老板。"

"你有左轮手枪吗？"

"哇，还是出事了，对吗？呃，我把我哥的手枪藏在什么地方了呢？"泰迪在抽屉里翻找一通，摸出了一把重型左轮手枪，装上子弹。五分钟后，六名手持粗重棍棒的工作人员跟在他们后面，向隐士的树林进发。

他们到了那里，奈杰尔把六个人分派到树林边缘。

"大家都待在原地，除非听到我大声呼叫。如果有人看见他从树林里出来，就大喊一声。你们要小心应对，他有武器。如果他跑了，一定要远远地跟着他。不过，我认为他不会试图突围。"

"为什么不突围呢？"泰迪问，他和奈杰尔小心翼翼地走进树林。

"因为佩里射中了他。至少，他认为是射中了。这就是为什么他不肯告诉我他去了哪里。"

"但如果老以实玛利真的是——"

"安静！"奈杰尔停了下来，专心地听着四周的动静。暮霭沉沉，一丝风也没有，树林像死一般寂静。落日的余晖倾泻在林间，树叶低垂，纹丝不动。阴影四处伸展着，无声地指向远方，仿佛每棵树和灌木都成了指控者。一只奔跑的兔子突然窜过来，像炸弹似的把他们吓了一跳。

"现在我能体会,附近有偷猎者时,可怜的小山鸡是什么感觉了。"泰迪低声说,"如果这老家伙还能举枪的话,我们就成了活靶子。你带武器了吗?"

"我有一把剪刀。"奈杰尔心不在焉地回答。

"啊,冷兵器!那家伙永远不敢面对。"

他们之间保持着几码的距离,小心翼翼地穿越树林。时不时地有荆棘冒出来钩住了他们的衣服,树枝划到了他们的脸。他们走得艰难而缓慢。泰迪心中骤然升起一种几乎无法抑制的冲动,想要大声吼叫,想要冲进那片纠结的灌木丛——只要能打破这寂静和悬念,怎么样都可以。

终于,他们来到了隐士小屋所在的那片空地的边缘。烟囱像喝醉酒似的斜插在房顶,树林里所有的阴影似乎都汇聚一处,浸透了它的躯体,烟囱影子像黑血一般涌出。泰迪用他的左轮手枪顶住了门,奈杰尔则冲到后面,绕了过去。

棚屋内空无一人,但垫在壁炉下的砖块四下散落着,底下的洞穴也是空的。奈杰尔明白他的推论是正确的。现在的任务只剩下找到隐士本人了。他确信佩里射中了隐士,抑或是他认为佩里射中了他,但他还不能冒险,让六个守望者来帮忙搜索树林。那隐士可能只是受了伤,还能在他熟悉的地方躲避他们。

他把泰迪叫到身边,又开始寻找。不一会儿,在这片空地的西侧,他们发现有一片蕨类植物被踩踏过,显现出一连串曲折的、断断续续的踪迹。顺着这些足印,他们在多次停顿和犯错之后,又大致兜了一个圈子,绕到了树林的东端。途中他们两次捡到了左轮手枪的弹壳,在另一个地方捡到了较小的22口径的子弹。他们费力跟踪的足印时不时地和另一串足印混杂在一处,两道印迹显然都是不久前刚留下的。

"这一切都讲述了一个非常可怕的故事,不是吗?"奈杰尔说。

"对我来说,这里有太多红皮肤的印第安人。我一点也不知道——"

泰迪被近旁传来的一声响亮的嘎嘎声吓得闭口不言。一只乌鸦看到他们在靠近,拍着翅膀飞了起来。或许是他们把鸟也吓了一跳?也许是稻草人倒下时有轻微的动静?此时,那稻草人就在那棵树的后面,躺在那只鸟飞起来的地方,黑色的手臂皱巴巴的,如同被射伤的乌鸦的翅膀。

"这地方真滑稽,居然还有——"

"稻草人通常不会有灰白的胡子。好了,你可以把枪放下了。他死了。"

他们走近那个隐士的尸体。在他额头正中,有一个干净利落的小红洞,有几分像印度公主的印记。在其他方面那尸体就不那么整洁了,乌鸦啄了他的眼睛。

泰迪转过身去,感到恶心极了。然而,噩梦般的经历又到达了新的顶点,他听到奈杰尔说:"这就是剪刀发挥作用的地方。"

"你在干什么?"泰迪问,他根本不愿意回头看。

"剪掉他的胡子。"

不一会儿,泰迪听见奈杰尔在叫他。"过来看看。你认得那张脸吗?"

他强忍着恶心靠近了。"嗯,我想是的。如果还留着胡子就更容易认出来了。"

"是谁?"

"怎么了,大概率是老以实玛利。不然还会是谁?"

"哦,不,他不是——反正不是最初的老以实玛利。再看一看。"

"我的上帝!"过了好一会儿,泰迪惊叫道,"我想起来了!你给我们看过的那张照片。刚开始很难认出来,因为没有——"他倒吸了一口气,"没有眼睛。"

"是的。这位先生自称查尔斯·布莱克。这儿有他的左轮手枪。我想,在这附近,我们还会找到一些航拍照片、一些文件——不管是什么,都是佩里从他家砖头底下掏出的东西,还被他发现了。是的,看起来应该是这样。一个防水的文件夹,好吧,可以等会儿再找这些东西。"

"可是,请注意一个问题,老以实玛利在哪儿?那个真正的隐士?"

"哦,我怀疑我们再也找不到他了。他在下面和逝去之人在一起,很深很深的地下。也许在那个沼泽里。嗬!嗬!"奈杰尔有规律地大声喊叫着,把六个守望者都引了过来。他们到达后,把尸体抬到了棚屋。其中两人会一直守在那里,直到警察赶到。

回到营地后,奈杰尔被告知有人从伦敦打来电话,他需要马上给约翰·斯特雷奇威爵士回电。他问是否还有其他电话。没有,他们告诉他。好吧,疯帽子没有趁他不在和《艾普斯托克公报》联系。不管怎样,《艾普斯托克公报》和《每日邮报》可能很快就会有一篇新的报道,把"疯帽子"从头版头条挤下去了。

"孩子,你到底上哪儿去了?"奈杰尔给叔叔回电话时,一向泰然自若的约翰爵士冲他喊道。

"叔叔,我出去散步了。"

"好吧,你没事可做出去散步的时候,我们在忙着比对你寄来的那张照片。那人的身份终于确认了,是我们特勤局监视多年的德国特工。大约18个月前他失踪了。我们的人找不到他的任何踪迹,我们以为他一定是偷偷出境了。你从哪里弄来的这张照片?你最近见过那家伙吗?"

"见过,事实上,我刚刚还在树林里见到他了。他之前是——"

"在哪里?你没意识到这个问题的严重性吗,奈杰尔?我们绝对不能让他再次逃掉。"

"你确定照片上的人是你们监视的间谍吗?"

"确定,非常确定,肯定是他。听着,你必须——"

"我之所以这么问,不过是因为假如我们杀错了人,会显得很愚蠢。"

"大声点说,孩子!你听起来像在胡言乱语。"

"我刚才是说,那个间谍被杀了。一枪毙命。子弹洞穿头部正中,头部,头部。"

"一枪毙命?"约翰爵士的声音炙热逼人,几乎要把电话线烧断了,"谁杀了他?是你吗?"

"不是。一个在营地度假的年轻人。他用的是温彻斯特22口径步枪。全靠他一人。"

电话线那头的约翰爵士竭力控制着自己的狂暴情绪。终于,他又开口了,一字一顿说得非常清楚。

"能否告诉我,你究竟在说些什么?"

奈杰尔告诉了他详情……一小时后,在西斯尔斯韦特的小木屋里,奈杰尔跟他们全家讲述了这一事件,当然经过了删改。西斯尔斯韦特先生带着审视的目光,敲打着他那挺括的卡其裤。西斯尔斯韦特太太不动声色地织着毛衣,就像在收听家庭主妇的谈话节目。可萨莉却一会儿懒散地靠在床头,一会儿坐立不安,一副兴奋不已的样子。

奈杰尔说:"西斯尔斯韦特先生,你关于老以实玛利和神秘的'查尔斯·布莱克'的观点,在某种程度上非常正确。唯一的缺陷在于,你假定隐士同意承担在艾普斯托克收集海军情报的任务。他怎么会得到这样的机会呢?现如今没人会像隐士那样过日子,除非脑子有点问题。而要想成为一个成功的间谍,脑子必须非常清楚才行。"

"先生,你最初是怎样把查尔斯·布莱克和老以实玛利这两个人联系起来的?"

"我听人说起,去年这个时候老以实玛利连续几个星期没露面。"

"哦,是的,我记得你,泰迪告诉过我。"萨莉说。

"水手酒吧的老板告诉我说,一个习惯如此规律的人——他光顾酒吧的日子几乎像日历一样准——竟然这样离开了,这似乎不合常理。酒吧老板还说,隐士后来又现身时,开始更频繁地出现在艾普斯托克,超过了之前每周两次的频率。这些事实显然符合这样一种说法:那个间谍发觉他可以伪装成隐士的身份。于是，他主动结识了隐士，也可以说，从活着的模特那里学会了如何扮演这个角色，然后他杀死了隐士。（我不知道他会不会把尸体藏在了萨莉撞见他时路过的那个沼泽地里。）接下来的好几个星期他躲了起来，要么藏在树林里，要么藏在别的地方，直到他的胡子长起来，他的肤色也晒成了隐士的样子。那张照片显示他头发灰白，有点年纪。而隐士也是头发斑白了。这样伪装起来就没问题了。萨莉也给了我一个暗示。"

"我吗？我不记得了——怎么会呢，我一直以为他就是真正的隐士，从没想过他是其他什么人。"

"你的确没想过。但你告诉过我，你觉得他'有点假模假式的'。你的直觉很敏锐。你也提到过他那种沙哑、怪异的声音，那种刻意的说话方式。这些都符合这个人的特征：他想要伪装自己的声音，想要模仿老以实玛利那样说话，想要有一个真正的隐士的声音。"

片刻的沉默之后，西斯尔斯韦特先生说："我不明白的是，我们的年轻朋友是怎么陷入这种境地的。你并没有告诉他那个隐士的真实身份。"

"确实没有。我倒是希望告诉他了，这至少能让他免去几个小时的煎熬。可是——当然，那时我自己也没有证据。"

"你说的'可是'是什么意思？"萨莉问。她紧张地靠在床上，双手托着下巴，灰色的大眼睛热切地望着奈杰尔。

"别那样瞪着我，"他心平气和地答道，"是你自己把他送进树林的。"

"我把他送进树林？我根本就不知道他要去哪里。"

"不过，究其根源还是因为你，他才去的树林。他有两次在你面前表现欠佳：第一次，你和他在树林里遇到了那个隐士，他的神经崩溃了；还有一次，因为你的缘故，他和泰迪·怀斯在我的小木屋发生了争执。他觉得你认为他是个懦夫。为什么他最近会变得喜怒无常，难以相处？这就是原因——至少是原因之一。他想在你心目中重塑形象，想向自己证明他不是懦夫。对于佩里这样的人来说，这听起来过于浪漫，还有点不切实际；但如果有足够的动力，即使是最严苛的反浪漫主义者也会不顾一切地跳入深渊。"

"我们在内心深处都是英雄，"西斯尔斯韦特先生又要开始长篇大论了，"但在当今世界，很少有人能抓住机遇将梦想变为现实。做个城市小职员多无聊——"

"爸爸，请保持安静。我想听听保罗的事。"

"嗯，"奈杰尔说，"保罗听到我和你父亲谈论老以实玛利，他的机会来了。我碰巧提到，我们没有证据证明那个隐士是间谍，除非在那些航拍照片中能找到艾普斯托克海军港口的照片。于是他决定去看看，照片是否还藏在棚屋地板上的壁炉底下。他带走了一支步枪——这是他能弄到的唯一的武器——因为他仍然非常害怕那个隐士，而且有充足的理由怀疑他很可能是个危险人物。他进入了树林，闯进隐士的棚屋，挖出了一个防水文件夹。这个东西他根本来不及打开——这点很重要——因为他听到有脚步声走近了。他的神经又一次崩溃了，尽管这是最后一次。除了逃跑的念头，他的大脑简直一片空白。他慌里慌张地扔下文件夹,把步枪藏在雨衣下面,走出了棚屋。隐士就站在空地边上,一动不动,僵直得像个稻草人,一言不发地看着他,就那么直勾勾地盯着他。

"他告诉我说,那是他经历过的最糟糕的时刻。强烈的恐惧瞬间涌遍他全身,屈辱感也随之沸腾——他居然被一个衣衫褴褛、留着胡子的老头吓破了胆。他想不出要说些什么,只挤出了一句:'我以为要下雨了,就躲进你的屋子了。希望你别介意。'可一抬头就能看到天空万里无云,他的借口听起来很是荒谬。对峙了一会儿,那个隐士就穿过空地,进了他的棚屋——他做出了一个极其可怕的动作,笨拙地拍打着双臂,就像乌鸦在扑扇翅膀——"

"不要!"萨莉大叫起来,"我见识过一次了。"

"不管怎样,保罗认为该撤退了。他跑得飞快,一头钻进了欧洲蕨丛中。一颗子弹砰的一声击中了紧挨他脑袋的那棵树。显然,那间谍看到了自己的防水文件夹躺在地板上,立刻意识到绝不能放过这个不速之客。然而,这一枪让佩里脱胎换骨了。他说,从那一刻起,虽然依旧很害怕,但很快控制住了自己。一种原始的本能奔涌而出,攫住了他:他绝不能忍受一个胡子灰白的老头拿着左轮手枪对他纠缠不休。他躲到了树后,取出步枪开火。

"一场野蛮、怪诞的决斗就这样开始了。阳光照遍了树林的每一个角落,他几乎找不到什么掩护,而他的敌人也是同样的境遇。于是他们就开启了对射模式。"

"可是为什么没人听到枪声呢?"西斯尔斯韦特太太问。

"很多人都听到了。但是今天一直有人在营地练习射击,大家以为枪声是从营地传来的——除非他们当时正好离树林很近。

"佩里的第一枪让隐士退到了棚屋后面。他以为隐士还在那边,一直藏在屋后。突然,他听到左边有根树枝断掉了。他迅速躲到了树后,攻击者的第二发子弹击中了他一秒钟前站着的地方。他朝枪声传来的方向还击,然后树林里沉寂了好一会儿。这让佩里有时间想明白三件事:隐士挡在了他和营地之间;隐士对树林里的每一个角落都很熟悉,而他自己之前只来过一次;最糟糕的是,他的弹匣可能是空的。

"你们知道的,佩里把步枪带出射击场时,他来不及看弹匣是否上了子弹——那枪就放在柜台上,可能已经有人用它练过射击了。他根本没想到这支步枪真的会派上用场。但此刻他站在那里,他和一个杀手之间只隔着一株很细的小树,他意识到——不论从哪种意义上来说——下一枪可能就是他的最后一枪。身处这样一个生死攸关的时刻,即便他知道如何取出弹匣,查明弹匣中剩余的子弹数目,他也无法去做。

"他得到了短暂的喘息机会——我们姑且这么认为吧——他觉得攻击者会以为他要沿着当前的方向撤出树林。因此,他决定试着向东绕行,就是我要带他回营地的路。他找到了一大片枯木,把它们往西扔,尽量扔得远远的。一听到隐士在后面鬼鬼祟祟地潜行,他就开始绕道。

"最初,他盯着每一块连续出现的隐蔽处,以最快的速度奔过去。但过了一会儿,攻击者又回来了。此时佩里几乎是一步一步地挪动。他不太担心弹匣里有没有子弹了,因为大约有十分钟的时间,他都没

244

看见那家伙，那个间谍显然是善用掩护的高手。

"这种情况持续了一段时间，佩里一直在后撤，逐渐靠近了树林的边缘。他走到离林边不远的地方，突然听到异常的动静，只见五十码开外的荆棘丛中赫然露出了一只左轮手枪的枪管。他本能地缩到一边。这个动作救了他的命。子弹击中了他肩膀正下方的手臂，而不是心脏。他应声倒下，躺着一动不动。幸运的是，他是侧身摔倒的，把自己隐蔽了起来。他悄无声息地把步枪的枪管架在灌木丛中最低的枝桠上——他的左臂用不上劲——艰难地扶着步枪。当然，这意味着他不能回头了。如果攻击者选择从后面靠近，那他就完了。

"幸运的是，在佩里看来等待了大约一个小时后，那间谍断定他肯定已经死了。紧张激烈的枪战结束了。间谍小心翼翼地绕过他埋伏在后面的灌木丛。佩里透过窥视镜看了很久。他记得当时真是荒唐得可笑，有一张蜘蛛网挂在了他的发射线上——他告诉我，这差点让他泪流满面。然后他的敌人移动了一下，蜘蛛网就不再阻挡视线了。他仔细地瞄准、开枪。

"你们知道的，这一枪完美击中目标。然而，佩里失血过多，神经又高度紧张，立刻晕倒了。半个小时后，他才醒过来。他又花了更多的时间，试着去回想到底发生了什么。对他来说，把最近发生的事情按正确的顺序排列似乎很重要。伤口的鲜血已凝结，他勉强包扎了一下，然后去检查已故的对手。那人无疑已经死透了。佩里此时却有点神志不清了，这就解释了他后来的行为。"

"可他为什么试图把步枪藏起来呢？你刚刚说的肯定解释不了这

一点吧？他又没做错什么——我的意思是，那家伙先朝他开枪的，他还是个间谍。"萨莉说。

"啊，就是这样。他并不知道——也不确定——那人是间谍。你们还记得吧，他没来得及在棚屋里细看那些照片。如果你处于他那种近乎神志不清的状态，你很难同时想到几件事。某个想法或图像会闯入你的脑海挥之不去，就像一只巨大的气鼓鼓的癞蛤蟆一样，所以其他的任何东西都无法再进入那个画面。保罗·佩里就是这样：我杀了一个人，我是个杀人犯，我无法证明那是出于自卫（没错，他手臂上的伤就是自卫的证据，可他那会儿忘记了）。我必须把步枪放回原处，这样就什么都追查不到了。营地的运动会两点开始，那时候就没有危险了。他当时就是这么想的。

"当然，如果是一个坚强的老兵，不论有没有受伤，都会保持足够的判断力和耐力，会立即跑去棚屋拿防水文件夹。但对佩里来说，这是一次血与火的洗礼，是完全的浸礼。他不停地喃喃自语，我杀了人，他们会叫我杀人犯。还有其他之前留存的疑点时不时地再次涌现。嗯，他还依稀记得，有个疯帽子。他唯一想做的就是逃离那该死的树林。我们不必对他求全责备。"

"我真希望不要责怪他。"萨莉义愤填膺似的嚷道，"我认为他很了不起，而且我还要当着他的面这么说。"

"今天晚上不行，亲爱的。我想这个可怜的年轻人需要好好睡一觉。"她的母亲说。

"你最初是什么时候——呃——对他那神秘行为的重要意义恍然

大悟的？"西斯尔斯韦特先生问道。

"在他表面的恐惧和疲惫之中，透着一种奇怪的神情——一种自信、兴奋的神情，我不知道具体该怎么形容。事实是，他做得很好，而这种意识不断地从他的脑海中迸发出来，企图打破他的噩梦。然后我问了他一个关于疯帽子和老以实玛利的问题，他就昏过去了。突然之间我灵光闪现：他看上去有负罪感，但不知为何又显出全新面目；他试图把步枪藏起来；他听到过我们谈论那个隐士可能与间谍活动有关；一提到老以实玛利的名字，他就晕倒了。所有这一切都联系在一起，自然能得出合乎逻辑的结论。于是我就带着一队人冲到树林里去了。"

大家陷入了长时间的沉默。最后，萨莉从床上跳了起来，眼睛里闪着异样的光，那是一种期待，一种充满希望的确定，如同四重奏已然奏响，大钟即将报时一般。

"可是，你们还不明白吗？"她叫道，"我多么蠢啊，竟没有想到这一点！这足以证明保罗不是疯帽子。爸爸告诉我怀斯上校是今天上午中枪的，而那会儿保罗还在树林里。击中怀斯的那一枪不可能是他开的。"

"没错，他不可能开了那一枪。"奈杰尔慢吞吞地说。这么快就让她希望破灭是毫无意义的，而且她很可能是对的。当然，从理论上来说，保罗·佩里可能会先开枪打中怀斯上校，然后去了隐士的树林，这样就有不在场证明。但是，一个罪犯开枪打死一人，仅仅是为了给他企图谋杀另一人提供不在场证明，这种想法太离奇了，根本不能让人信服。从理论上来讲，也没有证据证明枪击怀斯上校是疯帽子干的；枪击事件是临时起意，与之前的恶行截然不同。因此，保罗·佩里仍有可能被认定为"疯帽子"的主要嫌疑人。在这一点上，逻辑推理还是无法发挥作用。

奈杰尔回到了他的小木屋，又开始仔细梳理疯帽子的案子。除了枪击怀斯上校之外，其他的事件都能做出合理的推断。一刻钟后，西斯尔斯韦特先生进来时，他还在试图破解谜题，但却一筹莫展。萨莉刚才提到，保罗不用再背负"疯帽子"的嫌疑了，西斯尔斯韦特注意到奈杰尔回避了这个问题。他们就此谈论了一会儿。然后西斯尔斯韦特先生说："先生，你在运动会上被叫走的时候，你正要告诉我为什么莫雷先生不可能是枪击怀斯上校的始作俑者。"

"答案就是，他是这世界上枪法最差的人。你没听说他和泰迪·怀斯在射击场发生的小插曲吗？"

"没听说过。"

奈杰尔讲述了一遍。"如果他在20码之内都打不中那些目标，那他肯定不可能在150码的距离击中怀斯上校。"

"或许那一枪纯属好运。"

"但是，如果他真的想杀死怀斯上校——或者想杀泰迪，假设他把哥哥错看成了弟弟——他就不会采取这么冒险的方法，因为他知道自己的枪法糟糕透顶。他从没想过要去试一试。"

"也许实际上他枪法高明，为了这次犯罪一直在隐瞒事实。"

"如果是这样的话，也就是说所有的恶作剧都是为了最后能枪杀怀斯，那么这一罪行就是有预谋的。如果犯罪是有预谋的，莫雷就不能指望服务员今天上午忘记锁门,怀斯出现在阳台上。莫雷也不会从那片树丛中向我走过来,这样他就成为了唯一离事发地足够近的人,而他本来可以很容易就跑开的。"

"在某种程度上,他的行为是自相矛盾的。"

"你说对了。他是整个事件中的关键人物。我有一种强烈的感觉,那一枪肯定是他开的,但逻辑上又说不通。西斯尔斯韦特先生,你这会儿急着上床睡觉吗？我想跟你再回顾一下这个案子,看看你能否有新的思路,得出和我不一样的结论。"

西斯尔斯韦特先生表示同意。奈杰尔点燃一支烟,把这个案子从头到尾梳理了一遍,给他同伴做了一个详尽的案情概述,但没有暗示任何观点。

听了奈杰尔的讲述,西斯尔斯韦特先生沉默了一会儿。终于,他拨弄着左手上的图章戒指,开口说道:"这确实让案件呈现出新面目。我不得不从根本上更改自己原先的想法。根据你所陈述的事实,先生,我发现自己寻找罪犯的思路有了很大的改变。现在我的注意力都集中在怀斯上校和他那迷人的秘书身上。"

西斯尔斯韦特先生对如何集中精力调查这两人筹划了一番,同时狡黠地瞥了奈杰尔一眼。对此,奈杰尔仍然表现得很感兴趣,却不做明确表态。

"基于什么理由呢？"他问道。

"我亲爱的先生,首先最重要的理由就是,机会——"西斯尔斯韦特先生做出了这个词语的口型,仿佛在品尝一枚美味多汁的李子,

"他们对所有的活动领域都了如指掌,他们知道营地巡逻人员的部署,因此只要疯帽子想采取行动,他们就能轻而易举地避开岗哨。我们可以按照适当的顺序来列举这些具体的表现。"

奈杰尔又点燃一支烟,把头靠在了椅背上,朝天花板吐着烟圈。

"首先,舞会上从扩音器里传出的声音。琼斯确实离麦克风很近,怀斯可以从侧门溜进来的。据他弟弟说,他是模仿秀高手:模拟疯帽子的尖利嗓音时,给《艾普斯托克公报》打电话时,都需要他能掩饰自己的声音。

"第二,拖人入水事件。事发时怀斯就在海里,萨莉第二次入水后,他差不多是最先找到她的。为了转移视线,消除可能产生的嫌疑,他后来假装自己也被拖入水了。在同一时间,那个女人琼斯在张贴日常普通告示的同时,也张贴了"疯帽子"的布告。

"第三,两起糖浆事件。怀斯和琼斯不跟游客们一起用餐。他们有最好的机会悄无声息地溜进体育场馆和音乐厅,不会被人注意到,至少不会被质疑。在这一点上,我必须要插入两个事实:其一是怀斯拒绝接受运动委员会让游客协助寻找疯帽子的提议;其次是他后来一直不愿意让警察介入。"

奈杰尔睁开一只眼睛,又闭上了。

"作为一个如此高效的组织者,他在一开始采取措施时完全没有尽心尽力。第四件事是佩里的调查问卷。真是咄咄怪事,怀斯上校居然允许佩里带走所有的问卷,根本没有去考量他的诚意。这真是太奇怪了,除非怀斯在调查问卷中看到了一个绝佳的机会,可以让他用手指一直摸着他要毒害的病人的脉搏——我这是在打个比方。别忘了琼斯小姐提议在问卷上增加一个问题：'如果你是疯帽子，你能想象出什么样的恶作剧最能扰乱营地的生活？'显然她和她的同谋希望从附加题的答案中获取一些有用的提示。佩里被允许看到这些问卷的答案，这可能也有利于他们寻找替罪羊。

"后来，他们企图把佩里给牵连进来。琼斯对你暗示过，佩里对原始的成人礼有浓厚的兴趣。你在佩里的小木屋下面找到线索时，怀斯就在你身边；假如你当时没找到线索，毫无疑问，他会想方设法让你找到的。而且，是他让你注意到铁丝上的气味。"

"你刚刚说'后来'，"奈杰尔说，"这就是问题所在，不是吗？他们为什么不一开始就把佩里牵扯进来呢？或者，他们为什么恰恰在那个时候把责任推到别人身上，而当时并没有发生什么能证明他们有罪？还是说已经发生了什么？这些你能解释吗？"

"并非一时冲动，先生，"西斯尔斯韦特先生神态庄严地回答，"答案肯定会有的。我来继续解释：毒杀小狗事件没有指向特别的方向。在这里我只想说，比起未经许可，凌晨就到宠物角瞎逛的游客，怀斯或琼斯做这件事会更加安全。而这又引出了一个问题：作案手段，所有恶作剧的用具——士的宁、糖浆、烟花，等等。如果这个恶棍是游客中的一员，那么这些东西藏在他的小屋里，会有极大的风险被女仆或其他游客发现。这些小木屋的确被搜查过一次，但这些物品都没有找到。然而，对怀斯和琼斯来说，隐藏这些用具就容易多了。

"接下来我们来看看动物死尸的恐怖事件。我只稍微提一下这个问题,我只想指出,尽管怀斯这个人在整个歌舞表演期间都在场,幕间休息时也很引人注目,但他的同伙琼斯在幕间休息刚开始时和佩里闲聊了一会儿,然后就被叫去接电话了。那电话是谁打来的?"西斯尔斯韦特先生提高了音量,"她真的去接电话了吗?在我看来,这个问题与犯罪动机密切相关。现在我想进一步详细地阐述动机的问题。首先,有充分的证据表明——"

奈杰尔的鼾声响起,响得把他自己给吵醒了。

"西斯尔斯韦特先生,你刚才在说——"

"没关系的,先生。不,请不要道歉。应该道歉的是我,是我欠考虑了,你辛苦了一天,我还让你熬夜。我只能辩解说,我刚刚太投入了。我的内心深处是个浪漫的人,我还从未遇到过犯罪的浪漫,除了在侦探小说里,而且——"

"'犯罪的浪漫!'"奈杰尔突然惊叫起来,"哦,感谢你说了这些,亲爱的西斯尔斯韦特先生!这个词语给了我线索,给了我钥匙,打开了一直困扰着我的枷锁。如果你愿意,明天你可以对着一群精挑细选的听众,重新阐释这些观点。你来帮忙揭露疯帽子的真面目。"

第三部

斯特雷奇威先生揭秘案中案

第十七章

第二天是星期五,一大早天气骤变。阴郁冷冽的雾气从海上袭来,把整个营地都笼罩在灰色的迷雾中,让游客们大失所望,还让他们想起明日假期即告终结,必须回归暗淡无光的城镇生活了。抑或是,"疯帽子"前一天晚上没有任何行动,这让他们无比扫兴:大家一直绷紧了神经,等待着新的攻击,到了早上还紧张地颤抖着——他们疲惫不堪,但并不满足。早餐过后,游客们漫无目的地闲逛。各种锦标赛——网球、保龄球、钟面式高尔夫球——原计划都要在这天上午进行最后的角逐,但是浓雾让大多数比赛都化为了泡影。假期的最后一天竟然要在室内度过,这似乎是一种残忍的浪费。

加之迷雾久久不散,造成了某种身体上的不适——一种幽闭恐惧症——游客中的不满情绪愈加明显。令人敬畏的嘉丁纳小姐率领运动委员会的代表找到了怀斯上校,询问"疯帽子"的调查有什么进展。经理让他们去找奈杰尔,奈杰尔答复他们案件尽在掌控之中。

"听着,年轻人,"嘉丁纳小姐不留情面地评论道,"你那套无稽之谈可没法糊弄我。我们代表全体游客,我们有权知道究竟发生了什么。你查明真相了吗?到底有还是没有?"

"是的。我已经查明了真相。"

"好,那么——"

"嘉丁纳小姐,你想让营地闹出丑闻吗?到底想还是不想?"奈杰尔针锋相对地答道,用一种更加强硬的气势来压制她那好为人师、咄咄逼人的态度。代表们不确定地互相看了一眼,只有嘉丁纳小姐一人还要执着地寻求真相。

"我想,你的意思是,管理层想让你把整个事情都隐瞒起来?"

"嘉丁纳小姐,我们的处境有点艰难。如果我们公布罪魁祸首的名字,他可能会受到游客们野蛮粗暴的对待;正如你所说,今天早上群情激愤。另一方面,除了毒杀小狗那件事,我们没有任何罪名可以在法庭上起诉他。他没有造成任何损害。从法律意义上讲,那些拖人入水事件几乎不构成攻击。"

"但那些恶行真是骇人听闻。他会免受惩处吗?"

奈杰尔小心翼翼地戳中了嘉丁纳小姐的软肋,说:"在通常情况下,不会。但是,你身为专业的心理学家,我知道你会赞同我的观点,对某些违法行为,最好的治疗方法是心理治疗,而不是惩戒措施。"

女教师冲他满意地笑了,又颇有深意地瞥了他一眼,像是找到了同谋似的。

"当然,我完全理解。是的,这会改变整个案子。我明白了,斯特雷奇威先生,这案子还是留在你手上比较安全。"

她向代表团的其他成员草草点了下头,示意他们不要再提出任何异议,然后像宣布下课似的把他们解散了。

奈杰尔告诉怀斯上校,他已经把嘉丁纳小姐打发走了。"但他们的沉默能保持多久,我不能保证。"他说,"我想今天下午召集所有相关的人,就这个案子做个报告。或许最好让嘉丁纳小姐也参加。不过,在我的小木屋里会很挤的。"

"为什么不用我的会客厅呢?"怀斯上校提议,"你看什么时间合适?"

"我们定在下午四点好吗?到那时我应该能把各种零碎都清理干净,这样就不会影响营地的正常活动了。其他的游客那个时间应该都在享用茶点。"

"很好。到时候我让人把茶点端上来。有多少人会来?"

"佩里——医生说他今天下午可以走动了;西斯尔斯韦特先生和萨莉;艾伯特·莫雷;嘉丁纳小姐;你弟弟。加上我们俩和琼斯小姐,一共是九个人。"

"疯帽子是其中一人吗?"

"等我写完报告,我们就能决定了。"

奈杰尔用了上午剩余的时间采访了一些游客和奇境的工作人员。如果他希望自己的行动不被人发觉,安排在这一天就再好不过了。一丝风也没有,不知为何却有一片又一片的迷雾在营地上空飘来飘去,如同厚重的毯子把所有的建筑都笼罩其中,大多数客人只得留在了室内。奈杰尔一路上只遇到了寥寥无几的游客,他们小心翼翼地盯着他,确认他的身份。显然,他们很紧张,担心浓雾会为疯帽子提供藏身之处。即便在室内,乒乓球、飞镖、台球,或者其他什么娱乐活动也很受游客欢迎,奇境度假营却莫名地沉寂下来。持续一周的紧张气氛,加上各种奇怪的恶作剧、谣言和忧虑,对人们神经的折磨超出了大多数人的想象。这种诡秘的感觉如潮湿的海雾一般,阴森森地盘绕着营地的每一个角落——在这一天,一周长假的最后一天,疯帽子将会犯下一些最恶毒的罪行。而怀斯上校和保罗·佩里的神秘使得这种感觉愈加强烈。游客们还没有被告知昨天发生的事情。怀斯上校坚决要求掩盖枪击事件,他认为如果让客人知道恶作剧者已经化身为枪手,那么会在营地引起真正的恐慌。同时,某些高层权威人物已经电话联系了奈杰尔和当地警方,他们坚持认为"查尔斯·布莱克先生"的死亡不能公之于众。

午餐时间,奈杰尔赶往艾普斯托克,与海军情报局和警察局长会面协商。在身份查验中,他认出了那个把"投注条"交给间谍的人。然后,他去了老城区一家又小又臭的小店。三点半警车把他送回了奇境。

四点钟,众人列队穿过了经理的办公室,走进他的会客厅。大家在准备摆放茶点的桌子旁坐下了,大多数人都显得有些忸怩不安,仿佛要玩一场不知规则的回合式游戏。怀斯上校让在场最年长的女士嘉丁纳小姐坐在桌子的上首,奈杰尔则坐在桌子的另一端,背对着阳台的窗户。众人落座后,奈杰尔迅速地环顾了一下四周。

他左手边是保罗·佩里，他的胳膊吊着绷带，脸色苍白，有点不安，但仍然流露出那种隐约可见的胜利神情。他身边坐着他那光芒四射的保护神，灰色眼睛的雅典娜——萨莉·西斯尔斯韦特。萨莉旁边是泰迪·怀斯，他那身着奇境绿色运动衫的壮美身躯几乎把身旁的艾伯特·莫雷遮了个严实。嘉丁纳小姐戴上了夹鼻眼镜，摆出一副公正的姿态。在她的另一边，坐着怀斯上校，他似乎感觉自己的责任已全部移交，一脸的轻松自在。挨着他的就是琼斯小姐，在她和奈杰尔之间，端坐着一位神情专注的大块头，西斯尔斯韦特先生。

"我不知道你是否介意和西斯尔斯韦特先生换个位置？"奈杰尔对琼斯小姐说，"如果我需要你做笔记，那就更方便了。"

西斯尔斯韦特先生站起来，彬彬有礼地把她扶到自己的椅子上，然后在她的座位上坐下，小心翼翼地把裤管稍稍拉起，以保持裤线挺直，瞬间展现出一副爱德华时代的男士在法国比亚里茨享用开胃酒的画面。为了这个重要的场合，他穿了一套米色的法兰绒西装，扣眼上还插了一朵康乃馨。

"女士们，先生们，"奈杰尔开始了，"经怀斯上校的允许，大家被邀请到这里，来听我汇报关于疯帽子的事情。你们每个人都以某种方式与这件事密切相关，所以你们应该是最早——也许是唯一的群体——获知事情真相的，这样才能体现公平。"

"听啊，听啊！"嘉丁纳小姐嚷道。

"对我们来说，这个案件的侦破难度极大，不是因为暴行的背后有非同寻常的微妙之处，也不是缘于行事动机很难追寻，而是悄然出现了一些不相关的事情，在这样的情形下，根本无法核对不在场证明。其中一件不相关的事导致佩里的手臂吊起了绷带。知晓那件事情真相的人都已经发誓要保密，我只能说，这件事与今天下午讨论的疯帽子事件无关。"

会客厅出现了一阵明显的骚动，几个人相互交换着困惑不解的目光。嘉丁纳小姐挺直了腰板，似乎想要斥责他一番，可是一瞥见奈杰尔那冷冷的眼神，她的气势又减弱了。

"另一件不相关的事我等下再讲。"他接着说，"就像我说的，这里有为数众多的游客，大家度假的生活方式非常随意，去餐厅吃饭，进进出出，到处闲逛，等等。在疯帽子设置小陷阱时，大多数情况下游客们都不可能找到不在场证明。除此之外，怀斯上校自然是害怕让客人们感觉不安，所以没能在这一周的早些时候展开真正严格的调查。对我来说，检查这四百多人在不同场合的不在场证明根本无法做到。重要的是要尽快追踪疯帽子。我不得不采用其他方法。于是我首先寻找动机。有几种可能的动机：首先，X是一个恶作剧者，只是为了好玩；其次，他是一个人格分裂者；第三，他因为某个缘由要毁掉奇境的声誉；第四，他搞了一系列恶作剧作为幌子，其真正的意图是对某一个人进行更严重的攻击。

"第一个动机很快就能被推翻。一个纯粹的恶作剧者意识到公众舆论如此猛烈地反对他时，他不会再坚持那些把戏，他也不可能一步一步地向媒体传达他具体行动的信息。第四个动机也被排除在外了，因为没有发生针对这里任何人的严重攻击。"

"哎！哎！"泰迪·怀斯抗议道，"请让一个小人物也插一句话，那颗差点击中我哥脑壳的子弹算怎么回事呢？"

"这就引出了我刚刚提到的第二个不相关的事情。"

"这对我来说可不是无关紧要。"怀斯上校说着，摸摸他那缠着绷带的耳朵。

"不相关的事情？"埃斯梅拉达·琼斯说，"你的意思是，不是疯帽子击中了怀斯上校？"

奈杰尔温和地扫视了一圈围桌而坐的众人。"怀斯上校，"他宣布道，"当然是被艾伯特·莫雷打中的。"

这句话立刻引起了轰动。嘉丁纳小姐噌的一下跳上座位，拿出了一把刀，好像要出手对抗她身旁那个胖乎乎的红脸小杀手似的。萨莉看上去像要拿把刀去捅了奈杰尔。怀斯上校怀疑地盯着那个所谓的攻击者。保罗·佩里猛然转身去看艾伯特，却碰到了受伤的胳膊，倒吸了一口冷气。甚至连琼斯小姐那张冷漠的扑克脸上也流露出了情绪波动。至于艾伯特本人，他张着嘴一动不动，就像一只可怜的小动物，试图躲避众人的注目。最后，泰迪·怀斯大声喊了一嗓子，虽说用了诙谐的口吻，却显得不太自然。

"噢，艾伯特，你这个淘气的小个子！嘿，等一下！斯特雷奇威，你抽错号码了。这不可能是艾伯特干的。他是一个无可救药的射手，连干草堆都打不中。"

"艾伯特打中了怀斯上校正是因为他枪法太差。"奈杰尔回答说，他所接受的牛津教育令人遗憾地让他对这种悖论产生了偏好。

"愿闻其详!"泰迪喊道。

"我看你是在胡言乱语。"萨莉说。

"艾伯特是唯一出现在事发现场附近的人,"奈杰尔继续说,"他从射击场那边的树丛里出来迎接我。艾伯特有许多令人钦佩的品质,但我认为并不包括那种敢于虚张声势的胆量——假如他真的打算杀死怀斯上校的话。事实是,我告诉他怀斯上校中枪时,他表现得惊恐万状,这让我立刻意识到,他根本就没有枪击怀斯上校的意图。于是我面临这样的一个矛盾:从地理位置上来说,他是唯一可能开枪的人,可他的枪法实在太差了,击中目标的几率只有千分之一。我把这一矛盾搁置一旁,先问自己,为什么艾伯特要开枪呢?西斯尔斯韦特先生巧妙地暗示说,艾伯特把怀斯上校错当成了他弟弟泰迪,他可能是对泰迪心怀不满。但是,由于犯罪行为的突发性,再加上艾伯特知道自己是一个毫无希望的射手,这就使得这一观点也出局了。

"于是我从另一个角度去探究这个问题。我从萨莉那里听说,她告诉艾伯特,佩里担心得要命,以为他自己可能就是疯帽子——或者被人怀疑是疯帽子。艾伯特愿意为萨莉做任何事。艾伯特知道佩里昨天要外出远足,他就开始筹划了。后来,西斯尔斯韦特在另一个语境中提到了'犯罪浪漫'这个词语,刹那间我想到了一个足以解释这一切的答案。艾伯特·莫雷是个无可救药的浪漫主义者。他一直在考虑如何能减轻萨莉和保罗的焦虑。而怀斯上校出现在阳台上时,艾伯特碰巧就在射击场旁边。就在那一瞬间,艾伯特自言自语道:'如果我冲着阳台射击,就会被认为是疯帽子在开枪。保罗已经离开营地走了

很长一段路,所以这一枪就可以证明他不是疯帽子。证明完毕。'

"请注意,任何人都可能产生过这样的念头,但只有坚定的浪漫主义者才会付诸于行动。我要补充的是,在西斯尔斯韦特先生证明了艾伯特不在动物死尸的恶作剧现场之后,艾伯特相信自己安全了,不论他是否开这一枪,他都不会被怀疑是'疯帽子'。不管怎样,他出手了,开枪了。原打算让子弹从怀斯上校脑袋的上方呼啸而过,并且保持相当的距离,不会造成任何伤害。但艾伯特太过兴奋,犯了严重的错误,他猛拉了扳机而不是挤压扳机,枪口向右偏离了,子弹伤到了我们经理的耳朵。就是这样的,对吗,艾伯特?"

"——是的,恐怕是这样的。我真是太愚蠢了。"艾伯特·莫雷结结巴巴承认了,然后又一本正经地说,"怀斯上校,我必须借这个机会表达我深深的歉意。我——"

"没关系,莫雷。没有打断骨头。"经理说着转向了奈杰尔,"所以我们又回到了起点?"

"是的,在某种意义上,佩里没能得到艾伯特为他制造的不在场证明,而西斯尔斯韦特先生昨晚告诉我,艾伯特在动物死尸事件中的不在场证明存在漏洞。所以我们都要从头再来。"

萨莉气得脸色发白。可是她已经被告知,保罗昨天的经历一个字也不能泄露出去,于是,她咬着嘴唇,一言不发。

接下来奈杰尔简要介绍了案件概况,和他昨晚给西斯尔斯韦特先生讲的一样。讲述完成后,他说:"事实就是这样的。我们现在来谈谈观点。"

"等一下，斯特雷奇威先生。"嘉丁纳小姐说，她的声音比平时还要响一些，"让我把一个问题弄清楚。你让我们大家都来听这个，你的目的是什么？我可以这么认为吗，在座的诸位，其中有一人就是疯帽子？"

"咚咚咚"，有人敲门，每个人都吃了一惊。嘉丁纳小姐的问题让大家突然间神经绷紧，而这敲门声更是刺激得大家心神不宁。不过，来人只是一个端着茶具、茶点的服务员。她把东西放在餐具柜上，就离开了。

"啊，茶点来了。"奈杰尔搓着双手说。

"在陈述事实和解说观点之间，我们会有一个惬意的中场休息。"他郑重其事地说，如同一位来自演讲学校的年轻女士演绎艾略特先生的合唱曲一样，"有黄瓜三明治呢。"

男士们帮忙把茶具、茶点放到桌上，大家都略微活动了一下，互相之间礼貌地推让着。桌上摆好了几盘三明治、一些有盖的盘子和两个茶壶。

"你们的大厨真让我们骄傲。"奈杰尔夸赞道，对着琳琅满目的食物露出了灿烂的笑容。

嘉丁纳小姐用茶壶时似乎遇到了难题。

"这个茶壶不出水。"她说着打开壶盖，往里面看了看。下一刻，只听她"啊"地尖叫一声，茶壶摔在了桌子上。她嗖的一下跳上了椅子。大家都盯着她看。夹鼻眼镜歪了，两颊鼓起，她一言不发地指着茶壶。壶里发出一阵窸窸窣窣的声音。不一会儿，一只相当大的白鼠探出头来，抖动着胡须，紧张地环视着周围的人，然后又钻进了茶壶里。

片刻间，大家集体沉默了。接着，笑得发抖的琼斯小姐开口了。

"天哪！这是睡鼠！他们放进茶壶里的是睡鼠！这是疯帽子的茶话会。"

怀斯上校冲向通向他办公室的门。门被锁上了。

"见鬼！谁干的？我到阳台上去看看下面有没有人。这简直无法容忍。"

"等一下，怀斯上校，"奈杰尔说，"不用特别着急。让我们坐下来看看后续还有什么，让我来吧。"他把老鼠从茶壶里倒出来抓住，把它放到了外面的阳台上。嘉丁纳小姐从椅子上下来了，动作远远不如跳上去时那么敏捷。

艾伯特·莫雷扶着她下来，说道："其实没有必要惊慌。这是一只驯服的老鼠。我小时候也养过这种白色的。"

"莫雷，你养的是白鼠还是白象，我一点都不感兴趣。"女教师的声音非常刺耳，"有一件事很清楚，这个似是而非的侦探又被骗了。疯帽子根本就不在这个房间——"

"你凭什么认为他在呢？"奈杰尔温和地问。

"他把我们统统都当傻子耍。这实在是太丢人了——我没法容忍——让我出去。"

"好了，好了。你想出去的话，只能从阳台上跳下去。大家都冷静一下。"

"我建议我们继续喝茶吧。哈！我想这是松饼吧。"西斯尔斯韦特先生说着,顺手揭开了一个盘子的盖子。盘子里不是松饼,而是一个叉形小木块。

"这究竟是什么?"他问道,小心翼翼地把它拿了出来,"弹弓?"

"好家伙!"怀斯上校叫道,"火箭支架!"

"莫蒂默!"琼斯小姐的声音像利剑一样刺穿了满室的嘈杂喧闹。大家都转向了她。"他一定是——快点,别的盘子里是什么?"

大家都犹豫了一会儿,似乎没有人愿意掀开盖子。然后,保罗·佩里把落在前额上的一绺头发往后一甩,说道:"好吧,我来试试下一个惊喜包。"

他掀开一个盖子,下面躺着一只画眉鸟的尸体。

"哦,这太可怕了!"萨莉用双手捂住脸。很快,剩下的盘盖都掀开了,露出几个贴有标签的小瓶子:士的宁,剖成两半的涂满糖浆的网球,还有一颗嵌在棉絮里的口径22的子弹。

"嗯,好吧,这真是太有趣了,"奈杰尔宣布,"情况显然开始好转了。我们的恶作剧者是个象征主义者。但肯定少了点什么吧?是的,拖人入水事件。可以说,这是唯一没法压在盘盖下的恶作剧了。除非——"他咯咯地笑了,"哎呀,另外一个茶壶装的是什么呢?"

泰迪·怀斯走到餐具柜前把它拿了过来。"看起来不像是茶。"他说着把手指伸进去,小心翼翼地舔了舔,然后叫了起来,"上帝啊!这是盐水!"

"啊!这样就圆满了。好极了!"奈杰尔说着又拿了一块三明治。

怀斯上校受不了了,他气急败坏地说:"看啊,斯特雷奇威,这太荒唐了。那家伙一定是贿赂了那个服务员，让她把这些东西带进来，还把我们的门给锁了。我们只要冲出去抓住那个服务员就行了，我很快就能查出来那家伙是谁。"

"抓住她？你注意到她的脸了吗？你当时转过身去了。有人注意过她吗？"

事实证明，的确没人关注过。

"天哪！"萨莉说，"难道她是乔装改扮的疯帽子？"

"我们都有点荒谬可笑了，"琼斯小姐尖刻地说，"茶点在十分钟前就下单了。如果刚刚那个服务员是疯帽子假扮的，那本该从厨房送餐过来的服务员呢？这些盘子是在路上替换的吗？怎样——"

"也许那个真正的服务员在来这儿的路上被拦截了，被处理掉了。"西斯尔斯韦特先生插了一句，让人听得毛骨悚然。

"好了，我们不能自乱阵脚。"奈杰尔说，"宴会上出现这么多恐怖的东西，原因很简单。让我们回到刚刚被打断的那一点。我已经给大家做了案情陈述。在进行案件剖析之前，我想先听听你们可能有哪些想法。你们可以像律师那样，不带偏见地阐述自己的观点。咱们在这屋里所说的一切都不要外传。"

嘉丁纳小姐说："这真是不按常规出牌。"

"你是要大家说一说，我们认为谁是疯帽子吗？"泰迪·怀斯问。

"是的。从我给你们的事实来看，这应该是显而易见的。"

刚刚发生的恶作剧让他们经受了最初的惊吓之后，似乎又在众人之间传播了一种不用负责的情绪。紧张的气氛缓和下来了，面前盘子里那些稀奇古怪的东西让人感觉很不真实。人们心照不宣地认为，这个恶作剧的始作俑者只能是外面的人，因此指控房间里面的人就成了一个毫无妨害的学术问题。

嘉丁纳小姐又重新阐释了恶作剧者的心理，并点明这和艾伯特·莫雷的性格非常吻合。怀斯上校指出了那些似乎能证明保罗·佩里有罪的线索，满怀歉意地说他一度怀疑保罗与那些暴行有关。然后，西斯尔斯韦特先生站了起来，开始剖析案情，矛头直指怀斯上校和琼斯小姐，就像他前一晚对奈杰尔说的那样。

"……现在，"西斯尔斯韦特切入了一个重要话题，"我要谈谈动机的问题。这两人的命运似乎与奇境的兴衰荣辱息息相关，那他们为什么要杀死——如果我可以这么说的话——下金蛋的鹅呢？答案是金蛋还不够大。琼斯小姐出身于百万富翁之家，习惯了闲散奢侈的生活，现在却沦落到要靠秘书的微薄薪水来维持生活。而怀斯上校的薪水也不高，有好几个人告诉我们，他的薪水完全配不上他的能力与野心，当然不足以供养一辆拉贡达豪车，不足以购置金表、烟盒和其他一些他拿来炫耀的小饰品——"

"真的，斯特雷奇威先生，"埃斯梅拉达·琼斯冷冰冰地喊道，"你是不是把这事做得太过分了？这品味实在太差了。"

"那些恶作剧也是如此，琼斯小姐。你可别忘了。"

房间里的气氛在不知不觉中又变得凝重了，一点点地摆脱了那种不真实感，现在简直紧张到了极致。奈杰尔说最后这句时的语气，让每个人都猛地抬起头来。所有的目光都转向了琼斯小姐。她毫无惧色地抬起下巴，轻蔑地撇了撇红唇，盯着奈杰尔。她显然是分毫不让。怀斯上校咚咚地敲着桌子，很奇怪的是，他此时看上去非常萎顿、无能，眼前的局面完全超出了他的能力范围。

奈杰尔说："动机正是西斯尔斯韦特先生所说的那样。据我所知，怀斯上校几年前就花光了一笔可观的遗产。他确实花钱如流水，琼斯小姐也是。我们几个人都注意到，他的花费远远超过了他的工资。可是，他弟弟告诉过我，他没有额外的私人收入。"

"斯特雷奇威，你真是太无礼了！我——"

"所以在我们面前的就是这样一对情侣，雄心勃勃，热衷于奢侈生活。他们可能已经负债，当然要寻找一些改善境况的方式。这时，莱曼先生出现了。他是经营比尔湾大型度假营公司的幕后人物，也是奇境的主要竞争对手。阿诺德小姐告诉过我，几个月前在伦敦的一家餐厅，她看见了莱曼和怀斯上校、琼斯小姐在会面、谈话。这其实没有什么值得怀疑的。但是，当我向琼斯小姐提起这件事时，她立刻主动提供了大量有关莱曼的情况。她说，她还是富豪千金时就认识他了；而在她遭逢巨变之后，他还企图占她便宜。她说的这些也有可能是真的，虽然我很难想象她会和那样一个男人在餐厅里亲密交谈。但她为什么要告诉我这些信息呢？这完全没有必要，除非她想转移我的注意力，不让我去探究她和莱曼之间非比寻常的关系。这种关系我们最熟悉不过了——我认为就是金钱关系。莱曼已经答应要让琼斯和怀斯享受终身的奢华，但作为回报，琼斯和怀斯必须摧毁他的主要竞争对手。"

"简直是天方夜谭，"琼斯小姐说，"比疯帽子的奇思怪想还要离奇。

难道在座的各位真的以为体面商业公司的行事风格会像哑剧里的恶棍一样吗？"

"当然会。如果他们不能以其他方式得到他们想要的，他们就会不择手段。看看军火贸易中的贿赂和秘密交易吧。看看一些知名的报业所有人是用什么办法把老牌的省级报纸挤出竞争圈吧。不，这个动机一点都不离奇。至于恶作剧所采用的离奇操作，那就是另外一回事了。我认为这是琼斯小姐的功劳，她非常聪明，而且具有很强的恶作剧意识。她是'疯帽子'背后的喜剧天才。我认为她也是整个事件的推动力量——我怀疑如果没有她的鼓励，怀斯上校是否还会搞出这些名堂。但是，像许多聪明的罪犯一样，她做得太过火了，反倒弄巧成拙。"

"斯特雷奇威，我耐心地听到现在——听你这样废话连篇，胡言乱语。我只能说，如果有人做得过火了，那就是你。我奉劝你务必要小心从事——"

"西斯尔斯韦特先生已经指出了，在营地里所有的人当中，经理和他的秘书有最佳的机会来搞恶作剧。"奈杰尔平静地继续说，"他们熟悉场地，知道岗哨的布置，他们还可以把恶作剧的材料安全地藏起来。最为重要的是，营地里只有他们两人可以联手搞恶作剧，拖人入水和张贴疯帽子的告示是同一时间发生的。这显然表明他们两人是同谋。

"所以我们见识到了疯帽子的茶话会，他最后一次的狂笑。当然，这是为了证明疯帽子不可能是在场的任何一个人。但正是茶话会让他们玩过火了。因为很明显，除了这两人之外，没人可以组织这次茶话会。首先,是怀斯上校建议我们享用茶点的。他的工作人员都听命于他。那个送茶点的服务员,毫无疑问把本来应该端上来的蛋糕换成了这些乱七八糟的东西。她是绝不会出卖怀斯上校的。他甚至可能还告诉她,这是为了抓住疯帽子而设置的一个陷阱。茶话会的确让疯帽子暴露了,这是他最不想见到的事情。在座各位都是讲道理的人,你们谁能想象,除了怀斯上校和琼斯小姐,还有谁能放出这最后的大招呢?"

众人的沉默给出了答案。此外,桌旁有几人注意到他们两人之间交换了眼神,眼中满是愤怒、困惑和疑问。最后,琼斯小姐怒气冲天地开口了,音量提到了最高。

"你那荒谬的解说连一星半点的证据都没有提出。至于这个茶话会,你假装——"

"我连一星半点的证据都没有提出吗?"奈杰尔的声音如利斧一般朝她劈过去,瞬间压制了她的嚣张气势,"很好,照你的要求,我现在就提出证据。你的同伙在这次茶话会上摔了一个大跟头。他被一个小木块给绊倒了。"

奈杰尔突然伸手向前,从盘子里拿起了那根叉形小木块,把它高高举起,展示给众人看。

他问:"有人注意到这有什么奇怪之处吗?"

出乎大家意料的是,艾伯特·莫雷打破了令人困惑的沉默。他点点头,涨红着脸,有些胆怯地说:"嗯,我刚才的确觉得很奇怪,怀斯上校竟然把这个叫做火箭支架。我的意思是,它并不是火箭支架,对吗?"

"正是这样！但那天晚上确实有一根这样的木头叉子，用来做了火箭支架，火箭就冲着大道上的人群头顶发射了。我当时找到了木叉子——记得吗，我是第一个赶到发射现场的——就赶紧把它放进了口袋。这个东西的存在我没有告诉过任何人。因此，除了发射火箭的人，没有人能认出这木叉子。刚才琼斯小姐意识到她的同伙因为口误而泄露了整个秘密，情急之下她大叫了一声'莫蒂默'，然后她又想掩饰过去，但为时已晚。怀斯上校，你对此作何解释？"

每个人都盯着经理看。他的双手止不住地颤抖，努力想说点什么，但答案早已写在他脸上了。

第十八章

　　第二天早上，在返回伦敦的途中，保罗·佩里与奈杰尔·斯特雷奇威及西斯尔斯韦特一家坐在同一个车厢。他的思绪依旧停留在那场非比寻常的茶话会上。一种慵懒、悠然的感觉悄悄袭来——萨莉的肩膀信任地贴在了他肩头——而他的头脑依然清晰而机警。他不得不承认，斯特雷奇威虽然有点牛津人的轻浮，但对这个案子他处理得非常完美。他有一种特殊的气质，连精明能干的怀斯上校和才华横溢的埃斯梅拉达·琼斯都得甘拜下风。是的，他不知用了什么高明的手段，让琼斯小姐显得很愚蠢，让会上所有的人都反对她。

　　即使在同伙崩溃之后，琼斯仍然坚持顽抗到底。此刻她那愤怒、轻蔑的表情还生动地浮现在保罗眼前。她冲着奈杰尔叫嚣："你非常清楚，你根本就没有真正的证据！你什么也做不了！"有那么一会儿，她似乎还想要逆转形势。紧接着，斯特雷奇威镇定自若地反驳了她，那副高冷的样子仿佛是在用精密的科学仪器分析、衡量某一抽象问题。

"严格的法律意义上的证据我的确没有，但在座的每一位都相信我是对的——是的，就连怀斯上校的弟弟也不得不承认这一点。"泰迪·怀斯避开他哥哥的目光，沮丧地点了点头。"我要把这个案子和今天下午的会议情况写成一份报告。所有在场的人都将在这份报告上签字，琼斯小姐和怀斯上校除外。如果怀斯上校同意写一份认罪书，承认他对疯帽子的暴行负责，我将不再继续追究，除了保证这两个同谋都不会从莱曼先生那里获利。另一方面，怀斯上校，如果你拒绝签认罪书，我就把报告递送给奇境的董事们以及我叔叔。当然，前提是大家都认为这是最好的办法。"

会议一致通过。奈杰尔平静、理智的声音和不可抗拒的眼神，对他们来说已经足够了。他们仍然困惑不解，他们需要有人带领，现在问题解决了。保罗很欣赏奈杰尔干净利落地离间了两个同谋犯。他在排座位时特意作了调换，让西斯尔斯韦特先生的庞大身躯挡在了怀斯上校和琼斯小姐之间，把经理和他那负隅顽抗的同伙有效地隔离开。怀斯是两人联盟的薄弱端，奈杰尔巧妙地把所有的压力都施加在了他身上。

"振作起来，莫蒂默。"琼斯小姐咬牙切齿地说，"他那一套是站不住脚的，他知道这一点。这个针对我们的假案子完全是他编造的，他根本就找不到真正的罪魁祸首。让他去递交那该死的报告吧，如果他乐意。没人会相信的。我分分钟就能把它撕成碎片。"

但她那响亮的声音失去了紧迫感，因为她不得不绕过西斯尔斯韦特先生说话,这让她显得有些可笑。

奈杰尔说:"你必须自己拿主意,怀斯上校。除非你希望一辈子都在这位年轻女士的掌控之下。"

怀斯上校抬起头来,看着他周围冷酷、尴尬的面孔。他曾经是那么干练、随和、和蔼可亲,现在却如此软弱无力。他厌倦了这一切,厌倦了日复一日地受到鼓动,被一种药效太过强劲的药物,一种比他强得多的野心与活力不停地刺激。他用手捋了捋稀疏的头发,说道:"哦,很好。我会照你说的去做。"

埃斯梅拉达·琼斯跳了起来。奈杰尔担心她会向她的情人猛扑过去。

"莫蒂默,你真让人看不起!可怜又可鄙。他不过是虚张声势,你就一败涂地了。我要向上帝祈祷,永远不要再见到你。"

她大步走到门口,忘记了门是锁着的。怒气冲冲的她依然保持了耀眼的美丽和尊严,即使遇到上锁的门,她的气势也没有减弱分毫。她靠门站着,一动也不动,目光平视着众人,看着怀斯写下他的认罪书。

签名后,奈杰尔对他说:"你想尽办法毁了营地。现在你要做的是让它重新站起来。我想我们都愿意祝你好运……"

这时,保罗·佩里偷偷瞥了一眼沉浸在契诃夫短篇小说里的奈杰尔,想起了一个疑点。昨天茶话会后,它就时不时地冒出来困扰他。

"我说,那个小木叉子——它让怀斯陷入了困境——但他们竟然把它作为疯帽子的标志之一,不是太愚蠢了吗?当然不可能把一枚火箭放进盘子里,但他们肯定可以想想办法,用其他东西来表示火箭事件。"

奈杰尔把书放在了膝盖上。他淡蓝的眼眸里闪过一丝诧异。

"我很想知道,什么时候会有人想到这一点。"

西斯尔斯韦特先生伸出了食指,似乎想引起注意:"整个茶话会对他们来说是个严重的错误。我发现雄心壮志总是会让人过犹不及。如果我是罪犯,我的座右铭将是'适可而止'。"

"是的,"奈杰尔说,"不过,他们并没有那么愚蠢。谁的功劳就应记在谁的名下。这其实是我的茶话会。"

萨莉倒吸了一口气:"你是说,是你安排人把那些可怕的东西放进盘子里的?还有茶壶里的睡鼠?"

"实际上,那不是睡鼠。我找不到睡鼠,不得不在艾普斯托克的一家小店买了一只驯服的老鼠。"

他们都默默地望着他,敬畏之情溢于言表。最后,萨莉终于打破了沉默。

"真是的,我的宝贝,你就不能事先提醒我们吗?"

"萨莉,"西斯尔斯韦特太太说,"在列车车厢里,你不该用'宝贝'一词去称呼绅士。"

"我觉得他很可爱。"萨莉说,"但他可以提前告诉我们。那只死画眉出现时,我差点就吓死了。"

"要不是我们大家都表现出了真正的惊讶,那俩坏蛋就会察觉不对劲了。震撼战术要想有效,必须绝对保密。"

"正是这样,西斯尔斯韦特先生。我可以告诉你,没有人像我一样,在茶话会上遭受了那么痛苦的折磨。整个安排就是在努力地虚张声势,就像气球一样一戳就破。琼斯小姐看得太清楚了,我根本没有真正的证据,所以我得想办法激怒怀斯上校。但我从没想过他会这样暴露自己,感觉好像我刚刚跳起就把他击倒了。"

"你到底是怎样做到的?那个服务员是一个便衣女警假扮的吗?"保罗问。

"不是。她真的是奇境的服务员。我早上找了她帮忙,告诉她我想让她帮我揭穿疯帽子,并让她发誓保密。然后,在茶话会开始之前,我给了她各种各样的东西,让她放在茶壶和盘子里,告诉她出去时把门锁上。那扇门必须锁上,不然精明的埃斯梅拉达就会直奔服务处,从那女人口中套出真相来。幸运的是,怀斯上校建议我们喝茶——我故意把会议定在了下午茶的时间,他不可能不提供茶点。"

"你的意思是说,你精心安排了这一切,就是为了碰运气让怀斯上校暴露自己?"保罗问,还是那副咄咄逼人、打破砂锅问到底的老样子。他感觉到萨莉碰了一下他的手,就稍稍舒缓了语气补充道:"这确实有点像赌博。"

"的确如此。但我没有别的办法去突破他们的防卫。如果这是一起纯粹的刑事案件,有警察参与其中,那我们就可以用更寻常、更可靠的方法来调查——追踪士的宁、糖浆、烟花弹的来源;核对每一个不在场证明;也许还能发现莱曼和我那两个嫌疑人之间有更多的联系。但在这么多人当中,我又能承担什么角色?那种例行调查对我来说是不可能的。此外,我得抓紧时间结案。我毫不怀疑,怀斯原打算今天就让我结账走人,然后你又浪费了我很多时间,你还跟敌方特工进行了射击比赛。"

"哎哟!你抓的是我受伤的胳膊,萨莉!"保罗惊呼一声。

"亲爱的,真是抱歉。一提到那个可怕的人,我就会浑身难受,得抓住别人寻求支持。"

"我亲爱的,逝者为大。"她父亲责备道,"虽然他代表了一个不民主的政权,但我们必须承认,这个人只是在履行他的职责。"

"西斯尔斯韦特先生,你在茶话会上对案情的剖析是事先接受过斯特雷奇威的指导吗?"保罗随即问道,"还是由你独立完成的?"

"先生,斯特雷奇威先生和我的想法非常相似。对案情的分析,我之前已经向他提出过,茶话会上我不过是重复了一遍。"西斯尔斯韦特先生不失尊严地作了回答,然后转向奈杰尔说,"过去的几天太过忙碌,我一直想有机会能与你交流,却未能如愿。先生,如果你能就以下两点帮我解惑,我将不胜荣幸。你是怎么开始怀疑经理和他的秘书的?还有,你让我特别关注那些似乎能证明佩里先生有罪的线索第一次出现的时间,这是什么意思呢?"

"我认为是怀斯对琼斯小姐的古怪行为引起了我对他们的注意。她显然是一个非常值得信赖的秘书;然而,在我初次与他们会面时,他斥责了她两次,好像她只是一个不称职的速记员。怀斯上校一向待人彬彬有礼,体贴入微,所以在这一场合他对琼斯小姐的态度似乎不符合他的性格。当然,这不过是一种拙劣的尝试,试图让我相信他们两人之间只是普通的雇主、雇员关系。他可能很擅长模仿，但作为演员，他真的只有业余水平，表演得过于生硬了。"

"我也注意到他对琼斯小姐忽冷忽热的。"保罗说，"我认为这是因为他在两人之中处于较弱的地位，必须时不时地表现自己。"

"也有这方面的原因。顺便说一句，你其实很早就给了我一个主意。你问过我的客户都是些什么样的人——他们是不是那些害怕报警的人。真是有点奇怪，管理层竟然始终没有报警。我知道怀斯上校一直说，他不能做任何让客人们不高兴的事——"

"我们都宁愿让警察进来，也不愿让疯帽子逍遥法外，而且管理层也没采取任何措施。"西斯尔斯韦特太太说。

"没错。我也是这么想的。如果报警的话，在奇境的董事们看来，这也可以免除怀斯的责任。还有其他一些小事让我对怀斯产生了怀疑。比如，关于疯帽子暴行的报道开始见报了，他装出一副暴跳如雷的样子，但他拒绝跟《艾普斯托克公报》的人通话，反倒让我去处理这件事，这真是个180度的大转变。考虑到一分钟前他还在大发雷霆，恨不得要手撕对方，但在理论上可以理解，给《公报》打电话提供信息的人就是他，他很害怕他们凭借语境听出他平常的声音，尽管他之前通话时已经刻意变声了。

"前天我就这些问题给他下了套，让他进退两难。我打电话给《公报》，告诉他们，如果疯帽子向他们通报最新的恶作剧，就马上给我回电话。我把我的计划也告诉了怀斯。这让他左右为难。他不敢把最新的消息告诉《公报》，因为他知道我会去公共电话亭，如果发现那里没人，就会怀疑疯帽子的电话是从他办公室打出去的。所以那天疯帽子保持了沉默。但只有我、《公报》和经理知道这个计划。除非经理是疯帽子，不然他为什么不像之前那样把最新的暴行告诉《公报》呢？"

"先生，你太聪明了！聪明绝顶！"西斯尔斯韦特先生热烈欢呼起来。

"但对这两人最确凿的证据正是西斯尔斯韦特先生刚才问到的那一点。一系列的暴行进行到某一阶段时，保罗·佩里的所谓罪证开始显露出来。如果疯帽子想把自己的嫌疑转嫁到别人身上，为什么一开始不这么做呢？唯一的答案就是，一定发生了什么事，使他失去了安全感。我们来回顾一下系列恶作剧发生的顺序。

"扩音器里的警告，拖人入水，两次糖浆事件，毒杀小狗，寻宝活动，菲利斯·阿诺德受伤引发的虚惊一场，动物死尸事件。直到这最后一件事发生时，才有确凿的线索出现——保罗小屋下面的一根铁丝。当然，我在这里找到的是不是真正的线索，当时还是存有疑问的；而保罗的行为让事情变得更为复杂了。但我实在想不出保罗有什么合理的动机，除非是像他自己说的那样，他是精神分裂症患者。

"但是，假如这条线索是人为制造的呢？最近发生了什么事，让真正的罪魁祸首牵涉其中了？阿诺德小姐的水泡是怎么回事？水泡是接触野生欧芹引起的。在这一点上，那时我们还没能证明这是一个意外。不过，如果这是恶作剧的话，那么背后黑手只能是怀斯兄弟和琼斯小姐，因为寻宝线索的各种隐藏地点都是他们安排的。我故意在这件事上尽可能久地拖着怀斯和琼斯，让他们焦虑不安。结果就是，针对他人的线索和暗示很快就出现了。他们选择了保罗作为替罪羊，是因为他已落入他们手中，首先，他散布了芥子气的谣言；其次，他不合时宜地对琼斯小姐流露出对成年礼的兴趣，这可以被认定为疯狂科学家实施系列恶作剧的动机。

"当然，埃斯梅拉达·琼斯太聪明了，不会随意地把定罪线索嫁祸于人，这样得不偿失。但是，菲利斯·阿诺德的事件已展开了调查，矛头似乎直指管理层，我猜想怀斯开始恐慌了，否决了她的意见。这真是一个绝妙的讽刺，他们就这样毫无必要地暴露了自己，就为了一件他们明知与己无关的事情。如果他们再坚持一天，我和霍福德医生就不得不给他们提供证据，证明他们在这件事上是清白的，因为那时我们已经得知，阿诺德小姐对野生欧芹的过敏症以前从未出现过。但是，正如西斯尔斯韦特先生刚才指出的，罪犯是不会'适可而止'的。"

"一个非常有趣的推理，先生。"西斯尔斯韦特先生说，"我承认我之前完全没意识到这一点的重要性。我不明白你为什么没在茶话会上说出来。"

"对你这样的犯罪学专家来说，这可能很有说服力。但陪审团并不一定会接受。当时我报告的对象就类似于陪审团。而且，怀斯已经露出马脚了，所以就没这个必要了。"

火车疾驶而过，车窗外风景如画，草地平整肥沃，宛如金色的波纹绸缎，还有挺拔的榆树和坚固的石砌农庄。对保罗来说，奇境已经像童年的假期一样遥远，如它的名字一般奇幻。只不过萨莉的手时不时地轻抚而过，让他相信奇境的度假并非是噩梦一场。西斯尔斯韦特先生仿佛吃了一颗神奇蘑菇，已经变回了牛津裁缝的老样子。他重新穿戴起黑色燕尾服、海绵袋裤子和蝴蝶结领，言行举止也有了微妙的变化，变得恭敬而顺从，似乎在和时间开玩笑，让火车开回到过去的一周，带他们奔向一个神秘未知的假期。不过，上一周他们的车厢里只有四个人。

保罗转向奈杰尔说："我简直不敢相信这一切都是真的。那些恶作剧，那种被压制的狂热情绪，还有营地里尽情娱乐的气氛——嗯，这些在当时的确令人不快，但现在却显得那么遥不可及。这一切似乎都不能当真。"

"这就要感谢埃斯梅拉达·琼斯了。她有许多令人钦佩的品质，但她是一个被宠坏的孩子，而被宠坏的孩子长大后容易不负责任，而不负责任的成年人——无法正视自己行为的严重性——确实创造了一种梦幻般的氛围，也影响到了其他人。她简直就是电影《光彩年华》的翻版。没有人会想到用如此绝妙的方法来达到目的。不幸的是，她的聪明程度与野心，和对恶作剧的痴迷基本持平，所以造成了非常可怕的后果。不管怎样，莱曼最终可能还是会出卖他们。我真为她感到遗憾。"

"我才不为她遗憾呢。"萨莉说，"我倒是有点替怀斯上校难过。想想看有个那样的女人总是跟在他身后。我打赌她一拿到钱就会把他给甩了，我早就说过她是个拜金女。"

"也许吧。但她是真心喜欢他。作为一个女孩,她曾经拥有金钱所能买到的一切权力。怀斯算是过往辉煌留下的遗迹,能让她记起那个失去的王国。她对他颐指气使,这样能让她对权力的欲望更加强烈。她——"

和爱丽丝漫游奇境时一样,火车钻进了隧道。黑暗和喧嚣终止了所有的谈话。不过,保罗和萨莉可能会发现它另有妙用。

图书在版编目（CIP）数据

奇境幻影 /（英）尼古拉斯·布莱克著；王元媛译. -- 上海：上海文艺出版社，2023
（尼古拉斯·布莱克桂冠推理全集）
ISBN 978-7-5321-8707-2

Ⅰ. ①奇… Ⅱ. ①尼… ②王… Ⅲ. ①推理小说－英国－现代 Ⅳ. ① I561.45

中国国家版本馆 CIP 数据核字（2023）第 042934 号

奇境幻影

著　　者：[英] 尼古拉斯·布莱克
译　　者：王元媛
责任编辑：朱　虹
装帧设计：周艳梅
版面制作：费红莲
责任督印：张　凯

出版：上海文艺出版社
出品：上海故事会文化传媒有限公司
　　　（201101 上海市闵行区号景路 159 弄 A 座 3 楼 www.storychina.cn）
发行：上海文艺出版社发行中心
　　　（上海市闵行区号景路 159 弄 A 座 2 楼 206 室）
印刷：上海中华印刷有限公司
开本：889 毫米 x1194 毫米　1/32　印张 9.375
版次：2023 年 7 月第 1 版　2023 年 7 月第 1 次印刷
ISBN：978-7-5321-8707-2/I.6857
定价：45.00 元

版权所有·不准翻印

上海故事会文化传媒有限公司出品（01114）www.storychina.cn

想看更多精彩故事？
扫码下载故事会APP

上海故事会文化传媒有限公司所有图书可办理邮购，免收邮费（挂号除外）
汇款地址：上海市闵行区号景路 159 弄 A 座 2 楼 206 室（201101）
收款人：上海故事会文化传媒有限公司出版发行部
联系电话：021-53204159
如发现本书有质量问题，请与印刷厂质量科联系 T：021-60829062